ノーラ・ロバーツ/著
香山 栞/訳

●●

カクテルグラスに愛を添えて（上）

Identity

扶桑社ロマンス
1647

IDENTITY(VOL.1)
by Nora Roberts

家族に捧《ささ》ぐ
あなたが生まれ育った家族や、　あなたが築いた家族に

カクテルグラスに愛を添えて（上）

登場人物

モーガン・オルブライト――――バーテンダー

マイルズ・ジェイムソン――――リゾートホテル取締役

ニーナ・ラモス――――モーガンのルームメイト

オードリー――――モーガンの母

オリヴィア――――モーガンの祖母

マイケル（ミック）・ジェイムソン――――マイルズの祖父

リディア・ジェイムソン――――マイルズの祖母

ローリー・ジェイムソン――――マイルズの父

ドレア・ジェイムソン――――マイルズの母

ネル・ジェイムソン――――マイルズの妹。モーガンの上司

リアム・ジェイムソン――――マイルズの弟

ギャヴィン・ロズウェル――――連続殺人犯

モリソン――――FBI特別捜査官

ベック――――FBI特別捜査官

第一部　計画

変更がきかない計画は、悪い計画だ。

——プブリリウス・シルス

あらゆる大望がかなった先には、家庭での幸せがある。

——サミュエル・ジョンソン

1

モーガン・オルブライトの夢や目標はシンプルで、ほんの少ししかなかった。軍人家庭に生まれた彼女は、あちこちの国や大陸を転々とする幼少期を過ごした。在留期間は父親の仕事に左右され、急に引っ越すこともあったため、現地にはほぼ根づかなかった。十四歳のときに両親が離婚するまで、新たな基地、新たな家、新たな州、新たな国へと移り住む生活が続いた。

そのあいだ、モーガンに選択肢はいっさい与えられなかった。

離婚してから三年間、母はモーガンを連れて引っ越しを繰り返した。母が何を求めて小さな町や大都市に引っ越したのか……まったくわからなかった。

十八歳の誕生日が近づいてきたころ、モーガンは根無し草の生活に終止符を打ち、大学に通い始めた。それを機に、人生の目標や夢やさまざまな選択肢を模索するようになった。

大学ではふたつの専門分野を専攻し、勉強に励んだ。経営学とホスピタリティ学を選んだのは、それが自分の夢に直結していたからだ。ひとつの土地に根づき、自分の家を持ち、自分自身のビジネスを立ちあげるという夢に。

自分自身の居場所を持つという夢に。

モーガンは学位を取得すると、地図を広げてさまざまな地域の環境や気候を精査し、腰を落ち着ける場所を絞りこんだ。歴史がありつつ発展した地域で、店やレストランやバーに——つまり、人々に——近い場所が理想だった。

いつかそこに自宅だけでなく、自分の店も持ちたい。

それがささやかな人生の目標だった。

彼女はふたつの学位を手に、メリーランド州ボルチモア郊外に根をおろした。庭つきの古い家が立ち並ぶ上品な地域で、家賃も手頃だったからだ。

大学時代はウエイトレスのアルバイトをし、二十一歳からはバーでも働いてお金を貯《た》めた。

父は——大佐は——卒業式にも姿を見せず、娘が優秀な成績で卒業したというのに褒め言葉のひとつさえよこさなかった。

けれども、別に驚きはしなかった。離婚届にサインしたインクが乾く前から、もう父の頭のなかに娘は存在しないと気づいていた。

母や母方の祖父母は卒業式に出席してくれた。まさかあれが祖父と会う最後の機会になるとは思わなかった。活動的で元気そのものだった七十歳の祖父は、卒業式の翌冬、はしごから落下して亡くなった。一歩足を滑らせたのが命取りとなった。

悲しみに暮れながらも、モーガンはそのことを教訓として心に刻んだ。

祖父は、夏に訪れるたびヴァーモント州のグリーン山脈を一緒にハイキングした大切な思い出とともに、二万ドルの遺産を彼女に遺《のこ》してくれた。

モーガンはその遺産を元手に、狭いアパートメントから小さな家へ引っ越した。手に入れたマイホームは修繕が必要なものの庭つきだった——そちらも手入れが必要だったが。

小さな寝室が三部屋と、狭いバスルームがふたつ。誰かと同居すれば、その家賃をローン返済や修繕費の足しにすることが可能な間取りだ。

モーガンはふたつの仕事を掛け持ちしていた。週に五日か六日は〈ネクスト・ラウンド〉という近所のにぎやかなバーでバーテンダーを務めている。自分で家を持ったこともあり、副業には家族経営をしている建設会社の事務責任者の職を選んだ。

同居人とは地元のガーデニングショップで庭木を探していたときに出会った。温室で働くニーナ・ラモスはガーデニングの知識が豊富だった。彼女のおかげで、手入れが必要だった庭は今や喜びの源だ。庭で初めて春の花が咲き乱れたころ、ニーナが引っ越してきた。

ふたりは同居生活を楽しみつつも、相手の邪魔をしないようそっとしておくべきタイミングも心得ていた。

モーガンは二十五歳でひとつ目の夢をかなえ、三十歳の誕生日を迎える前にふたつ目の目標を実現する見通しだった。

そんな彼女の贅沢品《ぜいたくひん》は今、狭い私道に停《と》まっている。プリウスのローン返済には数年かかるものの、支障なく通勤できるのはこの車のおかげだ。

天気がいい日は日勤の職場まで自転車通勤しているが、今はいざとなれば車がある。ニーナはプリウスを、モーガンのドリームカーと呼んでいた。

ニューベリー・ストリートに面した小さな家は庭が美しく生まれ変わり、真新しいペンキのおかげで白く輝いていた。モーガンは新しい玄関ドアに淡いブルーのペンキを塗った。

〈グリーンウォルズ・ビルダーズ〉の社長は古い硬材の床の再仕上げを手伝ってくれたうえ、ペンキを原価で譲り、家屋の修繕や維持の仕方も教えてくれた。

モーガンはこの地にしっかりと根づき、開花しつつあるのを実感した。

舗装したばかりの私道に沿って咲く色鮮やかなキバナヘイシソウとラッパ水仙を見て、思わず微笑《ほほえ》んだ。三月下旬の天候は変わりやすいが、いたるところに春の訪れを感じる。秋にニーナと一緒に前庭に植えたハナミズキも今にも蕾《つぼみ》がほころびそうだ。もうすぐね。そう思いつつ、サイクルラックまで自転車を押して鍵をかけた。

このあたりは治安がいいとはいえ、無防備に放置するのはあまりに軽率だ。しょっちゅう故障しているニーナの車が道路脇に停まっていたので、玄関の鍵を開けると同時に呼びかけた。

「ただいま、ちょっと遅れちゃった」いつものようにリビングルームを横切りながら、キッチンを囲む壁を撤去したらどれだけ広々するだろうと内心でつぶやく。その費用は貯まっているし、秋には撤去できるかもしれない。それかクリスマスの前には。たぶん。

「わたしは遅れないわよ」ニーナが返事をした。「今日はデートなの！」

ニーナは常にデートの予定が入っている。とびきり美人で陽気なうえに、仕事を掛け持ちしていないのだから当然だろう。

モーガンは寝室の開いたドアのそばで足を止めた。

ベッドの上には明らかに却下されたと思われる服が散乱し、ニーナは別の服をまとって姿見の前に立っていた。つややかな黒髪が背中まで垂れ、小柄な体にぴったりと張りつく真っ赤なドレスが、女性らしい曲線をあますところなく際立たせている。鏡のなかでモーガンと目が合うと、ダークブラウンの瞳が輝いた。

「どう思う？」

「あなたのことがしょっちゅう妬ましくなるわ。それで、今日はどこに、誰と出かけるの？」

「サムが〈フレスコズ〉のディナーに連れていってくれるの」

「高級ディナーね！　その真っ赤なドレスなら間違いないわ」

モーガンはほんの少し、うらやましくなった。この同居生活で唯一残念だったのは、長身のモーガンと小柄で豊満なニーナとでは服の貸し借りができないことだ。

「順調そうね。マッチョなサム以外とデートしなくなって、もうすぐ三週間になるんじゃない？」

「もう少しで一カ月よ」ニーナはくるりとターンした。「だから……」

「できるだけ物音をたてないように帰宅するわ」

「わたし、彼のことが大好きなの、モーガン」

「わたしもよ」

「そうじゃなくて、本気で好きなの」

「ふうん」モーガンは頭を傾け、友人をまじまじと見た。「サムがあなたにすっかり夢中なのは知っているわ。一目瞭然だから。あなたも彼に惹《ひ》かれているなら、友人としては大賛成よ」

ニーナは美しい髪を振り払い、うっとりと吐息をもらした。「ええ、間違いなく惹かれてるわ」

「だったら言うことはないわね。わたしはそろそろ着替えて仕事に行くわ」

「職場から職場へと大忙しね。わたしは全部片づけて部屋を掃除しないと。サムにだらしないと思われたくないから」

「あなたはだらしなくなんかないわ」ただ、整然としていないだけ。もっとも、ニーナは自分の部屋以外は散らかさない。

ラベンダー色の壁のニーナの寝室がごちゃごちゃして、ドレッサーに化粧品やスタイリング剤が散乱しているのとは対照的に、モーガンの部屋は整然としていた。

クローゼットほどの広さの三つ目の寝室をホームオフィスとして使っているため、寝室はモーガンにとって安らぎの場所だった。心がなごむブルーの壁にはボルチモアで購入したストリートアーティストの作品を飾り、羽根布団や枕カバーは白で統一し、小さいけれど座り心地のいい読書用の椅子を置いていた。

モーガンはグレーのパンツに白いシャツ、紺のジャケットという事務責任者用の服を脱ぎ、黒のパンツに黒のシャツというバーテンダー用の服に着替えた。化粧品をしまってあるバスルームの引き出しを開け、昼の顔から夜の顔に変身する。

ブロンドのショートボブはどちらの仕事にも合っているが、バーテンダーのときはアイメイクをより華やかにし、口紅も濃い色を選ぶ。

長年の経験のおかげで、二十分以内に変身が完了した。キッチンへ直行して冷蔵庫から〈フレスコズ〉で高級ディナーを食べる予定はなかったので、モーガンは想像をめぐらせた。壁を撤去して、食器棚の扉や調理家電を一新し、開架式の棚を設置して――。

「マイ・フレンド《アミガ・ミア》、ちゃんと食事をとらなきゃだめよ」

「ヨーグルトだって食事よ」

バスローブをまとったニーナが両手を腰に当てた。「食事っていうのはナイフとフォークを使って、ちゃんと噛《か》まないといけないもののことよ。あなたはもともとすらりとして背が高いけど――妬ましいくらい――しっかり食事をとらなければ、そのうち痩せこけて骨と皮だけになっちゃうわ。まじめな話、わたしたちのどちらかが料理を学ぶべきね」コーラルピンクのマニキュアを塗った指でモーガンを指差す。「その役にあなたを推薦するわ」

「そんな暇があれば、喜んで引き受けるわよ。だいたい、あなたには女神のごとく料理上手な母親がいるじゃない」

「あなたも日曜日のディナーに来てちょうだい。仕事があるとか、スプレッドシートがどうだとか言わないでよ。あなたがうちのママとパパの大のお気に入りだって知っているでしょう。それに、兄のリックも来るから」

片手にヨーグルト、もう片方の手にスプーンを持ちながら、モーガンは黒板を消すように両手を振った。「あなたのお兄さんとはデートしないわ、彼がどんなに魅力的でも。そんなの狂気の沙汰よ。お兄さんとデートしてセックスして別れても、ルームメイトのあなたを失うわけにはいかない」

ニーナは金のフープピアスを片方の耳に当て、反対の耳に三連リングが垂れさがるピアスを当てた。「どっちがいい？」

モーガンは三連リングを指した。「そっちのほうが華やかだわ」

「了解。もしかしたら、リックとデートしてセックスして恋に落ちるかもしれないじゃない」

「本当にそんな時間はないのよ。二年、いいえ、三年待ってくれたら、そのゆとりができるかもしれないけど」

「わたしも予定を立てるのは好きだけど、恋愛は例外よ。あなた、わざと話を脱線させたわね。ちゃんと食事をとりなさい」

「バーで何か食べるわ」

「日曜日のディナーを忘れないで」ニーナに念押しされながら、モーガンはヨーグルトの容器を捨て、スプーンをすすいだ。「あなたが来るってママに伝えるわ。そうしたらもう決定よ」

「ぜひ行きたいわ、本当よ。でも、まずは今週を乗りきらないと。このところ〈グリーンウォルズ・ビルダーズ〉が繁忙期なの。春になって、みんなリフォームやペンキ塗りやデッキの設置を考えているみたい」

モーガンはハンドバッグをつかみ、玄関に向かった。「今夜は思いきり楽しんで」

「ええ、それは間違いないわ。ママに電話したら、とびきり美人になるメイクをしないと」

「あなたはいつだってとびきり美人よ」

モーガンは車に駆け寄った。思っていたより少し早めに出発できてほっとしつつ、数キロ先のダウンタウンへと車を走らせた。

地元住民が〝マーケット・マイル〟と呼ぶ繁華街――実際に一・六キロほど続く通り――沿いの店はあと一時間足らずで閉店する。だが、マーケット・ストリートは深夜までレストランやカフェで明るく照らされてにぎわう。

大半のビルは――レンガ造りで、薔薇色《ばらいろ》か白のペンキが塗られている――一階が店舗で二階以上はアパートメントだった。〈ネクスト・ラウンド〉も例外ではなく、バーの上に住むことをいとわない常連客や従業員に部屋を貸していた。

モーガンはマーケット・ストリートから脇道に入り、バーの裏手の駐車場にまわった。しっかりロックしたあと、砂利道を横切って裏口へ向かい、騒がしくてあたたかい厨房《ちゆうぼう》に足を踏み入れた。

〈ネクスト・ラウンド〉はハンバーガーやシーフード、ナチョスに加え、フレンチフライ、オニオンリング、ピクルスのフライ、三種類のフレーバーのチキンウィングといったサイドディッシュを提供している。

モーガンは、自分のバーを持った暁にはさらにメニューを増やし、できればバーとしては珍しい料理も出したいと思っていた。

そのためにもまず調理の仕方を学ぶべきだろう。バーテンダーだっていつ何時、厨房を手伝うことになるかわからないのだから。

「ハイ、フランキー」ジャケットをフックにつるし、ガスコンロの前で働く女性に声をかけた。「調子はどう？」

「まずまずよ」白い帽子で黒髪を覆ったフランキーが、分厚いハンバーグを三枚ひっくり返した。「ロディたち兄弟がダーツのトーナメントの前に腹ごしらえをしてるわ。ハッピーアワーにシフトが入ってないなんて、あなたは運がいいわね。わたしたちは大忙しよ」

「わたしは大忙しのほうが好きよ」

モーガンは別のふたりの料理人やティーンエイジャーの皿洗い、大盛りのナチョスの皿を取りに来たウエイトレスとも挨拶を交わした。

シフトの開始時刻まではあと十分ほどあったが、ドアを通り抜けてフロアに出た。

ここは厨房とはまるで違い、肉を焼く音や包丁の音、食器がぶつかる音はしない。長く黒いバーカウンターと、テーブル席やボックス席が並ぶ広い店内を満たすのは人々の声だ。ジュークボックスからは会話の邪魔をしない程度の音量で音楽が流れていた。

常連客のロディたち兄弟はいつものようにダーツボードのそばのボックス席を陣取り、ビールを飲みながらナッツをかじっていた。ロディとマイクはクアーズ、テッドはハイネケンだ。そこに彼らの父親が加わったら、生ビールを注文し、もう一杯お代わりするだろう。

モーガンはバーテンダーたちが働くバーカウンターの背後の通路を進んだ。

彼女と交代するウェインは、コロナビールの瓶にライムのスライスを刺しているところだった。

「今は少し落ち着いてるよ」ウェインが満面の笑みを向けた。「カウンターの端にいる男性客はつけ払いだ。あれが二杯目のウオッカ・トニックだから、目を離さないほうがいい」

彼はバーカウンターに座る別の客にコロナビールを出し、二、三言葉を交わしてからモーガンに向き直った。

「〈マッチ・ドットコム〉で知りあった女性を待っているらしい。初デートらしいんだが、相手が時間になっても現れなくてぴりぴりしてるよ」

モーガンはその男性を見て内心で思った。キュートだわ、ちょっとオタクっぽいけど。きっと彼のリビングルームには立派なゲーム環境が整っているはずだ。

「了解」

「じゃあ、おれは帰るよ。またね」

いつものように、モーガンはまず氷やライム、レモン、オリーヴ、チェリーの在庫を確認した。テーブル席の注文を受けて飲み物を用意し、コロナビールを飲んでいる男性のほうへ向かいかけた矢先、三十代前後の女性が店に入ってきた。不安げな顔であたりを見まわしたあと、バーカウンターの男性に近づいた。

「もしかして、デイヴ？　わたしはタンディよ。遅れてしまってごめんなさい」

男性客の顔がぱっと明るくなった。「いや、気にしないでくれ。会えてうれしいよ。テーブル席に移ろうか？」

「ここでいいわ。あなたもかまわない？」女性はデイヴの隣のスツールに腰かけた。

モーガンの視線の先で、ふたりは不安と期待の入り混じった顔で微笑みあっていた。

「こんばんは。何をお飲みになりますか？」

「ええと、それじゃ、シャルドネをお願いします」

「かしこまりました。すてきなイヤリングですね」

「えっ」タンディは左耳にさっと手をやった。「ありがとう」

「たしかにすてきなイヤリングだけど」ディヴが言い添えた。「きみもとてもすてきだよ」

「ありがとう。あなたもよ」女性客が笑い声をあげるなか、モーガンはグラスにワインを注《つ》いだ。「あなたは全然気づいていないんでしょうけど、実はとっても緊張して、このあたりを行ったり来たりしていたの。遅刻したのはそのせいよ」

「ぼくもすごく緊張していたから、二十分も早く着いたんだ」

ふたりの緊張がほぐれたところで、モーガンはワイングラスを差しだした。

これこそバーで働く醍醐味《だいごみ》のひとつだ。居心地のいい近所のバーでは、何が始まり、何が終わりを告げ、何が花開き、何が潰《つい》えるかわからない。

ロディたち兄弟がハンバーガーを平らげたころには、バーはほぼ満席になっていた。〈マッチ・ドットコム〉のカップルはやはりテーブル席に移ることにして、ナチョスの大盛りを注文した。

モーガンは頭のなかで、ふたりが二回目のデートをするほうに賭けた。

ウオッカ・トニックの客は勘定を払い、しみったれた額のチップを置いて帰った。

ダーツがボードに刺さる音とともに見物人から歓声があがり、鋭い口笛が響いた。

そのとき、三十代前半と思われる男性が店に入ってきた。ダークブロンドに彫りの深い顔、ジムで鍛えられた体は、お忍びの映画スターを彷彿《ほうふつ》とさせた。ジーンズにブーツ、淡いブルーのセーターはカシミアのようだ。男性はスツールに腰をおろした。

モーガンはその客に歩み寄った。「〈ネクスト・ラウンド〉へようこそ。何にいたしますか？」

「ぼくの好みは幅広い」男性客は彼女に向かってにっこり微笑んだ——気さくでチャーミングな笑顔だ。「だが、まずはビールにしよう。地元の生ビールはあるかな？」

「もちろんです」ドリンクメニューがバーカウンターに置いてあったが、モーガンは数種類の銘柄をすらすらと挙げた。

「きみが選んでくれないか？」

「お好みは？」

「またしても誘導尋問だな」

彼女はさっと微笑みかけた。どうやらこの客は飲み物だけでなく会話も求めているようだ。もちろんつきあうのはかまわない。

「どんなビールがお好きですか？」

「なめらかな口当たりで、かといってさわやかすぎず、芳醇《ほうじゅん》だがコクが強すぎないほうがいい。どちらかというと黒ビールだな」

「では、こちらを試してみてください」試飲用のグラスをつかみ、ビールサーバーのレバーを引いた。

男性客は試飲をしながら、グラスの縁越しに彼女を見た。「うまい。いい選択だ」

「これがわたしの仕事ですから」

彼が口を開く前に、ウエイトレスのひとりがやってきた。「向こうの女性グループは九〇年代で時代が止まっているわ。コスモポリタンを四つお願い、モーガン」

ウエイトレスが空の食器をのせたトレイを持って厨房に姿を消すと、モーガンは注文に取りかかった。

「きみは自分の仕事を熟知しているね」彼女がカクテルを作っていると、新顔の客が言った。

「そうでなければ務まりません。この街には出張で?」

「地元住民に見えないかな」

いいや、見える。服装からして高給取りだが、これみよがしのタイプではない。「今までこの店でお見かけしたことがなかったので」

店の反対側で歓声があがった。

「ダーツのトーナメントをしているんです」

「そうみたいだね。真剣勝負なのか？」

「ええ、内輪の勝負ですが。何かほかにご用意しましょうか？　メニューをご覧になりますか？」

「ここの料理はおいしいのかい？」

「ええ」モーガンはメニューを取りだし、彼の脇に置いた。「ゆっくりご覧になってください」

コスモポリタンを作ったあと、彼女はバーカウンターに沿って移動した。常連客とおしゃべりしながら、注文を取り、飲み物を用意する。しばらくそうしてから、男性客のもとへ戻った。

「マーケット・ストリート・バーガーを試してみるよ。それは間違いだと、きみが言うなら撤回するが」

「定番メニューになるのもうなずけるおいしさですよ。もし刺激やちょっと辛いものをお求めなら、サイドディッシュのスパイシー・フレンチフライをお勧めします」

彼は両手をあげた。「きみが導いてくれれば失敗しないな」

モーガンは笑って、彼の注文を機械に入力した。

身長百八十三センチ、体重百十三キロのロディがバーカウンターにやってきた。

「お代わりを頼む、モーガン。やあ、楽しんでるかい？」モーガンが飲み物を用意するあいだ、新顔の男性客に話しかける。

「冷たいビールに美人のバーテンダー、スポーツ観戦。最高だよ」

「まったくだ。おれは準決勝も勝ち進んだ。決勝に向けて幸運を祈ってくれ、モーガン」

彼女は身を乗りだし、ロディにキスをした。「必ず勝ってちょうだい」

「まかせとけ」ロディはビールをつかむと歩み去った。

「きみのボーイフレンド？」

彼女はスツールの客に振り返った。「いいえ、違います。ロディたち兄弟は――ダーツをやっている人たちは常連客なんです。実は、彼のガールフレンドとは別の職場で一緒に働いています」

「仕事を掛け持ちしているのか？　きみは野心家だな。もうひとつの仕事は何をしているんだい？」

「建設会社の事務責任者です。あなたの職業は？」

「まあ、好きなことを生業《なりわい》にしているよ。ぼくはＩＴ企業の社員で、コンサルティング業務のためにこのあたりに二、三カ月滞在する予定だ」

「ご出身は？」

「普段はあちこちを飛びまわっている。生まれはサンフランシスコだけど、今の拠点は——メインの住まいはニューヨークだ。きみはここが故郷なのか?」

「ええ、今は」

別のウエイトレスがやってきて、注文を読みあげた。

「わたしは軍人家庭で育ったんです」飲み物を用意しながら言った。

「じゃあ、きみもあちこちを転々とする生活を知っているわけだ」

「そうですね。だから、その暮らしと縁が切れて今はほっとしています」

注文した料理が出されると、彼は皿をまじまじと見た。「この店は量をけちらないんだな」

「ええ。テーブル席に移動しますか?」

彼はまた魅力的な微笑みを投げかけてきた。「いや、ここからの眺めが気に入っているんだ。ぼくはルーク、ルーク・ハドソンだ」

「初めまして、わたしはモーガンです」

ルークは料理を食べ、ビールをお代わりし、ダーツのトーナメントが終わるまで店にとどまった。

あれこれ質問してきたものの、詮索がましいタイプではなかった。モーガンにとってはバーに来た客との普通のやりとりで、こちらからもいろいろ尋ねた。

ルークは近くのホテルに宿泊していた。会社は一軒家を借りようとしたが、彼はホテルを好み、出張のたびに地元料理を楽しんでいるらしい。ルークはモーガンの父親の赴任先や彼女が一番気に入った場所を尋ねた。モーガンは気軽に受け答えしつつ、カクテルを作り、バーカウンターをふき、ほかの客とも談笑した。

「そろそろ帰らないと」彼が口を開いた。「こんなに長居するつもりじゃなかったのに、どうやらこの街で行きつけのバーを見つけたようだ」

「ここはいいバーですから」

「また来るよ」驚いたことに、ルークは立ちあがるなり、握手しようと手を差しだしてきた。彼はモーガンの手を握ると、目を合わせて微笑みかけた。「きみと過ごせて最高に楽しかった、モーガン」

「わたしも楽しかったです」

「また話そう」

彼は現金で勘定を支払い、たっぷりチップも弾んでくれた。

二日後の晩、ルークはモーガンの勤務中のもっと遅い時間に現れた。その夜〈ネクスト・ラウンド〉ではクイズゲームが行われ、あちこちのテーブルから客が回答を叫ぶせいで一段とにぎやかだった。

「別の地ビールを選んでくれ」ルークはモーガンに言った。「何か……冒険的なものを」ゲームプレーヤーたちを振り返った。「今夜はダーツをやらないのか？」

「今夜はクイズゲームです。誰でも参加できるので、わかったらいつでも大声で回答を叫んでください」

「賞品は？」

「優勝の満足感です」彼女は試飲のグラスを差しだした。

「おもしろい味だし、冒険的だ。ダークチェリーの味もする。これにするよ」

モーガンはビールサーバーのレバーを引き、肩越しに微笑んだ。「何かビールのおつまみはご用意しますか？」

「とりあえずビールだけでいい。今日は長い一日だった」

「テクノロジー業界はどんな感じですか？」

「このビールみたいにおもしろくて冒険的だ。きみの業界は？」

「忙しいですね。でも、忙しいほうが性に合っているので」

モーガンは注文に応じながら、バーカウンターを行き来したが、クイズゲームが大盛況だったおかげでつかの間の休息を得られた。

「忙しくないときは何をしているんだい？」ルークがきいた。

「暇ができたらお答えします」

「少しは休んだほうがいい。心身ともに。それで、休日は何をしているのか、ぼくに詳しく教えて《ペイント》くれ」

「そう、ペンキ塗り《ペイント》です。自宅のいたるところにペンキを塗らないといけないんです。けど、まだ手をつけられていなくて。それに春になるので、わたしたちは苗を植える予定です」

「わたしたち？」

「同居人と一緒に」

「その手のことに頼りになる男なのか？」

「男じゃなくて、彼女は外観を引きたてる植栽が得意なんです。ガーデニングショップに勤めているので。屋内に関してはニーナはあまり戦力になりませんが、わたしはそこそこの腕前です」

「そうか、建設会社だもんな」ルークは彼女を指差した。「好都合だ」

「ええ、役立っています」

「家を持つと、維持するのにかなり手間がかかるだろう。だから、ぼくは一軒家を購入したことがないんだ。そういうことに疎いから。それに、仕事があるし」ルークはまた彼女を指差した。「きみは軍人家庭育ちだから、どこかに根づきたかったんだね」

「そのとおりです」

モーガンがウイスキー・サワーを作り、ふたつのジョッキにビールを注ぎ終えたところで、ルークがふたたび声をかけてきた。

「どうしてこの土地を選んだんだい？　もし差し支えなければ、教えてくれないか」

「ここにはわたしの求めるものがあるんです。四季があって、ダウンタウンまでの距離も近くて、田舎町でも大都市でもない。ちょうどその中間です」

モーガンはプレッツェルのボウルを彼の前に置いた。

「たしかにいい場所だ、きみがやっているような自宅のリノベーションも盛んだし。ぼくがこの街に派遣されたのもそれが理由なんだ。家主や企業が最新テクノロジーに目を向け、住民がスマートホームを希望する団地が複数ある。中古住宅の購入者は転売やリフォームを検討している」

ルークは肩をすくめた。「ぼくはそのインフラ整備の一部にかかわっている。今は誰もがホームオフィスを持つ時代だから、その設置の手伝いだ。きみの自宅にもあるだろう」

「ええ。最新設備ではないけど、よく使っています」

クイズゲームが歓声とブーイングとともに終了すると、飲み物やスナックの注文が次々に入った。モーガンが働いているあいだに、ルークは別の客としゃべり始めた。野球の話題だ。かなり詳しいらしく、会話は盛りあがっていた。

「もう一杯いかがですか？」

「ああ、ありがとう。きみはどうする、ラリー？　一杯おごるよ」

「じゃあ、ごちそうになろうかな。ニーナの車の調子はどうだ？」

「かろうじて走っているわ」

ラリーはかぶりを振ると、短い顎ひげをこすった。「彼女には一度、車を持ってきてもらわないとだめなんだが」

「そう伝えるわ。ラリーはこのあたりで一番の整備士なんですよ」彼女はルークに説明した。「ニーナの車がとっくに使用期限切れなのに走っているのは、ラリーのおかげなんです」

「まあ、おれはできるかぎりのことをしているだけだ。きみはまだあのプリウスを気に入ってるのか？」

「ええ、最高の車よ」

モーガンはふたりの前にそれぞれグラスを置くと、テーブル席の六人分のお代わりを用意した。ラリーの話題は車やエンジンに変わったが、ルークは話についていけるだけの知識はあるようだ。

「そろそろ行かないと」ラリーが立ちあがった。「女房がもう帰ってるか、そろそろ着くころだ。今夜は読書会でね。実際は、ワインを飲みながらおしゃべりするだけの集まりなんだが。今夜は楽しかったよ、ルーク。おごってくれてありがとう」

「どういたしまして」

「もう一杯いかがですか？」モーガンは尋ねた。

「二杯がリミットだ。もう行かないと、明日は忙しい一日になる」ルークは支払いをすませると、気前よくチップを置いた。「あまり働きすぎないようにと言っても、きっときみは聞かないんだろうな。また会えてうれしかったよ」

「テクノロジー業界での成功を祈っています」

彼は笑顔で店をあとにした。

ルークがふたたび現れたのは、かなり混雑した金曜の晩だった。モーガンはパートタイムの週末担当のバーテンダーとともに大勢の客をさばいていた。スツールがすべて埋まっていたため、ルークは彼女がいるバーカウンターの端にもたれた。

「飲み物はまかせるよ。今週は最高だった」

「おめでとうございます。週末はお休みですか？」

「明日は書類仕事を片づけて計画を立てないといけないが、ああ、休みだ。休日の残りをどう過ごせばいいか、お勧めはあるかい？」

「ボルチモアまでドライブしてみるのはいかがですか。インナー・ハーバーや水族館がありますし、それにカムデン・ヤーズ球場でオリオールズの開幕戦が行われます」

「一緒に来て、案内してくれないか？」

　モーガンはその誘いに驚かなかった。男性から興味を示されれば、ちゃんと気づく。彼女は軽い口調で応対した――それもバーテンダーの仕事だ。

「すみません。土曜日は家でやることがあって、夜はここで働いていますし、日曜日はすでに予定が入っています。でも、誘っていただいてありがとうございます」ルークは差しだされたビールを試飲した。「ぼくもここの地ビールにはかなり詳しくなったよ。いいビールだな、これをもらおう」モーガンがジョッキを差しだすのを待つ。「もしぼくが強引なら、あるいはつきあっている人がいるなら、はっきりとそう言ってくれ。傷ついたりしないし、大丈夫だから。でも、いつかディナーに出かけないか？　きみが働いていない晩に。プレッシャーは感じなくていい」彼女が躊躇《ちゅうちょ》するのを見て、つけ加えた。「ただの食事とおしゃべりだ。ピザは好きかい？」

　どういうわけか、その気さくな口調にモーガンの肩の力が抜けた。「ピザが嫌いな人なんている？」

「〈ルイージズ〉のピザは絶品だよ」

「このあたりで一番のピザ屋を見つけたみたいですね」

「じゃあ、ピザとワインにしよう。店で直接待ちあわせればいい」

モーガンはいつからデートしていないのか……考えたくもなかった。別にデートくらいしたってかまわないわよね。

「月曜日の夜なら空いています」

「〈ルイージズ〉に七時でどうだい？」

「ええ、かまいません」

「電話番号を交換してもいいかな？　きみが心変わりしないことを願っているが、念のため……」

モーガンはポケットから携帯電話を取りだし、彼の携帯電話をつかむと、連絡先を交換した。

「まだ帰らずに腰をおろしたいなら、三つか四つ先のスツールに座っているカップルが、お酒を飲んでナチョスを食べ終えたら帰るはずです」

「ありがとう。もうしばらくいるとするよ」

モーガンは彼にさっと微笑み、仕事に戻った。

ルークはスツールに座ってビールを二杯飲み、真夜中をまわったころ、店をあとにした。

「じゃあ、月曜日の晩に。楽しい週末を」

「ええ、あなたも」

「すごいハンサムじゃない」ウエイトレスのグレイシーがルークを見送った。「しかも、あなたを狙っているわ、キューティー」

「そうみたい。感じがいいし、堅実そうな人よ――それに、このあたりには数カ月しか滞在しないの」

「鉄は熱いうちに打て、よ」

「そうかもね」

2

日曜日の午前中、モーガンは家のことをして過ごした。洗濯や掃除をしながら、キッチンの壁を撤去してペンキを塗り直し、新しいカウンターを設置したところをうっとりと思い浮かべた。ニーナの分もまとめて週に一度の買い出しに行き、キッチンのボードにレシートを貼りつけた。そうやって毎月それぞれの出費を計算している。

午後になり、ニーナがパンジーの苗やガーデニング用の土や水苔《みずごけ》を持って仕事から帰ると、モーガンは一緒に倉庫から植木鉢をいくつか引っ張りだした。いつか窓辺にプランターを設置したい。それを言うなら、鎧戸《よろいど》を新しくして、かわいらしいフロントポーチも作りたいけれど。

来年の春にはそのすべての予算が捻出できる見込みだ。でも今は、パンジーの苗で充分満足している。

「そのルークっていう人のことをもっと詳しく聞かせて」

四月とは思えない風の冷たさにパーカーのファスナーを閉めてから、モーガンは愛らしいパンジーのまわりの土をとんとんと叩《たた》いて固めた。

「たいして話せることはないわ。IT企業の社員で、おそらく優秀なんでしょうね。そうでなければ、数週間とか数カ月単位で長期出張を命じられるわけがないもの。たぶん、そうやって各地を〝制圧〟しているのよ——それが正しい言葉かわからないけど。あと身なりがいいわ。鼻持ちならない感じじゃなくて、品がいいの」

「すごくハンサムだって言っていたわよね」

「ええ、言ったわ、だって事実だから。彼は礼儀正しくて気さくで、ビールは二杯までって決めているの。ニーナ、出張中の男性とピザ屋でデートするだけよ。結婚前に婚約者と食器選びに行くわけじゃないわ」

ニーナは日除《ひよ》け用の帽子を押しあげた。「あなたが最後にピザ屋でデートしたのはいつ？　ピザ屋じゃなくても、誰かとデートしたのは？」

「その話はしたくないわ」

「あなたがずっとデートしてないのは、毎回にっこり微笑んで断っているからでしょう。今回はどうして同意したの？　ハンサムな男性だから？」

モーガンは若干ばつが悪そうに肩をすくめた。「デートするなら相手はハンサムなほうがいいでしょう。それに、わたしだって気軽に誘いに乗ることもあるわ。でも彼は楽しい人で、自分の話ばかりするわけじゃない。ちゃんとわたしの話にも耳を傾けてくれるし。だから、いい人だと思うわ」

「でも、一時的な関係なのよね」

「ええ。今のわたしにとっては、それも好都合よ。五、六年、それか七年後くらいに結婚相手が見つかればうれしいわ」

大佐譲りのグリーンの瞳に、つかの間夢見るようなまなざしが浮かぶ。

「恋に落ちて、しばらくつきあって、家庭を持つことを考えるの。でも、その前に自分の目標を実現しないと。ああ、花がとてもきれいだわ！　庭師と同居するなんて、われながら賢いわね」

「とびきり賢いわよ。わたしは結婚することになったら――サムは間違いなくその方向に突き進んでいるけど――大きな庭がほしいわ。広い庭じゃないとだめ。家は小さくても全然かまわないけど、庭はだだっ広くないと」

ニーナはひんやりした芝生に仰向けに寝転んだ。「木陰を作ってくれる木と観賞用の植物、切り花用の庭《カッティング・ガーデン》にくねくねと延びる小道、蝶《ちょう》が舞う庭。変わった形の巣箱、噴水。そのすべてがほしい」

モーガンも隣で仰向けになった。「この庭にも変わった形の巣箱を置きましょうよ。カッティング・ガーデンがどんな庭かわからないけど、ほしくなったわ」

「わたしならその願いをかなえられるわよ」ニーナは手を伸ばして、モーガンの手をぎゅっと握った。「わたしはこの庭が大好きよ。理想の庭ほど広くないけど、無限の可能性を秘めている。とりわけ、わたしの好きにさせてもらえればね」

「お互いの長所を活《い》かすとしましょう」

「ねえ、今度ぜひ彼をディナーに招待して」

「あなたもわたしも料理をしないじゃない」

「力を合わせれば何か作れるわよ。簡単だけど見栄えのする料理をママに教えてもらうから。きっと何か知っているはず。さあ、ここを片づけたら家のなかに入って、あなたのデート服を選ぶわよ」

「ピザを食べるだけよ、ニーナ」

「今回はピザだけど、次にどうなるかはわからないじゃない。お互いの長所を活かすとしましょう」ニーナは身を起こしながら、思いださせるように言った。「デートのことなら、わたしにまかせて。出張中のハンサム・ガイとのピザ・デートにぴったりな、カジュアルでセクシーな服を考えてあげる」

「それに当てはまる服を持っていないかもしれないわ」

「わたしを信じて、ちゃんとコーディネートしてあげるから」

土曜日の晩、モーガンはルークが〈ネクスト・ラウンド〉にやってくるかどうか気にかけていたが、結局現れずにがっかりしたのはなぜだろうと自問した。

その晩は大忙しだったし、かえってよかったのだと自分に言い聞かせた。さらに翌日は、日曜日担当のバーテンダーが急性虫垂炎になったため、代わりに午後の短いシフトを引き受けた。ニーナの実家のディナーには職場から直行し、絶品のパエリアをごちそうになりながら大いに笑った。

月曜日、仕事を終えたモーガンは、自転車で帰途に就いた。週末に少し空いた時間で預金残高を再三チェックしてどのくらい予算を組めるか計算したので、壁の撤去と、キッチンの設備やカウンターや食器棚を一新するのにかかる費用について、勤めている建設会社の上司に相談してみた。それぞれの見積もりも出してもらった。

頭に見積額を思い浮かべ、ペダルを漕《こ》ぎながら予算に合うよう計画を調整した。食器棚は交換せずにペンキを塗り直そう――夢のアイランドキッチンをあきらめる気はないので、これは一時的な対策だ。

自転車を停めていると、ニーナが玄関先に出てきた。

「もうぎりぎりよ」

「まだ一時間半あるわ。ほぼ一時間半ね」

「さっさと入って、アミガ・ミア。準備するわよ。メイクはわたしにまかせて」

「わたしだってメイクの仕方くらい知っているわ」

「あなたが知ってるのは、事務責任者用とちょっぴりセクシーなバーテンダー用のメイクでしょ。でも、ピザ・デート向けのセクシーでカジュアルなメイクの仕方は知っている？」

「ずいぶん細かいわね、でも、たぶん大丈夫よ」

「たぶんじゃだめ」ニーナは人差し指を振った。「わたしの寝室のバスルームに来てちょうだい。準備万端だから。わたしより十五センチ背が高いあなたのために、スツールも用意したわ」

「厳密には十六・五センチよ」

「脚が長いからって嫌味《いやみ》ね」

ニーナはモーガンの持ち時間の半分近くを費やして完璧なメイクを仕上げた。

「顔が二キロ以上重くなった気がする」

「それだけの価値はあるはずよ。いいから鏡を見て。もともとグリーンの瞳はきれいだったけど、今や光り輝いてるわ！　わたしのメイクの腕前もたいしたものね」

モーガンは反論できなかった。瞳がひときわ大きくなり、グリーンの濃さが増し、何層も塗り重ねてなじませたにもかかわらず――あるいは、そのおかげで――肌がしっとりして張りがあった。

「唇に塗った赤のグロスが本当にいい働きをしている」ニーナは自分が施したメイクのできばえをじっくり眺めた。「マットな口紅だとセクシーさが全面に出ちゃうけど、これならいいわ。あなたの唇はふっくらしてサイズもちょうどいいし、完璧ね。さあ、次は着替えよ」

「あなたは今夜はどうするの？」

「家でゆっくりするわ」ニーナはあとについて寝室に入り、あらかじめ選んでおいた服をモーガンが身につけるのを見守った。

「本当に？」

「ゆうべママからもらった残り物がたくさんあるから。今夜は美容のためにゆっくり休むわ。バブルバスにヘアマスク、フェイスパック。キャンドルを灯《とも》してワイングラスを片手に、長々と泡風呂に浸《つ》かるの。そうやってセルフケアをしたあと、あなたのデートの話を根掘り葉掘り聞きたいわ」

「ただピザを食べに行くだけなのに」念入りな準備のせいで、モーガンは緊張し始めていた。

「ふたりで出かけるなら、どこだっていいのよ。あなたのヒップって最高よね」モーガンがぴったりしたジーンズをはくと、ニーナはそうつけ加えた。「すらりと長い脚にきゅっと締まった小さなヒップ」

モーガンは肩越しに振り返り、腰をくねらせた。「もしかして、わたしを誘っているの？」

「もしあなたを口説かなかったら、彼はどうかしているわよ」

「別に口説かれたいとは思っていないわ」モーガンは明るいブルーのセーターを着た。

「まあ、雰囲気しだいで、さりげなくアプローチされてもかまわないけど」

ニーナに値踏みをするような目で見つめられるなか、モーガンはイヤリングを揺れるデザインのものに変え、一番いいブーツを履き、母親からクリスマスにプレゼントされたグレーのレザージャケットをまとった。

「これで合格？」

「とびきりカジュアルでセクシーよ」ニーナはポケットから小さなアトマイザーを取りだした。「スプレーするから、そこを歩いて」そう命じて噴射する。

モーガンはあきれたように目をまわしつつ、そこを横切った。

「これで完璧よ。さあ、一杯飲みましょう」

「ディナーのときにワインを飲むつもりよ」

「今、ワインを少しだけ飲んでおけば、すべてうまくいくわ。もし羽目を外してディナーで二杯飲んだら、デート相手を誘ってマーケット・ストリートを散歩して公園や池まで行って引き返すといいわ。あっ、ブルーの花柄のスカーフを貸してあげる。あれを巻くと、いいアクセントになるから」

ニーナからちょっとだけ遅刻するよう念押しされたが、モーガンは七時ちょうどに〈ルイージズ〉に足を踏み入れた。

店内はいいレストラン特有の活気があり、ソースやスパイス、とろけたチーズのにおいが漂っていた。

ルークがすでにボックス席にいるのを見て、モーガンはほっとした。彼女に気づいて彼が微笑むと、さらに気分がよくなった。

ルークはボックス席から立ちあがり、近づいてきたモーガンの手を取って頬にそっとキスをした。「とってもきれいだよ」

「ありがとう。あまり待たせていなければいいんだけど」

「ぼくもついさっき来たところだ。すてきなジャケットだね」彼はジャケットを脱ぐモーガンに手を貸した。

「母からのプレゼントなの」

「お母さんはすごく趣味がいいんだな。席についたとき赤ワインのボトルを注文したけど、かまわなかったかい？　ほかのものがよければ、変更できるはずだ」

「赤ワインでいいわ。どんな週末だった？」

「生産的だったよ。きみのアドバイスにしたがって、インナー・ハーバーにもちょっと行ってみた」彼はワインを運んできたウエイトレスに例の微笑みを投げかけた。

「ご注文はお決まりですか？」

「もう少し時間をもらえるかな」

「もちろんです。どうぞごゆっくり」

ルークはグラスをかかげた。「すてきな相手との楽しい夜に乾杯。きみが心変わりするんじゃないかと本気で心配していたんだ」

「わたしがただでピザにありつけるチャンスを逃すとでも？」

彼は声をあげて笑った。「きみの好きなトッピングは？」

「なんでも好きよ。全部のせても何ものせなくても、ピザはまずくならないから」

「同感だな。それで、きみの週末はどうだった？」

「わたしも生産的だったわ。ニーナと一緒にパンジーを植えたの。帰宅したときや家を出るときに、パンジーを見ると笑顔になるわ」

「たしか、同居人はガーデニングショップで働いているんだよね？」

「そうよ」

「仲がいいんだね」

「ええ」放浪生活の末、初めてできた一生の親友だ。「自分の生活リズムを理解してくれる相手と暮らすのは最高よ。たいてい彼女は、わたしが起きて出勤する前に家を出て、わたしが〈ネクスト・ラウンド〉から帰宅するころには寝ているわ」

「だからこそうまくいくのかもしれない。スケジュールが違うから、お互いひとりの時間が持てる」

「ええ、だから一緒にいるときは楽しいわ。生活が不規則で、近隣住民や友人がそばにいないのはどんな感じ？」

「今はこれが性に合ってるよ」座席の背にもたれた彼は自分自身に満足し、自信があるように見えた。それがモーガンの目にはとても魅力的に映った。

「いつかはどこかに腰を落ち着けたいと思う日が来るんだろうな。でも、今はこの生活のおかげで国中を見てまわり、大勢の興味深い人たちと出会える」ぱっと魅力的に微笑んだ。「きみのような興味深い人と」

彼はやはり感じがいい。それに、口説き方もさりげない。

「仕事が好きなのね。それに、きっととびきり優秀なんでしょうね」

「仕事はすごく楽しいよ。顧客に合わせたシステムを構築するのは。問題を解決し、人々の暮らしを楽にして、最新設備を紹介するのは。いつか自宅を見せてくれたら、いくつかアドバイスできるかもしれない」

「ええ、いつかね」

ルークはまた微笑んだ。「さあ、ピザを食べよう」

結局モーガンはワインを二杯飲み、一分一秒を楽しんだ。ルークはモンタナ州ビュートの牧場で管理システムを設置したり、牧草を食《は》むバイソンを眺めたりしたことを語った。

モーガンのキッチンリフォームの計画にも耳を傾け、いくつか提案をしてくれた。おかげで、彼女の夢や希望のリストに新たな項目が加わった。

ルークの提案で、ふたりは街を散歩することにした。

夜風が吹いていたが、それまでレストランの熱気に包まれていたので心地よく感じた。それに、誰かとこうして手をつないで歩くのは本当に久しぶりだった。

車まで送ってもらったころには十時近くなっており、モーガンの予定よりかなり遅い時間だった。

「またこんなふうに会いたい。きみの勤務中にバーのスツールで過ごすのも悪くないけど、また会ってもらえないかな。ぼくのスケジュールは融通がきくから、きみの都合に合わせるよ」

ニーナが頭に忍びこんできたのか、気がつくとモーガンは彼をディナーに招いていた。

「来週の月曜日に、わたしの家で。月曜日が一番時間にゆとりがあるから」

「きみは料理をするのかい？」

「いいえ。学ぶことリストに料理も追加するべきだとは思っているけど」

「じゃあ、ニーナが作るのか」

「違うわ。でも彼女のお母さんが料理上手だから、わたしたちに一から作り方を教えてくれるはずよ。もし、あなたがリスクを冒しても食べてみたいというなら」

「ぼくは冒険心旺盛なんだ。七時でいいかい？」

「もちろん。七時ならちょうどいいわ」

「じゃあ、お邪魔するよ。住所を教えてもらえるかな？」

モーガンは手を差しだして彼の携帯電話を受け取ると、自分の住所を住所録に登録した。「道順を教えましょうか」

「ミスター・グーグルと仲良しだから大丈夫だ。バーのほうにも顔を出すよ。今度はダーツに挑戦してみようかな」

「ロディはかなりの腕前よ」

「一か八《ばち》か挑んでみよう」

ルークが身を乗りだし、まさにさりげないアプローチで自然に唇を重ねてきた。強引ではないものの、衝撃的なキスだった。モーガンは久しぶりに胸の高鳴りを覚え、その晩の完璧な締めくくりとなった。

「おやすみ、モーガン」

「おやすみなさい。今夜はとても楽しかったわ」

「ぼくもだよ。じゃあ、安全運転で」

キスの余韻で若干頭がふわふわしていたが、モーガンは安全運転を心がけた。

地に足がついていないような足取りで家に入ると、セルフケアのおかげで光り輝いているニーナが着心地のよさそうなパジャマ姿で待ちかまえていた。

「ひと目見ただけで初デートが大成功だったとわかったわ。さあ、話を聞かせて！ 彼に口説かれたの？」

「ええ、完璧なアプローチだったし、彼にすごく惹かれているわ」モーガンはうっとりと吐息をもらし、すとんと椅子に座った。「とても気さくで話すのが楽しかった。いろんな場所に行ったことがあって、おもしろい話をしてくれるし、人の話にも耳を傾けてくれるの」肩をすくめ、ふっと両方の肩の力を抜く。「おやすみのキスをされたときはどきどきしたわ」

「どんなキス？ もっと詳しく説明して」

「軽く触れただけの、夢みたいなキスだった。強引で燃えるようなキスじゃなく、さりげないけど印象に残るキス。それで、来週の月曜日のディナーに招待したわ」

「えっ？」ニーナは飛びあがり、その場でダンスした。「信じられない。彼に薬を盛られたわけじゃないわよね。それとも、マインドコントロールをされたとか」

「彼は感じがよくて、ハンサムで興味深い人よ。ただそれだけ」

「充分魅力的じゃない。ママに協力してもらって何か作らないとね。それとも、月曜日はわたしがいないほうがいい？」

「とんでもない」モーガンは即答した。「お願いだから、いてちょうだい。あなたがいなければ、彼を招待しなかったわ」

「サムも誘う？」

「ぜひそうして。それなら偶数になるから。豪華なディナーはだめよ、ニーナ。気軽でおいしいディナーにしましょう。カジュアルなままで」

「カジュアルでセクシーよ。わたしたちならできるわ、モーガン」

「もし無理ならデリバリーを頼むまでよ」モーガンは立ちあがった。「もう寝る支度をしないと。あなたも。明日は八時始業でしょう」

「ええ、もう寝るわ。でも、まずはママにメールして、わたしたちが何を作ればいいか考えてもらわないと。今夜は〝いい夢を見てね〟なんて言わないわよ、あなたが甘い夢を見るのは間違いないから。じゃあ、また明日。ああ、モーガン・オルブライトがディナーに招待した男性に会うのが待ちきれないわ！」

ルークは火曜日の晩にバーへやってくると、すぐにモーガンとおしゃべりを始め、常連客とも談笑した。ダーツの腕にも多少磨きをかけた——なかなか腕前は悪くなかった。彼はビールを二杯飲み、チキンウィングを注文した。

「ボーイフレンドができたみたいね」グレイシーが眉をくねらせた。

「そんなんじゃないわ。彼がこの街にいるのはほんの二、三カ月よ」

「生涯の恋人とは言ってないわよ」ラストオーダーの時間を知らせるライトが点滅するなか、グレイシーは肩をまわした。「たしかに彼は人当たりがいいわ。わたしはその手のタイプの男は信用しないけど。十五年前、結婚寸前までいった男性がいたの。彼も人当たりがよかったわ。あまりに人当たりがよすぎて、わたしのベッドをすり抜けていとこのボニーのベッドにもぐりこんじゃった」

「彼がわたしの結婚寸前までいった相手じゃなくてよかった」

「結婚はともかく、人当たりのいい男性と楽しむのはいいんじゃない」

そうよ、楽しんだっていいはず。クイズゲームの晩にルークが現れると、モーガンはそう思った。

クイズに参加したことで、モーガンのなかで彼の株はさらにあがった。

ルークは興味深い人で、モーガンに惹かれているのは明らかだったものの、彼女の多忙なスケジュールのせいで、ふたりきりで過ごす時間はあまりなかった。ただ、どちらもそのことに不満はなさそうだった。

だからといって、モーガンが月曜日の晩を楽しみにしていないわけではなかった。料理に対する不安と二回目のデートへの緊張はあったけれど。

当日はシフトを調整し、昼の仕事を一時間早く切りあげた。寒さがゆるんで、ついに本格的に四月らしい陽気となり、自宅までペダルを漕いでいると気分が浮きたった。数週間後には春真っ盛りとなり、色とりどりの花が咲き乱れるだろう。隣人宅では早くも鮮やかなバターイエローのフリージアが咲きだし、近所の角にある大きな柳の木は新緑の葉を揺らしている。

自宅の庭では真っ赤なチューリップが花開き、ガーデニングショップでニーナと出会ったときに勧められて植えたツツジがいくつも蕾をつけ、まもなくピンクの花を咲かせようとしている。

ささやかな変化かもしれないが、庭の花のおかげで地元の一員になれた気がした。

自転車を停め、パンジーを見て微笑み、大音量の音楽が流れる家に入った。

明らかに、ニーナのほうが先に帰宅したようだ。

玄関脇のテーブルのボウルに鍵を放りこみ、ジャケットをハンガーにつるしてハンドバッグと一緒にクローゼットにしまい、混沌《こんとん》としたキッチンに足を踏み入れた。

髪をポニーテールにまとめたニーナのエプロンには、得体の知れないものが飛び散っていた。それは彼女のママがくれたエプロンで、モーガンも同じものをもらった。

狭いカウンターの上にボトルや広口瓶、調味料入れが散乱していた。モーガンが見るかぎり、そのすべての中身がニーナの真新しいエプロンに飛び散っているようだ。

「やったわ！」ニーナの目はやや興奮気味に大きく見開かれていた。「豚肉をちゃんとマリネ液に漬けたわよ。わたしはやったわ、モーガン」冷蔵庫の扉を勢いよく開けた。「ほらね」

モーガンが身を乗りだして用心深くなかをのぞくと、ラップで覆われたガラスのボウルが入っていた。そのボウルは今回の急なディナーのために、ニーナのママから借りたものだ。

「この手で漬けたのよ！」

「それに――」モーガンは顔を近づけてにおいをかいだ。「ちゃんといいにおいがする。あなたは座ったほうがいいんじゃない？」

「ええ、そうかも。ポテトはあなたにまかせるわ。男性たちをディナーに招待したからには、肉料理とポテトを出さないと。四月だから、アスパラガスもね。それをすべて調理して、テーブルセッティングを整え、自分たちもおめかししないといけないのよ。なんでこんなことをしようと思ったのかしら？」

「悔やんでももう手遅れよ。テーブルセッティングは問題ないでしょう、あなたならできるわ。でも、もし大変だったら手伝うわよ。HGTV（リフォームや不動産関連の番組を放送するアメリカの有料テレビチャンネル）でしょっちゅうテーブルセッティングのやり方を紹介していたから。ポテトはわたしにまかせて。あなたが豚肉をマリネ液に漬けられたなら、わたしだってポテト料理が作れるはずよ。とにかくやってみるわ」

モーガンはエプロンをつけた。ジャガイモをごしごし洗って、ニーナの母親のレシピどおり、くし切りにし――大きさがまちまちのくし切りを見て、どういうことかと頭を抱えたが――自分のエプロンが、ジャクソン・ポロックの抽象画のようなしみだらけのニーナのエプロンと違ってあまり汚れていないことを喜んだ。

モーガンは文字どおり、ニーナのママの指示にしたがった。ただし、その指示は簡単ではなく、正確な分量の代わりに〝自分の目や鼻を使って〟というアドバイスが添えられていた。

続いて調理に取りかかった。ボウルで調味料を混ぜあわせ、においをかぎ、目で確認した。全部混ざったらオイルを加え、クッキングシートにポテトを広げておいしくできあがるように願った。

テーブルセッティングはそういう作業が得意なニーナにまかせ、自分はキッチンの後片づけに着手した。

早くもへとへとになりながら、モーガンは仕事用の服からカーキのパンツと明るいピンクのTシャツに着替えた。みんなどうやって毎日こんなことをこなしているのか、不思議でならなかった。

おまけに、まだこれからアスパラガスを用意して、ディナーロールをあたためなければならない。

廊下で、春の朝を思わせるさわやかな装いのニーナと鉢合わせした。

「あとはオリーヴとチーズと生野菜だけね。それなら、わたしたちでもできるわ。キッチンが狭すぎるのが残念、本来はみんなで過ごす憩いの場所なのに」

「来年の春にはどうにかするわ」モーガンが誓った。「すごくいいにおいね、ニーナ。まるでわたしたちが料理上手みたい」ふたりはキッチンで身を寄せあいながら、オーブンをのぞきこんだ。「いい感じじゃない。本当にアスパラガスはたった十分でできあがるの？」

「ママが言うんだから間違いないわ」ニーナは真剣な口調で答えた。「でも、男性陣が到着する前に、つまり今すぐ、根本はカットしないと。そして七時十五分ごろ、さりげなくアスパラガスの調理に取りかかるの。五分炒《いた》めるのと、五分蒸すの、どっちがやりたい？」

「えっ、ええと、蒸すほうがいいわ」

「わたしもそっちをやりたいから」ニーナが拳を突きだした。「じゃんけんぽん」

「ああ、もう」ニーナのグーにチョキで負けると、モーガンはうめいた。

七時になるころには、音楽のボリュームはさげられ、オーブンはフル稼働で、フィンガーフードが並べられた。

そのとき、玄関ドアをノックする音が響いた。

「エプロンを外して！」ニーナが命じた。

一緒に玄関ドアを開けると、男性ふたりがポーチに立っていた。

「ぼくたちは同時に到着したんだ」角縁眼鏡をかけたサムがニーナにピンクのチューリップの花束を手渡し、続いてモーガンにはワインボトルを渡した。

「ぼくは逆の順番にするよ」ルークはモーガンに水栽培用のガラス瓶に入った紫のヒヤシンスを渡した。「やあ、ニーナ。ぼくはルークだ」ニーナにはワインボトルを渡す。

それまではやきもきしながら準備に追われたが、そのあとは気が楽だった。

四人はキッチンに移動し、手狭なダイニングスペースでワインを飲んだ。ルークとサムはまたたく間に打ち解けたようだった——IT企業の社員とヘビーゲーマーには共通の話題がたくさんあるのだろう。

このままうまくいくことを願いつつ、モーガンはアスパラガスを炒めようとフライパンにバターを入れた。

「出張中の手料理ほどうれしいものはない」ルークはさりげなくモーガンの頬にキス

をした。「本当にありがとう」

「どうかちゃんとした手料理が完成して、泣いて助けを求める羽目にならないよう祈ってて」

ルークは噴きだした。「すごくおいしそうなにおいがするよ。ちょっとお手洗いを借りていいかな？」

「もちろんよ。リビングルームの左側の廊下を進んだ右手のドアよ」

「まもなく十分のカウントダウンが始まるわ」ニーナが宣言すると、サムは彼女の腰に腕をまわした。

「きみたちがこれを全部用意したなんて信じられないよ。丸一日働いたあと、こんなごちそうを作ってくれるなんて」

「まだ味わってもいないでしょう」モーガンはサムに思いださせるように言った。

「丸一日働いたうえに」サムはそう繰り返し、ニーナの頭にキスをした。「手間をかけてディナーを作ってくれたじゃないか」

ニーナはうれしそうに顔をあげ、サムとキスをした。

「よし、やるわよ」モーガンはバターが溶けたところでアスパラガスを加え、携帯電話のタイマーを五分後にセットした。アスパラガスを転がしながらフライパンを揺すり、できるだけ目と鼻を使って塩コショウで味付けをした。

彼女がフライパンで調理するあいだ、サムはニーナを手伝ってオーブンからポークチョップとポテトを取りだし、今度はあたためるためにディナーロールを入れた。

「さあ、チームワークの見せどころね。わたしは五分炒めたわ。今度はあなたの番よ、ニーナ」

ふたりは位置を交換し、モーガンは大皿に――ニーナのママの大皿に――ポークチョップを並べ、ママの指示にしたがってフレッシュなローズマリーを飾りつけた。

「すまない」ルークが戻ってきた。「一本電話がかかってきて、出ないといけなかったんだ」

「気にしないで。こっちはいよいよ大詰めよ」モーガンは彼のほうを見た。「大丈夫？」

「ああ、明日のスケジュールが若干変更になっただけだ。ぼくも手伝おうか？」

「ワインを開けてくれる？ もう一本必要になるかもしれないから」

テーブルに料理が並び、それぞれ皿に取り分けると、サムが真っ先にひと口食べた。「すごいよ、ベイビー」ニーナにそう告げると、モーガンにも微笑みかけた。「きみもだ、ベイビー」

ニーナもポークチョップを味見した。「あらやだ。わたしたち、なかなかの腕前じゃない、モーガン。次は何にチャレンジする？」

「出張中に手料理が食べられるなんて。きみたちレディに、シェフに乾杯！」ルークがワイングラスをかかげた。

「ママにも乾杯！　きっとわたしたちのことを誇りに思うはずよ、モーガン」

長い一日だったが、モーガンは一分一秒を楽しんだ。自宅で行う本物の——テイクアウトやデリバリーをまったく利用しない——ディナーパーティーは今回が初めてだった。弾む会話や笑い声、時折、彼女に触れるルークの手の感触を楽しんだ。

後片づけはまかせろと主張する男性たちにうっとりし、のんびりと余韻に浸りながら、コーヒーとベーカリーで買ってきたレッドベルベットケーキを味わった。

「こんな話をするのは心苦しいが、今夜が今回の出張のハイライトになりそうだ。スケジュールの変更で、明日八時までに現場へ行かなければならない」

「どこに行くんだい？」サムがきいた。

「派遣先はボルチモアだ。買取再販業者が購入した二軒のテラスハウスを一軒にまとめて、スマートホーム化したいらしい。ぼくは何日か向こうに滞在することになる。たぶん、三日くらいかな」

ルークは肩をすくめた。「先週末、急にこのプロジェクトをスケジュールにねじこまれてね。上司のうちの誰かの友人からの依頼なんだ」

「八時までにボルチモアへ行くなら、早起きしないとね」

ルークはニーナに向かってうなずいた。「ああ、たしかに。それに、やりがいはありそうだ。古い二軒のテラスハウスをスマートホーム化した都会のミニ・マンションに生まれ変わらせるんだから——歴史的な風情は残したままで」

彼は周囲を見まわした。「きみのためにもぜひこのプロジェクトに取り組みたいと思っているんだ。この家は造りがしっかりしているね、モーガン」

「わたしもそう思うわ。あの壁を撤去したら、スペースを広げるだけじゃなくAI技術を導入するかも」

「そのときは電話してくれ。スケジュールを調整して、必ずきみの依頼を受けるよ。約束する。ありがとう、ニーナ、きみのお母さんにもお礼を言っておいてくれ」ルークは立ちあがった。「何もかも最高だった。きみに会えて本当によかったよ、サム。来週になれば、きみのシステムをチェックするゆとりができるはずだ。きっと何か付加機能をつけられるよ」

「チェックしてもらえたらありがたいよ」

モーガンは玄関までルークを見送った。

「こっちへ戻ったら、バーに立ち寄るよ。二、三日後になると思うが。ボルチモアのホテルで寂しいときは、メールしてもいいかな?」

「ええ、もちろん」

「戻ってきたら、ディナーに行かないか？　ピザ屋よりちょっと高級な店へ」

「喜んで」

ルークがモーガンにキスをした。初めてのときよりもう少し深く口づけながら体を押しつけられて、彼女はうっとりした。

「ボルチモアでの幸運を祈っているわ」

「ぼくが優秀なら運など必要ないが、ありがたく受け取るよ。おやすみ、本当にありがとう。ディナーをごちそうさま」

霧雨が降りだした四月の晩、モーガンは道路脇に停めた車に向かう彼を見送った。そして玄関ドアを閉めた。もしかしたら、ちょっと風変わりだけれど、ボーイフレンドができたのかもしれない。一時的なボーイフレンドが。

ニーナが顔をのぞかせた。「ドアが閉まる音が聞こえたから……。わたし、彼のことがとっても気に入ったわ！」

「ぼくもだよ」サムも顔をのぞかせた。

「わたしもだから、満場一致ね」

「来週の日曜日、ママのディナーにぜひ彼を招待して。ママはあなたのメリーランド州のママでもあるし、ママだってきっと喜ぶわ」

「うーん、そうね。ちょっと考えさせて。わたしはもうベッドに入るわ。じゃあ、また明日。今夜は泊まるんでしょう、サム？」

「統計によれば、答えはイエスよ」ニーナが答え、彼はにっこりした。

モーガンは寝支度をした。ベッドにもぐりこんだ瞬間、ルークからメールが届いた。

〈水曜日、いや、遅ければ木曜日まできみに会えなくて寂しいよ〉

モーガンは微笑み、胸があたたかくなったが、躊躇した。やがてかぶりを振り、素直な気持ちを返信した。

〈わたしもあなたが恋しいわ。おやすみなさい〉

ベッドのなかで手足を伸ばしたときも、モーガンはまだ微笑んでいた。

3

使用年数や所有者がメンテナンスを怠っていることを思えば、火曜日の朝、ニーナの車が動かなくなっていても驚きはしなかった。

面倒見のいいサムがニーナを職場まで送り、ラリーはかぶりを振りながら彼女の車を自分の整備工場へ牽引《けんいん》していった。

帰宅したニーナは喉がいがらっぽく、ラリーから修理に関する悪い知らせも届いたとぼやいた。

「バッテリーは絶対交換しないとだめみたい。それからファンベルトやトランスミッションがどうのこうのと言ってたわ。ラリーの見積もりだと修理代は五百ドルになるそうよ」ニーナは両手を振った。「五百ドルも消えるなんて」

「それは痛い出費ね。本当にお気の毒に」モーガンは同情し、ニーナをぎゅっと抱きしめた。「あなたにははちみつ入りの紅茶が必要だわ。今、いれるわね」

「ありがとう」重たげなまぶたに青白い顔をしたニーナが、すとんと座った。「春の風邪は本当に厄介ね、どうやら風邪をひきかけているみたい。それと五百ドルの出費まで重なってさんざんな気分よ」

「スープも飲む？」モーガンは食器棚を開け、缶を取りだした。「チキン＆スターズ（星形のパスタが入ったチキンスープ）があるわ。あなたのお母さんのチキンスープには及ばないけど」

「ありがたくいただくわ。これから熱いシャワーを浴びてからベッドに入って、チキン＆スターズとトーストと紅茶の夕食とともに楽しい映画を観《み》ることにする。そして、この最悪な一日を寝て忘れるわ」

「じゃあ、シャワーを浴びてベッドに入って。あなたのために最悪な一日のディナーを用意して、運んであげる」

「あなたは最高の大家よ。またハグしたいところだけど、風邪をうつしたくないわ、アミガ・ミア」

モーガンがトレイを手に部屋に入ると、ニーナはノートパソコンやティッシュの箱とともにヘッドボードにもたれていた。

「ありがとう。あなたには大感謝よ。もう気分がよくなってきたわ」

「明日はベッドでのんびりしたほうがいいんじゃないかしら」モーガンはトレイを置くと、ニーナの額に手を当てた。「熱はなさそうね」

「これはただの忌々しい四月風邪よ。それに今は繁忙期なの」

「出勤するなら、わたしの車を使って」

「送迎はしてもらえるわ。でも、ありがとう。本当に大感謝よ」

ニーナは紅茶のカップを手に取ると、息を吹きかけてから、ひと口飲んだ。「まさに今のわたしに必要なものね。恩に着るわ」

「去年の秋、わたしがおなかを壊したとき、面倒を見てくれたのは誰だった？」

「わたしよ、だって友だちだもの。今日はとっとと横になって、寝て治すわ」

「何か必要なものがあればメールしてちょうだい。あなたが寝ているかもしれないから、こちらからは連絡しないけど、帰宅したとき、あなたがちゃんと寝ているかどうか確認するわ」

「必要なものは全部そろってるし、風邪薬ものむつもりよ。そうすれば間違いなくぐっすり眠れるから」ニーナはスプーンでスープをすくった。「ママのスープじゃないけど、チキン&スターズはいつだって風邪に効くわ。じゃあ、今夜も楽しんでね」

モーガンが夜の仕事を終えて帰宅すると、ニーナは熟睡していた。朝起きたときにはニーナの姿はなく、どうやら治ったようだ。

午前中のなかばごろ、ボルチモアの現場でさらにもう一日費やすことになりそうだとルークからメールがあった。モーガンはリフォームが完成したバスルームの請求書を作成したり、デッキの増築工事の見積もり依頼の電話に対応したりする合間に、そのメールを読んだ。

今座っているオフィス兼受付から見えるのは、駐車場だ。誰が出入りするか事前にわかるので、その眺めに不満はなかった。

部屋の隅にあるチトセランの鉢植えは、二十年前、先代社長の妻が置いたと言われている。今や百八十センチを超える高さまで成長し、赤い鉢植えは両腕をまわしても届かないほどの大きさだ。

二代目社長のビル・グリーンウォルドによれば、チトセランは会社に幸運をもたらすと、彼の母親が主張したらしい。それが成長し続けるかぎり、ビジネスも拡大していくと。

ビルの妻のエイヴァは、今もヘルメットをかぶって作業用腰袋をベルトからさげ、職人とともに働いている。現場では誰もが彼女を棟梁《とうりょう》と認め、歯向かうべきではないと心得ていた。

ビルの弟のボブは地元の弁護士で、法務の面で家業を支えている。ビルとエイヴァの子どものジャックとエラは、両親とともに働いていた。

モーガンはよく、いつか自分の店を持つときが来たら〈グリーンウォルズ・ビルダーズ〉の事務仕事や、しょっちゅうけんかしながらも強い絆《きずな》で結ばれた一家が恋しくなるだろうと思った。

彼女がルークからのメールを読んでいるところに、ゆったりしたジーンズとTシャツにフランネルシャツを重ねたいつもの格好のビルが通りかかった。白髪交じりの頭に〈グリーンウォルズ・ビルダーズ〉のロゴが入った帽子をかぶり、優しげな目にスクエアのメタルフレームの眼鏡をかけ、腕は筋肉隆々だ。

「おや、その表情は新しいボーイフレンドからメッセージかい？」

「たしかに彼と知りあったのは最近ですけど、ボーイフレンドとは言えません」

ビルはぱっと彼女を指差した。「運命の相手に出会えば、ちゃんとわかるものさ。親父《おやじ》がエイヴァを雇って一カ月ほど一緒に働いた時点では、ハンマーの扱いを心得た女性で、ばかにされたら黙っていないタイプだとしか思わなかった。だがある日、エイヴァの笑い声を聞いたんだ。きみも知っているだろう、あの笑い声だ」

「ええ」

高らかで妖艶な笑い声だ。

「彼女の笑い声が心に染みこんだんだ。〝あの女性こそ運命の相手だ、ビル〟って自分に言い聞かせたよ。〝疑いの余地はない。だから、慣れたほうがいい〟と。この九月で二十七年になるが、もうすっかり慣れたものさ。だから、きみもそのときが来ればわかる。さてと、これからモレニ家の工事の打ちあわせで検査官と会ってくる。そのあとラングストン家の現場に立ち寄って、あの笑い声が聞こえるか確かめてみるよ。

万事順調なら三時には戻れるが、戻れなければ連絡する」

「留守中はまかせてください」

「いつも頼りにしているよ」

モーガンはこの仕事が好きだった。ビルが出ていったあと、さらに仕事を片づけた。ウォーターサーバーで自分用の水筒を満たしてから、デスクの椅子の背にもたれ、ルークに返信した。

〈それが仕事が順調な証《あかし》であることを願っているわ。もしあなたが戻ってこられて、日曜日に時間があれば、一緒にニーナの実家のディナーに行かない？〉

数分後、彼が返信をよこした。

〈それはいいね！　こちらはいたって順調だから、じきにそっちへ戻るよ〉

〈そう聞いてうれしいわ。日曜日のディナーは少し早めに始まるの。たいてい四時ごろ出発して、五時から食事よ。警告：大人数で、騒々しく、料理が山盛り〉

〈ぜひ参加させてもらうよ。四時に迎えに行こうか?〉

〈ええ、お願いするわ〉

〈金曜の晩に会えるといいな。だが、日曜日は絶対だ。じゃあ、もう行かないと〉

ルークは花の絵文字で締めくくった。

携帯電話の画面にモーガンからの笑顔の絵文字がぱっと表示されると、ルークは携帯していた電子部品で彼女の自宅の勝手口のちゃちな鍵をこじ開けた。

人間は、とりわけ女性は、どうしようもないまぬけだ。

彼の基準からするとみすぼらしい家を見まわした。まあ、骨組みはしっかりしているし、立地のおかげでそれなりの価値はある。

徹底的に調べるため、モーガンのホームオフィスへ直行した。先週の月曜日の晩、〝トイレ休憩中〟にインストールしたソフトもアンインストールしなければ。

証拠は何ひとつ残さない。

そして、この非常に有益な数週間にわずか数時間でけりをつける。それも、自己流のやり方で。

モーガンは予想よりも早くおれを目にすることになる。

バーの駐車場に停まった彼女の車の脇でモーガンを殺すところを頭に思い描いていた。もし普段と違って、彼女が最後まで店に残らなければ、車の後部座席にひそんで待ち伏せするとしよう。

〝サプライズ！〟と叫んだあとは、すぐにフィナーレだ。そして彼女の遺体を捨て、車でボルチモアの仲間のもとへ向かう。〝環境に優しいプリウス〟を売り払い、楽しい逃避行だ。

少なくとも、モーガンとはやらずにすんだ。おれは狙った獲物について把握するタイプで、モーガン・オルブライトが誰とでも寝る女ではないとすぐに見抜いた。おかげで時間も手間もかからなかった。

だが、それ以外の面ではちょろい女だった。

外科手術用のゴム手袋をはめ、モーガンのノートパソコンを開いた。電源を入れ、なぜ彼女は汗水垂らして稼いだ金で最新のパソコンを購入しなかったのだろうと心底不思議に思った。

すでにアンインストールを始めていたとき、背後から足音が聞こえた。

何食わぬ笑顔を張りつけて振り返ると、ニーナが――いかにも具合が悪そうな様子で――入り口に現れた。

「ルーク？」かすれた声で呼びかけるなり、彼女は咳《せ》きこんだ。「こんなところで何をしてるの？」

「やあ。モーガンを説得して、ノートパソコンにいくつかソフトをインストールさせてもらうことにしたんだよ。ぼくは勝手口から入った。きみを起こしたくなくてね」

ニーナが病気なのは一目瞭然だし、即興でうまく切り抜けるとしよう。

ルークは同情するような表情を張りつけた。

「モーガンから聞いたよ、きみが体調を崩してたぶん寝ているはずだって。起こして悪かったね」

「春の風邪をひいちゃって。あまりにも具合が悪くて、上司に車で家まで送ってもらったの。それでわたし……モーガンはどうしてわたしが自宅で寝込んでいることを知ってたの？　アンジーが彼女に電話したのかしら？」

厄介なことになったな。ニーナはルークの目つきから何かを読み取ったのだろう、彼女の目にひとつの感情がよぎった。逃げなければという感情が。

だがニーナが逃げだす前に、ルークはノートパソコンをつかみ、思いきり振りおろした。側頭部を殴られた反動で、彼女は頭の反対側を戸枠に打ちつけた。

そのあいだ、彼女は声をあげることすらできなかった。

崩れ落ちたニーナに向かってノートパソコンを再度振りおろし、叩きつけた——どうせ時代遅れのパソコンだ。

この女のせいで計画が狂った。もうモーガンを殺してクライマックスを迎えることはできない。

だったら、代用で我慢するしかない。

「間が悪かったな」ひざまずいてニーナの上体を起こすと、首に両手を巻きつけた。「病欠のせいで巻きこまれるなんて、運の悪い女だ。狙った獲物じゃないが、おまえで手を打つとしよう」

いつものように人を絞め殺すときの高揚感がこみあげた。

ニーナは目をまわし、踵《かかと》で床を蹴ったが、完全に意識が戻ることは一度もなかった。

ルークはニーナと壊れたノートパソコンを床に残したまま、その場から離れた。

計画を修正すべく、キッチンをあさってごみ袋を見つけた。それからニーナの部屋に行き、ごみ袋にＭａｃＢｏｏｋと携帯電話、質に入れる価値もなさそうなアクセサリーを放りこみ、ハンドバッグと下着の引き出しから合計百五十八ドルを手にした。

次にモーガンの寝室へ向かった。彼女のほうはまともなアクセサリーをふたつ持っていた。ダイヤモンドのピアス――小ぶりだが色やカットがいい――と、金のロケットペンダントだ。いかにも古そうで、おそらく代々受け継がれてきたものだろう。それを安物のアクセサリーと一緒に袋に入れた。

無駄がなければ不足もないと胸のうちでつぶやきつつ、あれこれ詰めこんだ。たいていどのターゲットも自宅に現金を隠し持っているものだ。モーガンの現金は――二十ドル札五枚は――丸めて靴下のなかに突っこまれていた。

玄関脇のボウルからモーガンの鍵束をつかむと、入ったときと同じ経路で勝手口から外に出た。

真っ昼間の不法侵入が悲劇的な結果をもたらした――そう見えるだろう。なんて気の毒に、ご愁傷さま。

ルークはスマートキーで車のロックを解除し、戦利品の袋を後部座席に放った。私道からバックで出ると、街の中心部と逆方向へ車を走らせた。ビリー・アイリッシュがカバーする《イエスタデイ》に合わせてハミングしながら、ボルチモアに向かった。

モーガンが職場を出ようとしたそのとき、ちょうど雨が降りだした。携帯電話で雨雲レーダーを確認すると、西に移動するにわか雨だった。

しばらく待つことにして、ニーナにそのことをメールし、もし食べるなら中華料理を買って帰ろうかと尋ねた。

だが返信がなく、モーガンは眉をひそめた。

「たぶん、まだ風邪が治りきっていないのね」つぶやきながら雨を眺める。

「仕事から帰って寝ているのかも」念のため、ふたり分の焼きそばと海老《えび》の甘酢餡《あん》かけ炒めを注文した。

十五分後、雨があがったので、モーガンは湿った空気のなかへ踏みだした。途中でテイクアウトを受け取ると、自転車のかごにハンドバッグとともに入れた。

水曜日はあまり混雑しないから、今夜の〈ネクスト・ラウンド〉は比較的静かだろう。まだテラス席は開放していないが、近々開けることになるはずだ。

自分の店を持ったら、つる棚《パーゴラ》のある広いテラスを設け、よほど寒い日や土砂降りの日でないかぎり、屋外で楽しめるようヒーターを設置するつもりだった。席が多ければ、それだけ売上げもあがり、多くの収益が見込める。

私道に自分の車が停まっていないのに気づき、モーガンはどきりとした。きっとニーナがプリウスに乗って出かけたのだ。たぶん、風邪薬を買い足すために。けれど、ニーナなら使う前に必ず承諾を取るはずだ。

家に入って玄関脇のボウルに鍵がないのを見て、モーガンはうなずいた。ジャケットをつるし、ハンドバッグをしまうと、ニーナの部屋へ向かった。

彼女が帰宅して、ふたたび外出したのは間違いない。ティッシュの箱がまたベッドに置かれているのがその証拠だ。

今日もはちみつ入りの紅茶をいれてあげよう。キッチンへ移動してケトルを火にかけ、テイクアウトの料理を置こうと振り向いた。

そのとき、ガラスが割れたドアと床に散乱した破片が目に入り、モーガンの体は凍りついた。

荒い呼吸をしながら後ずさり、ポケットから携帯電話を取りだす。頭がぼうっとして、緊急電話をかけることしか考えられない。

「911番です。どうしましたか？」

「強盗、強盗です。勝手口のドアが壊されてる」

寝室のほうを見てから、ホームオフィスへと目を向けた。

すると手や二の腕、廊下の血痕が目に飛びこんできた。

「ああ、どうしよう！　ニーナが！」ホームオフィスに飛びこみ、思わずしゃがみこんだ。「急いで。お願い、急いで来て――ニューベリー・ストリートの二二九番です。彼女はけがをして、出血しています。全然動かないわ」

「今、救急車が向かっています。あなたのお名前を教えてもらえますか？」

「モーガンです。ニーナはけがをして、出血しています。も、もしかしたら、もう亡くなっているのかも。ああ、そんなはずがないわ。わたしに何ができますか？　何をすればいいですか？」

「モーガン、侵入者はまだ自宅内にいますか？」

「わかりません。わたしにはわかりません。彼女は息をしていないわ。脈を感じない。助けてちょうだい」

「まもなく救急車が到着します。サイレンが聞こえますか？　今すぐ外に出て、救急車と警察の到着を待ってください、モーガン」

「ニーナをここに置き去りにはできません。心肺蘇生《そせい》を行ったほうがいいですか？　以前教習を受けたことがあります。彼女の体が冷たいわ。ああ、すごく冷たい。毛布を取ってこないと」

「ニーナの体が冷たいんですか？」

「毛布を取ってきます」

「モーガン、今、救急車が到着しました。サイレンが聞こえますか？　救急救命士を迎え入れてください、モーガン。玄関のドアを開けてください」

モーガンはソファに寄り道して肩掛けをつかんでから、玄関に駆け寄り、勢いよくドアを開けた。

「お願い、急いで。彼女の体が冷たいの、それに出血もしてる。全然目を覚まさないの」

救急救命士のあとを追って走り、立ち止まると口の前で両手を組みあわせた。

ダークレッドの髪に淡いブルーの目をした女性の救急救命士が、モーガンを見つめた。「彼女はいつからこの状態なんですか?」

「わからない。わたしはさっき帰ってきたばかりで。雨と中華料理のせいで予定より遅く帰宅したら、ガラスが割れていて、そのあとニーナに気づいたんです。彼女を目覚めさせることはできますか?」

「ぼくが連絡する」別の救急救命士がつぶやくと、女性の救急救命士がモーガンに歩み寄った。

「ちょっと座りましょう」

「ニーナを病院に搬送するんですか?」モーガンは胸に重石《おもし》をぎゅっと押しつけられたように感じた。うまく息ができない。甲高い耳鳴りもする。「ニーナを病院に連れていかないと」

「すみません、本当に残念ですが、わたしたちにはどうすることもできません。あなたの友人はもう亡くなっています」

「いや、そんなの嘘《うそ》よ」

「本当にお気の毒です。あなたは今、ショック状態に陥っています。さあ、座りましょう」

「いや、そんなの嘘よ」救急救命士にソファへと導かれながら、モーガンは繰り返した。「わ、わたし、テイクアウトを落としてしまって。そのままに床に落ちてるわ」

「そのことは今は心配しなくても大丈夫ですよ」救急救命士に促されてソファに座り、肩掛けでくるまれると、モーガンの体は震えだした。

開いた戸口から制服警官がふたり入ってくるのが見えた。

「遺体はわたしのパートナーがいる廊下の先です。通報者はショック状態に陥っています。遺体は冷たくなっていて、少なくとも死後二時間が経過していると思われます。名前を教えてもらえますか?」

「モーガン。モーガン・オルブライトです。彼女はニーナ、ニーナ・ラモス」涙がこぼれ始めた。「どうか彼女を助けてください」

「水を持ってきます。ここで警察官の質問に答えてください」

「ミズ・オルブライト」制服警官のひとりが彼女の隣に座った。モーガンは彼の顔に目の焦点を合わせようとしたが、ぼやけて消えた。

「わたしは警察官のランドルです。何があったか聞かせてもらえますか?」

「わかりません。わたしにはわかりません。雨が降っていたんです。雨のなかを自転車で帰りたくなくて、しばらく待つことにしました。そうしたら中華料理が食べたくなったので、テイクアウトしました。メールを送ったとき、ニーナから返信がなかったけど、風邪をひいてたのできっと寝ているんだろうと思いました。帰宅すると、わたしの車が消えていました。ニーナの車は修理中だし、彼女がわたしの車に乗って何か買いに行ったんだろうと思って気にしませんでした。車を借りてもかまわないと、彼女も知っていましたし」

「あなたの車の車種は?」ランドルがそう尋ねたとき、救命士が戻ってきてモーガンに水の入ったグラスを差しだした。

「あっ、ありがとうございます」モーガンは受け取ったグラスを震える両手で持ちあげた。何もかもはるか遠くに感じる。まるで望遠鏡を反対側からのぞきこんでいるかのように。「プリウスです」

「色と年式は?　車両番号はわかりますか?」

「色はブルーです。ダークブルーで、2019年式です。車両番号は思いだせません。今は頭がまわらなくて」

「大丈夫ですよ。あなたは帰宅してニーナを発見したんですね?」

「帰宅して、まずニーナの部屋をのぞきました。すでに仕事から帰っている証拠に、ベッドにティッシュの箱がありました。彼女は風邪をひいてたんです。だからお茶をいれてあげようと思って、ケトルを火にかけました。いけない、火を消さないと」

「わたしがもう消しました」救急救命士がこたえた。「大丈夫ですよ」

「最初に、ガラスが割れているのに気づいたんです。それを見て怖くなって通報しました。その途中、ニーナが目に入りました。彼女の腕が見えました、それに血も」

「帰宅する前はどこにいたんですか？」

「仕事をしていました。〈グリーンウォルズ・ビルダーズ〉で。職場を出たとたん、雨が降りだして」

「ちょうど五時ごろ、にわか雨が降りましたね」

「ええ。雨雲レーダーを確認して、ちょっと待ってから、電話でテイクアウトを注文しました」

「帰宅するときの移動手段は？」

「自転車です。天気がいい日はたいてい、職場まで自転車で通勤しています。ニーナにデートの予定がなくて、わたしが次の出勤まで時間のゆとりがあるときは、夕食を一緒に食べました」

「次の出勤というと、また〈グリーンウォルズ・ビルダーズ〉に？」

「いえ、〈ネクスト・ラウンド〉です」

「あなたはあそこのバーテンダーか」ランドルが言った。「どうりで見覚えがあると思ったわけだ。あのバーには何度か行ったことがありますよ。ミズ・オルブライト、あなたの代わりに誰かに連絡しましょうか？　今夜どこかに泊めてもらえるあてはありますか？」

「わたしの家はここです」

「今夜はどこか別の場所に泊まったほうがいい」

「わたしにそんなあては……」その瞬間、すべてが鮮明になり、モーガンは激しい衝撃を受けた。「彼女は亡くなったんですね。ニーナは死んでしまった。誰かがこの家に押し入り、彼女をあんな目に遭わせた。わたしたちは高価なものなど何も持っていなかったのに。何ひとつ持っていなかったのに」

「念のため何かなくなったものがないか見てみましょう。まずはニーナの寝室から」

モーガンは立ちあがり、恐ろしいほど視界がはっきりした状態でニーナの部屋に向かった。

「彼女のノートパソコンが見当たらないわ。両親からクリスマスにもらったＭａｃＢｏｏｋが。あなたが持っているものじゃなくて、その前のバージョンです。カバーはピンクでした。それに携帯電話――ｉＰｈｏｎｅも見当たりません。でも、彼女のポケットに入っているのかも」

モーガンは深く息を吸った。「誰かがニーナのドレッサーのなかをあさったんだわ。彼女は散らかし屋だけど、こんなふうに引き出しを開けっ放しにはしません」

「手を触れずになかをのぞいてもらえますか？」

「箱が床に落ちているわ。ニーナがアクセサリーを入れていた透明のケースが。彼女は値打ちがあるものはまったく持っていなかったけれど、そのケースにアクセサリーをしまっていたんです。それが、今は床に落ちてます。現金もいくらかあったはずです——金額はわからないけど——下着の引き出しに少し入れていました。百ドルはなかったと思います」

「そのほかには?」

「わかりません」

「次はあなたの部屋を見てみましょう」

モーガンは廊下を横切り、長く息を吸った。

「わたしは散らかし屋じゃありません。誰かがわたしの私物をあさったようですね。ああ、なんてこと、小さなダイヤモンドのピアスと、曾祖母《そうそぼ》から譲り受けたアンティークの金のロケットペンダントがなくなっているわ。それ以外は安物ばかりです。あと、二十ドル札を五枚入れておいた靴下が床に落ちています」

まぶたを閉じるとふらつきそうになったが、ぐっとこらえた。

「わたしのノートパソコンはホームオフィスにありました。そこに——あの部屋に、床に落ちていました。壊れて、血痕がついた状態で。今まで気づかなかったけれど、犯人はあれで彼女を殴ったんですね。だから、壊れて血まみれのまま床にあった。彼女を殴った挙げ句、殺したんだわ。それなのにわたしは不在で、彼女を助けられなかった」

モーガンはとめどなく流れる涙をぬぐった。「玄関脇のボウルにスマートキーがありませんでした。犯人が見つけて、彼女をこんな目に遭わせたあと、わたしの車で走り去ったんでしょう」

彼女はふたたび息を吸った。「車のナンバーは、5GFK82です」

「大変助かります」

「こんなことをした犯人を絶対に見つけてください。ニーナは犯人の求めに応じてなんだって差しだしたでしょうし、犯人がこんなまねをする必要はなかったんです。彼女の勤め先は〈レット・イット・ブルーム・ガーデン・センター〉です。彼女の車は修理中なので、誰かに家まで送り届けてもらったんだと思います。つまり、その人はニーナが何時に帰宅したか知っているはずです。彼女のお母さんは——」

その言葉を口にしたとたん、モーガンは床に崩れ落ち、号泣した。

救急救命士は軽い鎮静剤を与えようとしたが、彼女は拒んだ。今は感じることしかできないのだから、それを手放すつもりはなかった。警察がやるべきことを行うあいだ、どこか別の場所に泊まるよう促された。

だが、それにしたがうつもりはなかった。

モーガンは外にぽつんとひとり座った。なんとかバーに電話をかけたが、そのときもまた涙を流し、上司にもまたどこか別の場所に泊まるよう促された。

そんななか、ビルがやってきた――バーの上司が昼の職場の上司に電話したのだろう。ビルは無言で隣に腰をおろすと、彼女を抱きしめた。

「今すぐわたしと一緒にうちへ来るんだ」ようやくモーガンが泣きやむと、彼は口を開いた。

「いいえ。それはできません。もし今ここを離れたら、もう二度と戻れない気がするんです。今夜ここを離れたら、もうこの家で暮らせない気がします。ここはわたしの家です。わたしには家が必要なんです」

「じゃあ、今から割れたガラスを修理して、勝手口の鍵をデッドボルトに取り替える。警察がそうしてもかまわないと言うまで帰らないぞ。それから、エイヴァにわたしの車を持ってきてもらおう。わたしにはトラックもあるからね。車もない状態できみをここに置き去りにはできない。そこは譲れないよ」

「わかりました。ありがとうございます。警察には、こんなことをした犯人を是が非でも見つけだしてもらって、わたしの車も取り返してもらわないと。犯人が一生刑務所から出られないように」

「もちろんそうなるさ、スウィートハート。明日の仕事は休め。働けると思うまで、出勤しなくていい。わかったね？」

「明日はニーナの実家を訪ねたいと――そうしなければならないと思っています。ただ、今夜は邪魔したくありません。今夜はうかがうべきじゃない気がするので。それにサムと……。警察から、サムにも事情聴取を行うのでまだこのことは伏せておいてほしいと頼まれました。でも、明日には彼とも話さないと」

「何かしてほしいことがあれば言うんだよ、喜んできみを助けてくれる人が大勢いるんだから。きみはこのコミュニティにとって大事な人だ、モーガン」ビルは彼女の膝をぽんと叩いた。「じゃあ、あのドアを直してくるとするか」

真夜中をだいぶまわったころ、モーガンはやっとひとりになった――数時間ではなく何日も経《た》ったような気がする。警官のひとりからもらった名刺に目をやった。犯罪現場の清掃業者の名刺だった。

彼らは犯罪現場と呼ぶ場所をまるで汚れた食器で覆われたテーブルのように片づけるのだろう。

その犯罪現場はニーナが亡くなった場所だ。

モーガンは業者に連絡する気はなかった。ニーナにかかわることはすべて、自分でしたい。それが姉妹のように愛していた親友にできるせめてものことだからだ。

深夜、沈黙に包まれた自宅で、彼女はバケツとデッキブラシを取ってきた。

ノートパソコンは証拠品として押収された。鑑識が写真やビデオを撮り、指紋を採取した。刑事たちはモーガンに事情聴取を行い、山ほどの質問を何度も繰り返した。だが、彼らは床やドアノブやホームオフィスのすぐ内側の壁についた血痕はそのままにして立ち去った。

掃除にはかなりの時間がかかった。途中で気分が悪くなり、二度泣き崩れたせいで、想像以上にかかってしまった。だが、なんとかやり終えた。必要なら、明るい日中にもう一度すべて掃除するつもりだ。

テイクアウトの料理を捨て、眠れるようにワインを一杯だけ飲んだ。

静寂に包まれたがらんとした家で、ニーナのベッドに横たわり、彼女のシャンプーのにおいがする枕を抱きしめた。

もう涸《か》れ果てて一滴も残っていないと思っていたのに、また涙があふれた。

ふたたび四月の夜が明けるころ、モーガンはようやく穏やかな眠りに就いた。

4

モーガンは悲しみの泉で立ち泳ぎをしているような状態だった。沈むわけにはいかず、ただ悲嘆に暮れることもできない。ふたたび警察の事情聴取に応じ、いくつもの質問に答え、供述を行った。その過程で悲痛な思いがまざまざとよみがえり、悲しみの泉は深さを増すばかりだった。

モーガンにとってニーナの家族は本当の家族も同然だし、自分が沈んだら彼らの助けになれない。モーガンはニーナの家族とともに親友の死を悼み、葬儀の手配をできるかぎり手伝った。

建設会社やバーの上司からは一週間の休みを命じられ、同僚たちが煮込み料理やパスタ、ハム、鶏料理を届けてくれた。

それらはサムと分けあった。彼はニーナの家族と一緒にいないときは、モーガンと過ごしていた。

サム自身もまた、悲しみの泉に囚《とら》われていた。

ふたりはテーブルを囲み、届けられたばかりの煮込み料理をつついた。

「きみの車のことだけど、まだなんの連絡もないのかい？」

「ええ」お互い食欲がなく、彼が持ってきてくれたワインばかり飲んでいる。「きっともうどこにもないのよ。警察ははっきりとは口にしないけど、彼らの物言いから明らかだわ。今日、保険会社に連絡したの」

サムは同情するように彼女の手をさすった。「悪夢は見る？」

「ええ、見るわ」

「ぼくもだよ。いつでも言ってくれれば泊まりに来るし、枕を並べてごろ寝してもい い」

「ええ」

「それか、いやな夢を見たらすぐに電話して」

今度はモーガンがサムの手をさすった。「あなたもそうしてね。ビルは自分の車を貸してくれたけど、そろそろ新しい車を探さないと。職場復帰する前に」

「もし車を探すのに手助けが必要なら、遠慮せずに言ってくれ」

「ありがとう」

モーガンは、支払われる保険金が購入額よりはるかに少ないことには触れなかった。もともと中古車で走行距離がかなりあり、免責金額も高かったからだ。

だが、そのことで思い悩むのは別の日にしよう。

「ニーナの部屋の荷造りは今日終わったわ。ニーナの妹さんとお母さんとわたしでやったの」

サムはうなずき、モーガンと目を合わせた。「ここへ来る前、ニーナの実家に立ち寄ってご両親と会ってきたよ。きみたちは葬儀用に最高の写真を選んだね」

「ニーナの家族はわたしを責めないの」

「きみのせいじゃないからさ」

「わたしも頭ではわかっているわ。というか、わかっているつもり。でも……まさか誰かがこの家に押し入るなんて思いもしなかった。正直、何を盗むっていうの？　プリウスでさえ、たいした金額にはならないわ。もしもっといい鍵をつけていたら、警報システムにお金を費やしていたら、こんなことにはならなかったかもしれない」

「やめるんだ」サムはモーガンの手をつかみ、そのまま握りしめた。「自分を責めるのはよせ。ニーナのメールには、上司に家に帰されたと書いてあった――つまり、もし上司が彼女を帰さなければという仮定もあり得る。あるいは、ぼくが風邪薬を届けて、ニーナにスープか何かを作ってあげていたらと。たらればを言いだしたら切りがない。だが実際は、彼女を殺した犯人以外、責めを負うべき人は誰もいないんだ。ひとりもいないんだよ」

モーガンはそれを理解し、うなずいた。それでも……。

「ニーナの遺品を箱に詰めて部屋から運びだすのは、つらくてたまらなかったわ、サム。ひとりで戻って、彼女のものが何もなくなったあの部屋を見るのも」

「ニーナはきみとの同居生活を大いに楽しんでいた。だからこそ、ぼくのところに引っ越してきてほしいと説得するのは至難の業だろうと思っていたんだ」

モーガンは涙がこみあげ、喉が詰まって熱くなった。「プロポーズするつもりだったのね？」

「ああ、もう少ししたらね」サムは苦笑いを浮かべ、こめかみを人差し指で叩いた。「そういう戦略だった。真剣につきあいだしてからまだほんの数週間だとわかってるけど、ぼくはもっと前から彼女に夢中だったんだ」

「ニーナもわかっていたわ」

「本当かい？」

サムの目には、モーガンが抱える思いと同じくらい計り知れない悲しみが宿っていた。

「ええ、そうよ。あなたはニーナにとって軽い遊びの相手じゃなかった。多少の説得や時間は必要だったでしょうけど、彼女はプロポーズを受け入れたはずよ」

「ぼくたちはどうすればニーナの死を乗り越えられるんだろう、モーガン？　彼女なしていったいどうすればいいんだ？」

「わたしにもわからない。ニーナが引っ越してくる前に、ふたりであの部屋にペンキを塗ったことを思いだすわ。あれはこの家を購入してまだ数週間後だったから、彼女は最初からここにいたも同然よ。ペンキを塗り終えるころには、彼女の髪や顔にライラック色のペンキがついていたわ」

まるで昨日のことのように、その光景やニーナの顔がモーガンの脳裏に鮮明によみがえった。

「ニーナは花の植え方を教えてくれたし、わたしが断っても聞き入れずに、ラモス家のディナーに引きずっていってくれた」

「あんなにすばらしい家族はいない」

「ニーナは、わたしとお兄さんのリックをくっつけたがっていたの」

サムはビールを飲んだ。「それはまあ、無理だろうね」

モーガンは締めつけられた喉から苦笑いをもらした。

「わたしがしっかり見定められるように、ニーナがあなたを〈ネクスト・ラウンド〉に連れてきた晩のことも覚えているわ」

「あの晩はみんなでテキーラを飲んだ」

「ええ。それに、わたしたちがディナーを作った晩のことも。仕事から帰ったら、ニーナがちょうどあそこに立っていたの。キッチンは爆弾でも爆発させたんじゃないかと思うような有様だったけど、豚肉をちゃんとマリネ液に漬けられたって、彼女は目を輝かせていたわ」

「あの日は本当に楽しかった」

「最高の夜だったわ」

サムは皿にのった料理をつつきまわした。「まだルークから連絡はないのかい？」

「きっとプリウス同様、彼も消えちゃったのよ。ニーナのことを知らせたメールにも電話にもいっさい返事がないから。世の中には、感情的につらすぎる状況に対処できない人や、関与したがらない人がいるものよ」

モーガンは肩をすくめた。「深入りする前にそれがわかってよかった」

「すごくしっかりした人に思えたのに」

「つかの間の関係だと、ルークは最初から明言していたわ。でも一緒に過ごしたときは、たしかに誠実だった」彼女はまた肩をすくめた。「とはいえ、もういない人だし、どうでもいいわ」それは本音だった。「彼のことはどうだっていい」

サムは立ち去る前、いつものように勝手口の鍵をチェックした。

「じゃあ、また明日。それか、もしきみがそうしてほしいなら、明日の朝迎えに来て一緒に行ってもいいよ」

「まだビルの車があるわ」

「ぼくは一度も葬儀に参列したことがないんだ」

「わたしもよ」想像しただけで、モーガンは胃がきりきりした。「葬儀のときは一緒にいましょう」

「そうだね」サムはいつものように彼女を抱きしめた。「ぼくが出たら、ちゃんと鍵をかけるんだよ」

鍵のかかる音を耳にするまでサムが立ち去らないことは知っていた。自分が取り憑《つ》かれたように何度も勝手口の鍵を確認し、就寝前に玄関ドアを確認することも。

ひとりきりになると、モーガンは空っぽのニーナの部屋に入った。明るい色の壁は、かつてポスターが貼られていた場所だけ色が濃かった。

どれも花のポスターだった――ニーナはいつも花に囲まれていた。色褪《あ》せた四角い一画には、以前はコルクボードがつるされ、幼いいとこや姪《めい》や甥《おい》の絵がピンで留めてあった。自分宛のメモや、お店の名刺とともに。

ニーナ・ラモスがここで暮らしていたことを物語るのは、そういった壁の痕跡だけだった。

誰か別の同居人を募集しないといけない。賃貸収入がなければ、住宅ローンやそれ以外の支出をすべてまかなうことはできないのだから。だが、この部屋に別の誰かがいることに自分が耐えられるかどうかわからなかった。

明かりを消してドアを閉め、自分自身に言い聞かせた。そうせざるを得ないなら、折りあいをつけるしかないだろう。

翌日の午前十時、教会でモーガンはサムと肩を並べて、ニーナの家族の後ろの列に座っていた。

ニーナの両親や祖父母、きょうだい、いとこ、おば、おじ、姪、甥のほか、他州やメキシコからわざわざ駆けつけた参列者もいた。

家族や友人、同僚、同級生、ガーデニングショップの客で教会は満席だった。ニーナの顧客のひとりが美しい歌声を響かせた。

彼女の妹が遺族を代表して挨拶したが、ほかの人々も順に弔辞を読みあげた。モーガンもニーナの母から弔辞を頼まれ、席を立って花で覆われた棺《ひつぎ》に歩み寄ると、ニーナとの友情について語った。初めて購入した家が彼女のおかげで憩いのわが家となったこと、彼女に教わりながら初めて庭に苗を植えたこと、自分の家族と遠く離れて暮らすモーガンにニーナが第二の家族を与えてくれたことを。

儀式も賛美歌も花も弔辞も、自分の言葉ですらも、全部夢のように思えた。

すべてが終了したとき、なぜ始まったときと気持ちがまったく変わらないのだろうと自問した。ほかの参列者とともに墓地へ車で向かったときは、埋葬や儀式や弔辞が終われば悲しみがやわらぎ、いくらか心の区切りがつくだろうと思っていた――もしくは、徐々にそうなるだろうと。

だが、ふたたびサムの隣に座り、まるで錨《いかり》がなければ流されてしまうとばかりに彼の手をぎゅっと握りしめたときも、何も変わっていなかった。またしても牧師の説教が行われると、たとえ実感できなくてもモーガンはそこに慰めを読み取った。

ひんやりとした四月の風を顔に浴び、緑色の芝生や、グレーや白の大理石の墓石を眺めた。そして、ニーナに手向けられたおびただしい数の花を。

どこか――そう遠くない場所で――小鳥がさえずった。

つややかな木製の棺に陽光が反射し、棺を覆う白い薔薇が輝いた。

モーガンは、母親が選んだピンクのドレスをまとって棺のなかに横たわるニーナのことを思った。棺の蓋が開けられることはなかったが、ニーナの母は娘にピンクのドレスを着せ、髪に白い薔薇の蕾をあしらうことを望んだ。

だが、ニーナはもうそこにはいないのだとモーガンは悟った。絹張りの箱のなかで、ピンクのドレスをまとって髪に薔薇を挿した姿で横たわってはいない。

すでに、この世を去った人々が行き着く場所へと旅立ったのだ。帰宅したモーガンが床に横たわる彼女を発見する前に。

もうこの世にはいないのだ。

墓や墓石や弔辞や音楽は死者のためではなく、残された生者のためのものだった。

なんとかそう信じることで、ひとときだけ悲しみに溺れることにした。サムの肩に顔を押しつけたとたん、途方もない悲しみが堰《せき》を切ったようにあふれだした。

ふたたび息ができるようになり、涼しい春の風を感じたとき、心の区切りをつけるためにほんの少しだけ進みだした気がした。

遺族をひとりひとり抱きしめ、激しい頭痛にさいなまれながらも、モーガンはお悔やみの言葉を交わした。

ビルの車へ引き返しながら、あとひとつだと胸のうちでつぶやいた。生者のための儀式が、あとひとつ残っている。遺族の自宅へ戻って、食事をしながらみんなと過ごすという儀式が。

みんなと過ごすことで、モーガンの心は想像以上に癒された。料理や飲み物を味わいながら、故人にまつわる話や思い出を分かちあい、泣いたり笑ったりすることで。

それでも、頭痛がひどくなって疲労困憊《こんぱい》したので、一時間後には帰途に就いた。一刻も早くこの黒い服を――もう二度と着ない服を――脱ぎ捨て、横になって眠りたい。

今後の生活と向きあう前に、ひとりきりになりたかった。

また人生と向きあわなければならないのだ。

私道に車を停めると、道路脇に駐車していた車からふたりの人物がおりたった。黒いスーツに身を包んだふたり組が、立ち止まった彼女に近づいてきた。

レポーターじゃないわね。レポーターを見分けられるようになったおかげで、この一週間はうまく避けていた。

また警官だろうか。それとも保険会社の社員？

なぜ今なの？　これ以上わたしに何をしてほしいの？　これ以上わたしに何を言えというの？

「ミズ・オルブライト？」白髪頭でスーツ姿の男性がバッジをかかげると、女性もそれにならった。彼女はブラウンの肌にダークブラウンの短い巻き毛で、ダークブラウンの瞳は妙に落ち着いていた。

「FBI特別捜査官のモリソンとベックです。少しお話しさせてもらえませんか？」

頭が割れるような痛みに襲われるなか、モーガンはふたりの身分証を凝視した。

「FBI？　いったいどういうことですか？」

「今日がつらい一日だったのは重々承知しています。家に通してもらえれば、事情を説明します」

「ニーナにかかわることですか？」

「はい」

少しずつ心の区切りがつけられそうだったのに、それが遠のいてしまった。

「わかりました」モーガンは先に立って歩きだした。「すでに警察の質問に答え、供述も行いました。正直、ほかにどんな話が聞きたいのかわかりません」

玄関の鍵を開け、なかに入った。

「コーヒーをいれますね」そう言ったのは、そうすべきだと思ったからにすぎない。女性が――ベックと呼ばれた女性が――かすかにうなずいた。「もしそれほどお手数でなければ」

「ええ、かまいません。どうぞおかけください。すぐにいれてきます」

しかしモリソンは、リビングルームの椅子には座らずにあとからついてきて、キッチンに入ったところで立ち止まった。「すてきなお宅だ」

「ありがとうございます」モーガンがコーヒーメーカーをセットしていると、彼の視線が勝手口に向いた。「ビルが、わたしの上司が壊されたドアを修理してくれました。警察が――あの日、警官のあとにやってきた刑事さんや鑑識が、割れたガラスを交換してデッドボルトを取りつけてもかまわないと言ったので」

「もちろんかまいません」

「以前はサムターン錠でした。彼はガラスを割ったあと、手を伸ばして内側のつまみをひねるだけでよかったんです」

「彼？」

「彼なのか、彼女なのか、彼らなのか、わたしにはわかりません」

「被害者の女性は予期せぬ時間に職場から帰宅したそうですね？」

またか。また一から説明しなければならないらしい。

「ニーナは体調が悪かったので早退させられたんです。もともと風邪をひいていたのに出勤して、悪化したのでしょう。彼女の車は修理中だったので、同僚に車で送ってもらい、途中で薬局に寄って風邪薬を買ったそうです。その後ニーナはベッドに入ったんだと思います。ナイトテーブルにペットボトルがあって、ベッドの上にティッシュの箱があったので」

モーガンはマグカップやミルク入れ、砂糖、スプーン、トレイを用意し、忙しく手を動かした。

また一部始終を説明すれば、この人たちも立ち去り、寝られるだろう。

「刑事さんによれば、犯人はわたしのホームオフィスに直行したようです。そこから家捜しを始めたか、ニーナがたてた物音に気づいて身をひそめるために。留守宅のはずが、そうじゃなかったので。ニーナは犯人がいたホームオフィスに足を踏み入れたか、そうしようとして殺されました。いったい何度この話をすればいいの？」

「トレイはわたしが運びましょう」

モーガンは座りたかったので、その申し出を受け入れた。腰をおろして、さっさとこの話を終えたい。

リビングルームに戻ったとたん、ベックがトレイを引き取った。

「あなたは車のスマートキーを玄関に置いていたんですね。人目につく場所に」

「ええ、それが何か？」捜査官は自分たちの職務を全うしているだけだと、理性では理解していたが、本音では彼らの仕事などどうでもよかった。

「キーのこともすべて話しました。スマートキーは玄関脇のボウルに置いていました。家に入ってすぐボウルに入れれば、どこに置いたかわからなくならずにすみますし。留守宅だと思って犯人は侵入した――刑事さんたちはそう見ています」

もどかしげに、彼女はまぶたに指を押しつけた。

さっさと終わらせよう。

「犯人はこの家に侵入し、たまたま居合わせたニーナを殺害した。さらに、彼女とわたしのアクセサリーや――たいして値打ちのないものばかりでしたけど――わたしが丸めて靴下に入れておいた百ドルと、彼女が引き出しにしまっていた現金も奪った。それだってたいした額ではなかったはずです。ニーナのＭａｃＢｏｏｋや携帯電話も。わたしのノートパソコンは彼女を殴ったときに壊れたので、盗んでも意味がなかった。どのみち五年前に購入した安物のパソコンでしたし。そして犯人は、ボウルからスマートキーをつかみ、わたしの車で逃走した。それ以外何も知りません」

ベックが薄いブリーフケースから一枚の写真を取りだした。「この男に見覚えはありませんか？」

彼の髪はもっと長く、風で乱れたようにラフでスタイリッシュだったが、それ以外は……。

頭痛に吐き気が加わった。

「ルーク・ハドソンだわ」

「この男とどこで知りあいに？」

「三週間ほど前、わたしが働いているバーに来ました。〈ネクスト・ラウンド〉というバーです。わたしはそこでバーテンダーをしていて、地元の生ビールを飲みたいという彼の注文を受け、そこから会話が始まりました。ＩＴ企業に勤めていて、このあたりでスマートホームやスマートオフィスの設置を担当するために数カ月間滞在していると聞いています」

モーガンは震える両手を太腿の下に差しこんだ。「でも、それは嘘だったんですね。そうでなければ、あなたたちがここにいるわけがないもの。彼の仕業なの？　いったいどうしてあんなことを。ニーナを殺したのは彼なんですか？」

「この男がここに来たことは？」モーガンの問いを無視して、モリソンはさらに質問を重ねた。「この家に来たことはありますか？」

「ええ、一度だけ。わたしとニーナと彼とサムでディナーを食べました――サム・ニコルズはニーナの交際相手です。わたしたちは男性ふたりをディナーに招いて――」

モーガンは口ごもり、唇をきゅっと引き結んだ。「彼女が亡くなる前の月曜日の晩です。わたしのバーの仕事が休みの晩」

ベックが何やらノートにメモを取った。モーガンは冷えきった両腕を手でこすり始めた。

「わたし……彼は何度かバーに来て、ビールを飲み、料理を食べ、話をしました。気さくで、でも強引なタイプじゃなかった。ほかのお客さまともよく談笑していました。数回通ったころ、彼がディナーに誘ってきました。カジュアルなピザ屋のディナーに。それくらいならかまわないと思って、承諾しました。〈ルイージズ〉で待ちあわせをして、ふたりでピザとワインを楽しみました」

「体の関係はありましたか？」

モーガンはベックを見た。「いいえ。彼はバーにほんの数回来ただけの客だもの。その晩一緒にピザを食べたあと、ニーナとわたしは彼とサムをディナーに招待することにしました――バーの人手が足りていれば、わたしは日曜と月曜日の夜が休みだったので」

「それで、この男がディナーに来た」モリソンが先を促した。

「ええ」モーガンはふたたび両手を太腿の下に差しこんだ。「料理は自分たちで作りました――ニーナもわたしもちゃんとしたディナーを作るのは初めてでした。その夜、彼はスケジュールの変更で二、三日ボルチモアに行かなければならなくなったと言っていました。彼がここを発《た》ったあとも、何度かメールをもらいました」

「あなたたちが、あなたたち三人がいた部屋から、この男が席を外したことはありましたか？」

「いいえ、わたしたちは……」モーガンは両手を引きだし、ふたたびまぶたに指先を押しつけた。頭痛が一向におさまらない。

「はい、ありました。お手洗いを借りたいと言って、この奥の小さなバスルームへ行きました」モーガンはそちらを指した。「戻ってきたとき、彼は電話がかかってきて長引いてしまったと謝っていました」

「席を外したのはどのくらいですか？」

「わかりません。わたしたちはワインを飲んで、おしゃべりをして……。あっ、ちょっと待って」

モーガンは両手で髪をかきあげた。「アスパラガス。たぶん……十分弱です。あれは彼の仕業なんですか？　彼はいったい何者なんですか？　どうしてあんなことを？　ＭａｃＢｏｏｋやプリウスを盗むため？　そんなの正気の沙汰じゃないわ」

「男の本名はギャヴィン・ロズウェル、そういう罪を犯す男です。精神病質者《サイコパス》の詐欺師で連続殺人鬼。そしてあなたはロズウェルのタイプです、ミズ・オルブライト」

「わたしが彼のタイプ？　タイプって？」

「すらりとしたブロンドの独身女性で、年齢層は二十四歳から三十歳。中性的な名前なら、なお都合がいい」

モーガンにはベックの言葉が聞こえていたものの、奇妙な外国語にしか思えなかった。「どういうこと？」

「中性的な名前なら、あなたの個人情報を盗んで、いとも簡単にモーガン・オルブライトになりすますことができます。きっとロズウェルはそのバーを訪れる前に、あなたに狙いをつけ、下調べをしていたはずです」

「だとしても、荒唐無稽な話だわ」モーガンは言い張った。「なぜわたしの個人情報を盗もうとするの？　わたしは名もなき一般人で、何も持っていないのに」

「あなたにはこの自宅がある」モリソンが指摘した。「それに車も。ふたつの仕事を掛け持ちしていれば、当然銀行口座もあるはずだ」

「そして何より」ベックがつけ加えた。「ロズウェルはこの手のことを楽しんでいます。クレジットカードはお持ちですか？」

「ええ、一枚だけ。主に食事やガソリンの支払いに使い、月末に引き落とされます。

信用スコアを築くのにいいので」

「ロズウェルがそのクレジットカードで散財し、少なくとももう一枚クレジットカードを作って限度額まで使い果たす恐れがあります。インターネットバンキングはご利用ですか？」

「ええ。わたしの勤務時間の関係で……」

「先週、銀行口座を確認しましたか？」

「いいえ。そんなことするわけないでしょう。ニーナを埋葬したばかりなのに。今日、ニーナは今日埋葬されたのよ」

「今、ご確認いただけますか？」

モーガンは立ちあがり、ノートパソコンがあるホームオフィスに行きかけて、はっと思いだし、携帯電話を取りだした。

いくらか血色があったモーガンの顔が蒼白《そうはく》になった。「まさか。こんなことあり得ないわ。残高が二百ドル以下になってる。一万二千ドルを少し上回るくらいあったのに。長年かけて貯めてきたお金よ。これは何かの間違いだわ」

「なりすましによるインターネット詐欺です、ミズ・オルブライト。残念ながら――」モリソンが続けた。「おそらく被害はさらに悪化するでしょう。あなたは一軒家を所有しているが、この男はそれも狙っているはずです。あなたになりすまし、あなたのパソコンから得た情報を使って、あなたの自宅を担保にローンを申請した可能性が高い。たぶんビジネスローンを。銀行じゃなく消費者金融を利用し、迅速な対応をしてくれれば高い利息を払う契約に同意したはずだ。ロズウェルは席を外した十分間で、ノートパソコンにマルウェアをインストールし、あなたの銀行口座にアクセスできるようにしたんでしょう」

「彼はこの手のことに非常に長《た》けています」ベックが続けた。「おそらく家に侵入した際も——窓ガラスを割るつもりはなかったのでしょう。マルウェアをアンインストールして、そのまま立ち去るはずだった。でもミズ・ラモスが居合わせ、目撃されてしまった。だから強盗を装い、おふたりの貴重品や手持ちの現金を盗んだんです。ほかの犯罪を覆い隠すために」

「ミズ・オルブライト」モリソンはモーガンの目が自分に向けられるのを待った。「こんなことになり、本当にお気の毒です。ご友人のことも、心からお悔やみを申しあげます。わたしとパートナーはロズウェルを何年も追ってきました。この事件にすぐ気づかなかったのは、ミズ・ラモスがロズウェルのいつものタイプではなかったからです。小柄で髪はダークブラウン、中性的な名前でも家主でもない。だから、ただの三流泥棒だと思ったんです。だが捜査中に、あなたに関する記事が出た。あなたの自宅や車に関する記事が」

「それに、あなたはまさにロズウェルのタイプです」ベックが話を引き継いだ。「あの男はあなたを一文無しにしたところで殺すつもりだった。あなたのスケジュールや日課は把握していたし、すでに信頼も得ていた。ふたりきりになる状況を生みだし、ミズ・ラモスにしたようなことをあなたにする予定だったんです」

「だが、あなたは生き延びた。われわれがこうして話をうかがうことができた被害者は、あなたが初めてです」

「わたし、ちょっと――」モーガンは立ちあがるなり、バスルームに駆けこんだ。吐き気がおさまってから、顔を洗い、口と喉をすすいだ。

鏡を見ると、幽霊のように青ざめ、うつろな目をした自分が映っていた。吐き気はおさまったものの、感覚が麻痺《まひ》している。

彼女はリビングルームに戻って椅子に腰をおろした。「いったいどうすればいいですか？」

「さぞショックだったでしょうね」モリソンが口を開いた。「これは非常に困難な状況だと思います。あなたの代わりに誰かに連絡しましょうか？」

「いいえ、けっこうです。わたしは何をすればいいですか？」

「われわれが話をうかがうことができた被害者は、あなたが初めてです」ベックがさっきのモリソンの言葉を繰り返した。「われわれが知るかぎり、あなたは唯一の生存者です。ですから、思いだせることはすべて話してください。ロズウェルが何をして、何を言ったか。メールをもらったとおっしゃっていましたが、それもコピーさせてください。なりすましによるインターネット詐欺や、あなたの状況に関しては、至急弁護士を雇って対応することをお勧めします」

「どうやって？」モーガンは問いただした。「わたしは一文無しなのに。彼が初めてバーに来たのは火曜日の晩です」モーガンはそのときのことを思いだし、考えつくかぎりのことを伝えた。

事態は最悪で、さらに悪化の一途をたどった。

それから六週間で、ギャヴィン・ロズウェルは途方もない被害をもたらした。彼はモーガンの直近のローン返済を巧妙に横取りし、ふたつの職場から振りこまれた給料も奪った。彼女のクレジットカードで八千三百二十一ドル八十五セントも使い、大手クレジットカード会社二社で新たなカードを作って一万五千ドルも散財した。

モーガンの自宅を担保に、彼女の財務情報を使って彼女名義のローンも組んだ。モーガンが購入した家は、彼女が手をかけて念入りにリフォームを行っていることで資産価値があがり、彼女の信用スコアも非常に高かった。ロズウェルは限度額までローンを組んで二万五千ドルを受け取り、彼女の自宅を担保に起業サポートローンも申請し、さらに二万五千ドルをまんまと手に入れた。

本来なら消費者金融二社から融資を受けることは禁止されているはずなのに、彼はそれに成功していた。どうやら以前にも同じ手口を使ったことがあるらしい。

盗難車に対して支払われた保険金は、自動車ローンをかろうじてカバーする程度だった。

モーガンには借金と法的問題と悲しみだけが残った。

それどころか、ロズウェルはニーナを殺害したあと、モーガンが遺体を発見するまでにMacBookを使ってニーナのわずかな蓄えも全額盗んでいた。

モーガンはもはやプライドの欠片《かけら》もなく、祖母に電話をかけて弁護士費用の援助を求めた。

ふたつの職場の上司はそれぞれ金銭的な援助を申し出てくれたが、それを受け入れることはできなかった。

そして、恥ずかしながらも、ニーナの車を譲り受けた。

働かなければならず、通勤手段が必要だったからだ。

その夏、モーガンが庭に苗を植えることはなかった。

七月中旬の日曜日の朝、ふたり組の男性が自宅を訪ねてきて、また彼女名義で新たなローンが申請されていたことを知った。

ひと目見てその男たちは借金取りだとわかったので、モーガンは芝刈り機の電源を切ってその場で待った。

「モーガン・オルブライトを探しているんだが」

「わたしがモーガン・オルブライトよ」

男たちは顔を見あわせた。「あの男とは似てないな」

「わたしと彼は別人だからよ」彼女は疲れた声でこたえた。「自宅を担保にしたローンやビジネスローン、クレジットカードの請求に関することなら、わたしの弁護士が対応するわ」

「あんたは借金を滞納している、モーガン。ミスター・キャッスルは誠意を持って二万ドルを貸した。七月一日に利息も含めて一括返済するという条件で。一日以降、利息が毎日二倍に増えている」

「ミスター・キャッスルなんて人は知らないし、その人からは一セントも借りていないわ。わたしはなりすまし詐欺の被害者なの。わたしができるのは、弁護士とこの事件を担当するFBI特別捜査官の連絡先を伝えることだけよ」

「ミスター・キャッスルはあんたが抱える問題になんか興味がないんだよ、レディ。モーガン・オルブライトは金を受け取った、だったらそれを返すのもモーガン・オルブライトだ」

「誠意の証に、あんたが一割払ったらどうだ」二番目の男が提案した。「トラブルに巻きこまれたくはないだろう」

ふたり組は月やふたつの惑星を差しだせと言っているも同然だった。

「今のわたしにはトラブルしか残っていないわ！　あの男に何もかも奪われたせいで一割だって払えないの。あなたたちが探しているのは、ギャヴィン・ロズウェルって男よ。彼がそのミスター・キャッスルからお金を奪った張本人なの」

モーガンは両手を振りあげた。「わたしはふたつの仕事を掛け持ちして、かろうじて生計を立てているわ。ロズウェルがわたし名義でほかにもふたつのローンを組んだせいで、弁護料がどんどんかさむし、もう悪夢よ。わたしの友人はあいつに殴られて、絞め殺されたわ。あいつを見つけてよ。警察じゃ捕まえられそうにないから、あなたたちがあのろくでなしを見つけだして」

「たいした作り話だな。まあ、一週間だけ猶予をやるよ。次回はこんな礼儀正しくふるまわないぞ」

モーガンは警察とＦＢＩ特別捜査官に連絡した。

翌朝、ニーナの車のタイヤが切り裂かれているのに気づいた。

もう涙は残っていなかった。職場に着くまで震えが止まらなかったが、それでも涙は出なかった。ビルやほかの人には知らせず、警察に通報した。誰かに話すことを考えただけで、疲労感に襲われたからだ。モーガンは住宅ローンを返済するために——誰も女性が殺害された部屋を借りたがらなかったので——月曜の晩も働くことにした。

バーの人手は足りていたし、それが上司からの救いの手だとわかっていた。自転車を切り裂かれたタイヤを見つけたあと、モーガンはバー用の服をつかんだ。昼の職場から直漕いでいったん自宅に戻り、着替えてサンドイッチを作る代わりに、昼の職場から直接バーへ向かうことにしたのだ。〈グリーンウォルズ・ビルダーズ〉のバスルームで着替えをすませ、できるだけメイクを直した。真夜中過ぎに自転車を漕ぐことになるけれど、反射板とヘッドライトがあるし、大丈夫だと、自分に言い聞かせた。

バーでは地元住民に飲み物や料理を出し、観光客にカクテルを作った。

ひとりの男性が空いていたスツールに腰をおろした。がっちりした体格で年のころは五十代なかば、漆黒の髪は軽くウェーブがかかっていた。淡いブルーのゴルフシャツに——ラコステだ——夏用のカーキパンツ。

「いい夜だね」男性客が話しかけてきた。

「本当ですね。何にいたしますか？」

「ライムのスライスを添えたジントニックを。なかなかいい店だ」彼は店内を見まわした。「雰囲気がいい」

「同感です。初めていらしたんですか？」

「ああ。ちょっと通りかかってね。きみはここの出身かい？」

「今はこの街に住んでいます」

モーガンが飲み物を差しだすと、彼は数字を書いた紙を置いた。「現時点であの男はわたしにこれだけの借金がある」そして、片手をあげた。「きみを困らせるつもりはない。人目のある場所で一対一の話がしたくて来た」

彼女は唾をのみこもうとしてうまくいかず、咳きこんだ。「わたしは一文無しです」

「さっきも言ったが、これは――」男性客は紙切れを人差し指で叩いた。「あの男がわたしにしている借金の額だ。きみではない。あいつにはまんまとしてやられたよ。わたしの部下がきみの記事を持ってきた。悲しい身の上話や戯言《たわごと》はさんざん耳にしてきたが、きみの話は事実だと確認した」

男性はグラスをかかげ、ジントニックを飲みながら彼女を見つめた。「うまいジントニックだ。約束するよ、今後きみがわたしがらみのトラブルを抱えることはない」

紙切れをポケットにしまう。「あれはきみが返済しなければならない借金じゃない。問題を山ほど抱えたきみをこれ以上困らせるのは道理に反するし、もうこの件は忘れてもらっていい」

男性はさらにジントニックを飲んだ。「やつは悲しい身の上話を聞かせた。話上手な男だった。そのあとのことは説明するまでもないだろう。やつはわたしを怒らせた。きみの名前や住所、勤め先は知っている。どちらの職場も。だが、新聞記事で取りあげられたこと以外に、やつに関して知ってることはないか？」

「わかりません。どの記事も読んでいないので。読めないんです」

彼はうなずいた。「きみの友人の記事を読んだ。彼女の写真も見たよ。美しい女性だった。若く美しい女性にあんなまねができるのは、いかれたやつだけだ」

彼はマネークリップを取りだすと、五〇ドル札を二枚出した。

「これできみとわたしは貸し借りなしだ。約束するよ、わたしは約束を破らない男だ。こんなにも大変な目に遭って、きみのことを気の毒に思う」

「ミスター・キャッスル」モーガンはお札を彼のほうに押しやった。「あまりにも多すぎます」

彼はかぶりを振った。「わたしは借りを返しただけだ」そう言って立ち去った。

翌朝、家の外に出ると、ニーナの車はすべて新品のタイヤと交換されていた。

5

夏から秋になっても、モーガンはいつものように季節の移り変わりを楽しめなかった。現実を直視しなければならなかったからだ。

必死にもがきながら、なんとか持ちこたえようとしていた。だが、弁護料は祖母から借りた金額を上回るほどかさんだ。

もはやこれ以上の援助は頼めない。自分の人生が、仕事と支払いと借金と不安の絶え間ないサイクルと化した今は。

母と祖母はモーガンに会いに来たがったが、ふたりに合わせる顔がないので断った。

週に八十時間近く働いても、支払いは追いつかなかった。ニーナの車は――未来永《えい》劫《ごう》、あれはニーナの車だ――さらなる修理が必要となり、ラリーがモーガンのために最低料金で請け負ってくれたが、それでもかなりの負担だった。

洗濯機も反乱を起こし、床が水浸しになった。それは摩耗してつるつるになった自転車のタイヤを交換した翌日のことだった。

次に、明かりが消えた。

光熱費は払っていたのに、ギャヴィン・ロズウェルにまたしてもやられたのだ。彼はモーガンの口座番号を使って、勝手にサービスを解約していた。送電を再開するには手数料がかかると言い張る電力会社の社員を相手に問題を解決しようとしていた最中、住宅総合保険が勝手に解約され、医療保険に対して莫大《ばくだい》な不正請求が行われていることが発覚した。

弁護士はすべて解決できると請けあった。だが損失を取り戻すには、さらなる弁護料や訴訟費用等もろもろのお金を払わなければならない。

十一月になるころにはもはやお手上げ状態で、三度目はもう立ちあがれないと彼女は悟った。

モーガンはサムとともに、真っ白な石で作られたニーナの墓を訪れた。強風に枯葉が舞い散り、上空を覆う分厚いグレーの雲から凍《い》てつくような雨が降っていた。

ふたりとも花は供えなかった。この寒さで切り花がしおれて枯れるのをニーナはいやがるだろうと思ったからだ。

「ニーナはここにはいないわ」モーガンはサムの肩に頭を預けた。「今でもときどき、あの家のなかで彼女の気配を感じるの。そのことに救われているわ。変かしら？」

「そんなことないよ」サムは彼女の肩を抱いた。「ぼくが数週間ごとに彼女の実家のディナーに参加しているのは、それが慰めになるからだ。ここしばらく、きみをディナーで見かけていないね」

「息つく間もないくらいなの」

「本当に気の毒に、モーガン。穏やかな日常が戻るように願っているよ」

「あの家を売りに出すわ」

「嘘だろう」サムは後ずさり、彼女の両腕をつかんだ。「何か方法があるはずだ」

「もうしがみつくことはできない。住宅ローンを払えば、ほかの支払いが滞ってしまう。ほかの支払いを優先すれば、住宅ローンを払えない。すでに訴訟費用で埋もれそうなのに、さらなるトラブルが次々と襲ってくるの」

モーガンは深く息を吸った。「ちょっと歩かない？　ここだとニーナに愚痴をぶちまけているような気がするわ。そんなの変よね、ついさっき彼女はここにはいないと言ったばかりなのに」

「ちょっと歩こう」サムがモーガンの手を取り、並んで歩きだした。「ぼくにも手助けできることが何かあるはずだ。それに、きみに手を貸してくれる人は大勢いるよ、モーガン」

「わかっているわ。でも、ロズウェルはわたしの人生を台無しにしただけじゃない、あの場所も台無しにしたの。喜びをすべて奪い去ったのよ、サム。今やあの家は負担でしかないわ。もう自宅じゃなく、毎日背負わなければならない重荷のひとつとなってしまった。立ち直るまでどのくらいかかるかわからないけど、かつての生活を取り戻すには何年もかかるはずよ」

「くそ野郎め。どうして警察はあのろくでなしを見つけられないんだ？」

「わからないわ。ロズウェルがバーに来るようになって一週間くらい経ったころ、グレイシーが――あなたも知っているでしょう、〈ネクスト・ラウンド〉のウエイトレスが――こう言ったの、彼は人当たりがいいけど、そういう男は信用しないって。彼女の言うとおりだった」

「これからどうするんだい？」

「まずは家を売却するわ。不動産業者からは三月か四月まで待つようにアドバイスされたけど。それに、どっちみち春まで売れないかもしれない。とはいえ、とりあえず動きださないと。自宅が売れるまではここにいるつもり、ほかに選択肢がないから。でも、もうそろそろ新たな一歩を踏みだすときよ」

モーガンは墓石や記念碑や、しおれて枯れかけている切り花を眺めた。

「家が売れたら、ヴァーモント州に引っ越すわ」

「そんな、モーガン」

「ここにとどまって、あと戻りすることはできない。すべてを失ったことを痛感しながら、アパートメント暮らしに戻るなんて。通勤したり、買い物に行ったり、ニーナの車に給油したりするたびに、それを思い知らされるなんていや。わたしには耐えられない」

「わかったよ、モーガン。わかった」

「ゆうべ母と祖母と話して、ふたりの家に同居させてもらうことになったわ。ふたりとも受け入れざるを得ないわよね」

「家を売却する件は一年待って、もう少し考えてもいいんじゃないかな」

「自宅だけのことじゃないの」モーガンはふたたび口を開いた。「仕事も、今やただの労働になってしまった。朝起きて出勤し、いったん家へ戻って別の職場に出勤し、夜眠りに就く。ひたすらそれを繰り返して、そのあいだも絶えず不安にさいなまれている。もうそんなふうには暮らしたくないわ」

「すべてから距離を置いたほうがいい。ニーナの実家のディナーへ一緒に行こう」

「無理よ。感謝祭に来てほしいとせがまれてしまうわ——すでに招待されているのに。電話のほうが断りやすいの。今年は感謝しているふりはできそうにないし。でも、みんなには言わないで。お願い」

モーガンは立ち止まると、彼の両手をつかんだ。「家が売れたら、自分でニーナの家族に伝えるから」

「きみがそう望むなら」

「ええ、それがわたしの望みよ。もう帰らないと。不動産業者から家を売りに出す前にあれこれやらなければならないことのリストを渡されているの」彼女の目がうるんだ。「ライラック色の壁も、ニーナの寝室の壁も塗り直さないと」

「ニーナは気にしないよ」

「そうね」モーガンは白い墓石を振り返った。「彼女ならわかってくれる」

ペンキは安いものを選び、自分で塗ったので費用はほとんどかからなかった。塗ったのは、個人的には大嫌いな当たり障りのないオフホワイトのペンキだ。HGTVの例にならって、家を売却しやすくするために、すべてを当たり障りのない色に塗り直した。

壁の私物を外し、写真やかわいい小物やユニークな置物を箱に詰めた。

これまでは自分のものだったが、今や敗戦の象徴と化した自宅を隅々まできれいにした。

売りに出したものの一件の問い合わせもないまま六週間が経過すると、不動産業者からいくらか値をさげるよう勧められた。

モーガンは同意し、不動産業者が言うホリデーシーズン後のセールに備え、ふたたび自宅を掃除した。一月中旬になり、二度目のわずかな値下げを行ったころには、リビングルームの家具を売り払ってもろもろの支払いに当てたので、深く息をつくことができた。

そして自己破産手続きについて調べ始めた。

そんな最中、自宅購入の問い合わせが舞いこんだ。

「こちらの提示価格より二万ドル低いし、あなたの家を安く買い叩こうとしているわ。対抗措置として、わたしたちは――」

「いいから、その人たちに売却してちょうだい」日曜日の晩、モーガンはテーブルの席に座った。カフェでコーヒーを飲んでいるあいだに、ここでふたたび内覧が行われた。購入希望者は家のなかを歩きまわり、あれこれ値踏みして、どこをどう変えるか想像をふくらませたのだろう。

「モーガン、自宅を売りに出すのは容易なことではなかったと思うわ。でも、決済手数料もあるし、向こうの希望価格ではあなたのローンは完済できない。わたしがなんとかするから。新たな売値を提示させて」

「わかったわ」モーガンは食べようとしていた缶入りスープが入ったボウルをじっと見つめた。「でも、相手があなたの提示価格に尻込みしたら、向こうの希望価格で契約を交わすことを認めるわ。もし向こうが新たな価格を提示してきたら、それでもかまわない。わたしは早く新しい人生を始めたいの」

「わかった。また連絡するわね」

「ありがとう」

モーガンはスープを脇に押しやり、サムがくれた中古のノートパソコンを引き寄せた。〝つべこべ言うんじゃない、モーガン〟彼の言葉を反芻《はんすう》した。〝いいから受け取ってくれ〟

彼女は受け取り、今はそれを使って計算していた。

もちろん、不動産業者のベリンダの言ったことは正しい。向こうの購入希望価格ではローンを完済できない。それでも、負債額が三十万ドルからおよそ七千ドルになる。それくらいならなんとかなる。今はもっとひどい状態を耐えしのいでいるのだから。

ベリンダからふたたび連絡が入った。「購入希望者は差額の二分の一までは出してもかまわないそうよ。わたしは新たな売値を提示したいと思っているわ」

「それで契約してちょうだい。いいから契約して。そうすれば、わたしはこの苦境から抜けだせる」

「わかった。でも、あなたが不当に買い叩かれても同意するしかなかったことが遺憾でならないわ」

「ベリンダ、この家で人が殺されたのよ。そのせいで大半の購入希望者にとってこの家の価値がさがったのは、あなたも承知しているでしょう」

「あなたはこんな扱いを受けていい人じゃないのに」

「わたしは得られるものを受け取るわ。決済はいつになりそう？」

「三十日後よ」

「わかった。それまでに準備を整えるわね。ありがとう。心から感謝しているわ」

モーガンは椅子の背にもたれてまぶたを閉じ、安堵感《あんどかん》だけに包まれていた。

三十日はまたたく間に過ぎ去った。それぞれの職場の上司に退職の意向を伝え、後任の研修を行った。残りの不要な家具や食器棚の中身だけでなく掃除道具まで売却したり、譲り渡したりした。

どれほど覚悟していても、自宅に別れを告げるのは想像以上につらかった。

決済日、空っぽになった家に最後に鍵をかけたとき、必死にしがみついていた安堵感が落胆に変わった。

泣くのはあとだ。あとでなら思う存分号泣してもかまわないが、今はだめだと、自分に言い聞かせた。

書類手続きが完了し、新たな家主が満面の笑みを浮かべた。もはやあの家は自分のものではなくなったけれど、これからは別の誰かが愛してくれるのだと考えて、モーガンは自分自身を慰めた。

もしかしたら彼らがあの壁を撤去して、すてきなフロントポーチを作ってくれるかもしれない。

モーガンは給料の二週間分ほどにしかならない小切手を手に役所をあとにした。家主となって同じ役所をあとにしたときの高揚感は、思いださないのが一番なので、頭から締めだした。

すでにスーツケースを積んであったニーナの車に乗りこむと、北へ向かった。

毎年クリスマスにヴァーモント州を訪れるときは――昨年は行かずにたったひとりで過ごしたが――列車を利用していた。

今振り返ると、あれは幸せな小旅行だった。スーツケース一個とプレゼントが詰まったバッグを抱え、ホリデーシーズンに心が浮きたっていた。

携帯電話のGPSによれば、ボルチモア郊外からヴァーモント州ウェストリッジまで八時間かかるらしい。

できれば、どこかで一泊せずにたどり着きたい。どうかニーナの車が持ちこたえてくれますように。

かすかに春の気配が感じられるメリーランド州をあとにして、吹雪で樹木が凍える真冬の地へと車を走らせた。

フィラデルフィアを過ぎてニューヨークに入り、ガソリンスタンドで給油しつつ、脚を伸ばした。駐車場で用意しておいたピーナッツバターとジャムのサンドイッチを半分食べ、巻き毛の大型犬を散歩させるカップルを眺めた。

自分の店を開いたあと、犬を飼うことが長期計画に含まれていたのをモーガンは思いだした。大型犬ではなく、かといってポケットサイズの小さな犬でもない。書類仕事をする彼女の足元で丸くなり、裏庭ではしゃぎまわる――庭に穴を掘るのは厳禁だけれど――ちょうどいい大きさの犬がいい。優しくておとなしい犬を跳ねまわる子犬のころから育てたい。

想像上の愛犬が完成した裏庭のデッキに横たわり、日光浴をする姿が頭に浮かんだ。開放的な明るいキッチンで、モーガンがボウルに餌や水を用意するあいだ、辛抱強くお座りしている姿や、しっぽを振って仕事から帰宅した彼女を出迎えてくれる姿も。もちろん、キッチンからデッキに出られる犬用のドアが必要だ。それに……。

はっとして、彼女はまぶたを閉じた。

「だめ。だめよ。もうその計画は終わったの」

すっかり食欲を失い、サンドイッチの残りをラップでくるむと、移動を再開した。

コネチカット州を通過してマサチューセッツ州に入った。高速道路の両側は純白の雪で何もかも厚く覆われていたが、あの空を――鉛を彷彿とさせるグレーの空を見れば、さらに降るのは確実だろう。隆起する丘から吹きおろす風に雪が舞いあがり、吹きだまりができていた。

車の流れがひどく遅くなり、雪のように吹きだまりになってしまう気がした。彼女は道路脇に車を停め、凍てつく寒さのなかを歩いた。まもなく夜の帳《とばり》がおりようとしていたので、思わずあきらめそうになった。

ちゃんとしたモーテルであたたまって、静かな部屋で眠りたい。

だが、彼女はラージサイズのコーヒーを買い、数時間後には着くと母にメールした。

〈そのころには、わたしたちも帰宅しているはずよ。大きなお鍋でビーフシチューを作って待ってるわ。安全運転でね〉

母がそのメッセージにハートの絵文字を追加してきたので、モーガンは義務感に駆られて返信した。

モーテルの看板をいくつも無視してヴァーモント州に入ると、グリーン山脈へと向かった。

なんて美しい景色だろう――この時期は何もかも凍っているとはいえ、それでも美しい。その大自然の美しさは否定できないし、ホリデーシーズンに訪れたときも、子どものころ夏休みにちょっと遊びに来たときも、毎回それを堪能した。

雪に覆われた山脈や森や渓谷はいかにもアメリカらしい冬景色で、風景画を彷彿とさせる。夢のような景色のなか、モーガンは車を走らせた。雲間から現れた三日月が、青白い光で白銀の世界を照らすと、一種の解放感を味わった。

子どものころは夏休みに数日だけ訪れ、あっという間に帰らなければならなかったが、祖父とよくこの森をハイキングした。祖父はありとあらゆる山道を知りつくしていた。祖父が全生涯を過ごした場所へと近づきながら、どこよりもここにいると祖父を恋しく思う気持ちが募ることに気づいた。

祖父は彼女の夢の話に耳を傾けてくれた。

もちろん、祖母や母も聞いてくれる。ただ、母はいつもどこか上の空だった。けれど祖父は、まるでこの世にほかのものなど存在しないかのように、モーガンの言葉や願望に一心に耳を傾けてくれた。

祖父の世界を車で移動しながら、こうして祖父に思いを馳《は》せると、昔教わったちょっとしたことの記憶があれこれよみがえった。

親指にぶつけずに釘《くぎ》を打つ方法や、コンパスの使い方。鹿やクマの足跡の見分け方。釣りの仕方。釣り自体は好きではなかったが、祖父と過ごすためにやった。

今回は、たどり着いた先に祖父はいない。その悲しい現実に胸が痛んだ。

モーガンはそのまま運転し続け、西にハンドルを切って森から抜けだし、街や郊外や村をいくつも通り過ぎた。

そしてついに、出発から十時間近くかかって、頑丈な造りの古めかしいチューダー様式の家に到着した。雪に覆われた斜面の上に立つ家は、窓に明かりが灯り、二本の煙突から煙が立ちのぼっていた。

ガレージの前に車を停めたあと、無事到着したことに安堵の吐息をもらし、すっかりむくんだ脚でおりたつと、ふたつのスーツケースを引っ張りだした。

寒さが氷の鞘《さや》から引き抜かれたナイフのように切りつけ、凍った樹木のあいだを駆け抜ける風がうなりをあげた。

だがその風のおかげで、私道や幅の広いレンガの小道に積もった雪は吹き飛ばされていた。体力の限界に達していたモーガンは、スーツケースを階段にぶつけながら屋根つきの玄関まであがり、ドアを叩いた。

ふたりとも待ちかまえていたらしく、すぐさまドアが開いた。その瞬間、共通の遺伝子に関する研究がぱっと頭に浮かんだ。ふたりはほっそりした体つきも、鮮やかなブルーの瞳も、美しい顔の骨格も瓜《うり》ふたつだ。

次の瞬間、モーガンはふたりの女性の腕と香りに包まれていた。

「冷気が入るからドアを閉めて、オードリー。さあ、わたしの孫娘の顔をよく見せてちょうだい」

オリヴィア・ナッシュはモーガンの両肩をつかみ、じっくり眺めまわした。「もうへとへとみたいね」

「ええ、長いドライブだったから、おばあちゃん」

「さあ、コートを脱いで。シチューをよそってくるわ。ウイスキーを勧めたいところだけど、たしか好きじゃなかったわよね」

モーガンの母親は娘からコートとスカーフと帽子を受け取ると、それを持ったまま娘をしげしげと眺めた。「じゃあ、シチューとワインにしたら？」

「それがいいわ」そうこたえながらも、モーガンはどちらも口にしたくなかった。今求めているのは、ベッドと暗い部屋だ。

だが、ふたりに身をまかせ、玄関ホールから暖炉の火が煌々《こうこう》と燃えるリビングルームや、かつては祖父にとって憩いの場だった書斎を通り抜け、ふたりがリフォームした居間に足を踏み入れた。座り心地のいい長椅子やダイニングテーブルが置かれ、隣接する広いキッチンからは雪に覆われた庭やその向こうの林が見渡せた。

どこもかしこも整然としていて、ここで暮らす女性ふたりの合理的で女らしい面が反映されている。

「そこのカウンターに座りなさい」オリヴィアが命じた。「オードリー、ワインを取ってきて。わたしはシチューを持ってくるから」

ふたりがせわしなく動きまわる様子から、ともに暮らし、協力しあうコツを心得ているのが見て取れた。

祖母は髪を染めずに鋼のような——気骨ある祖母を支える鋼のような——銀髪を、少年さながらのショートカットにしていた。モーガンが見るかぎり、祖母の立ちふるまいはとても七十歳女性のものとは思えない。

ぴかぴかのガスレンジにのった鍋から、祖母はシチューを二回すくってボウルによそった。モーガンの体調が最高にいい日であれば完食できそうな量を。

オードリーが赤ワインを注いだグラスをカウンターに置き、モーガンの髪を撫《な》でた。

「サワードウブレッドもあるわよ。わたしが今朝、焼いたの」

「お母さんが焼いた?」

「去年の秋、友だちに酵母をもらって、せっかくだから試してみることにしたの。そうしたら楽しくて、われながらパンを焼くのがうまくなったと思っているわ」

話しながら、カッティングボードの上で丸いパンを厚めにカットする。

母は日差しを浴びた小麦畑を彷彿とさせる髪を今も長く伸ばし、きれいなポニーテールにまとめていた。昔からとても優雅で繊細に見えた両手で、バターベル(バターを常温保存できる容器)をこちらに押しやった。

「あなたの感想を聞かせて」

「棒みたいに痩せちゃって」オリヴィアはボウルとスプーンとテーブルナプキンをモーガンの前に置いた。「それはわたしたちが解決するわ。みんなで解決しましょう」

モーガンの手をぎゅっと握る。「さあ、みんなでワインを飲むわよ、オードリー」

「ええ、そうね。飲みましょう」

母がさらにグラスを――クリスタルガラスのグラスを――取りだすあいだに、モーガンはスプーンでシチューをすくった。「すごくおいしい」続いて、パンをひと口かじる。お世辞を言う必要がないことに驚き、思わず微笑んだ。「全部とってもおいしいわ。わたしを受け入れてくれてありがとう」

「何を言っているの」オリヴィアは人差し指を立てると、もう片方の手でワイングラスをつかんだ。「お礼なんていらないわ。ここはあなたの家なの。あなたはわたしの唯一の孫で、あなたのお母さんの唯一の子どもなんだから。ここはあなたの家なの。将来ほかの家を持ったとしても、ここはいつだってあなたの家よ。今はわたしたち三人の家」

オリヴィアがグラスをかかげた。「わたしたち三人に乾杯」

モーガンもうなずいてグラスをかかげると、ひと口飲んだ。

「わあ、食器棚の一部にガラス戸をつけたのね。すてきだわ」

「明かりもつくのよ」オリヴィアが食器棚に歩み寄ってスイッチを押し、ガラス食器や高級な陶磁器を明かりで照らした。「こうしようと決めたのはいつだったかしら、オードリー？」

「去年の春よ。春の大掃除の最中だったわ。あなたにも写真を送ったわよね、モーガン？」

「ええ、でも……。クリスマスは帰省できなくてごめんなさい。ふたりとも心待ちにしているのはわかっていたけど、わたし……」

「今はそのことは置いておきましょう。今夜はいったん全部棚上げよ。また改めて何もかも話せばいいわ、あなたが話したいことをすべて。さっきも言ったけど、みんなで解決しましょう。今夜はあなたがここにいてくれるだけで充分よ」

モーガンはうなずき、さらにシチューを食べた。「お店のほうはどんな調子？」

「繁盛しているわよね、オードリー？」

「冬の観光客のおかげね」オードリーもスツールに腰かけた。「あの人たちはいそいそとこの街にやってきて、地元の工芸品を見つけて持ち帰るの。わたしたちはワインとコーヒーと紅茶を出すバーもやることにしたわ」

「本当に？」

「オードリーにまんまと説得されてね。もうしつこくせがまれたんだから」オリヴィアは娘を見てぐるりと目をまわすと、噴きだした。「わたしが躊躇していたことに関して娘が正しかったと判明するのは、本当に癪《しゃく》に障るわ。来週には工事も終わって開業する予定よ」

「ちょっといいコーヒーと紅茶のほかに、一年のうちのこの時期にはホットチョコレートも出すわ。夏場のお客さんにはアイスコーヒーやアイスティー、フレッシュなレモネード。そしてワインは、時期を問わず一年中よ」

「最高じゃない」母がそんなことを考えているなんて夢にも思わなかった。「どこにそのバーを出すの？」

「そこが厄介な点だったわ」

「オードリーに押し切られて、わたしはうちの店の隣にあった埃《ほこり》まみれの古臭い紛《まが》い物のアンティークショップまで購入する羽目になったの。建物のあいだの壁を撤去して、埃だらけのおんぼろの店を修理しなければならなかったわ。この娘は高齢で気弱なわたしにつけこんだのよ」

「まあ、そんなところね。その店ではテーブルやボックス席をいくつか用意して、クッキーとかスコーンなんかのシンプルな焼き菓子を出すつもり。お客さんは買い物をしたあとコーヒーを飲むか、コーヒーを飲んだあと買い物をしてくれるはずよ。それか、ワインを飲んでさらに散財してくれるかも」オードリーは笑った。

「あの店にあった使い物にならない年代物の暖炉は、解体して修理し、電気暖炉に作り替えたわ」

「それは——すごく賢いやり方ね」

「あれこれ思案したわよね、お母さん。本物の薪《まき》ストーブのほうがいかにもヴァーモントらしいけど、電気暖炉のほうが安全で環境にも優しいから」

まったくの初耳だった。モーガンは食事をしながら、ふたりが語る詳細に耳を傾けた。ふたりとも、わたしが自分自身の問題で四苦八苦しているのを知っていたから、このことを伏せていたのだろう。

ついに、モーガンはボウルを押しやった。「もうこれ以上食べられない。最高だったわ。パンもおいしかった、お母さん。本当にすごいと思った。だけど、もうひと口だって食べられない。ここまでのドライブで力尽きちゃった。もしかまわなければ、このまま二階にあがって、ゆっくり眠りたいわ」

「許可を求める必要なんかないわ」オリヴィアが立ちあがった。「さあ、モーガンがゆっくり休めるようにしましょう」

みんなでモーガンが普段使っている寝室まで荷物を運んだ——主寝室からふたつ先の部屋で、廊下をはさんだ向かいは母の寝室だ。

だが、モーガンが部屋に足を踏み入れると、さらなる変化を目の当たりにした。もう昔懐かしい薔薇の蕾の壁紙ではなかった。ダークブラウンの廻《まわ》り縁に合わせて、壁は落ち着いた淡いブルーに塗られていた。いつものように光沢のある床には、淡いブルーとクリーム色の花柄のラグが敷いてある。

ベッドも真鍮《しんちゅう》製のヘッドボードとフットボードつきのダブルベッドに交換されていた。白い羽根布団、ブルーと白の枕カバー、折りたたまれたブルーのグラデーションの軽い上掛けがベッドを覆っている。

ピンク色の薔薇の蕾は壁紙の模様ではなく、花瓶に活けられ、ドレッサーに飾られていた。部屋の隅に、一脚の椅子と小さな円テーブル、読書用のランプがある。

「なんてすてきなの」

「これだけじゃないわよ」

オリヴィアが隣接したバスルームのドアを開けた。広いシャワー室、白い天板に青い模様が入ったダークブルーの化粧台。壁掛け棚には、ふわふわのタオルや、バスソルトやオイルやコットンパフがそれぞれ入った女性らしいガラス瓶が並んでいる。

「すごい——ここまでする必要はなかったのに」

「それはさておき、ナッシュ家の女性《ナッシュ・ウーマン》は——あなたにもナッシュ家の血がたっぷり受け継がれているけど」オリヴィアは言い添えた。「自分の思いどおりにしないと気がすまないの。最初はそうじゃないかもしれないし、毎回そうとは限らないけど、たいてい最終的には思いどおりにするわ」

「隣の部屋をバスルームとクローゼットにリフォームしたの。お客さんが来ても泊まってもらえる部屋がまだまだたくさんあるから。三人それぞれ専用のバスルームがあったほうがいいもの」

「同居生活をするにはそのほうが楽よ」オリヴィアが締めくくった。「あと廊下の先に浴槽つきのバスルームがあるし、一階には洗面所もある。この古い大きな家には改革が必要だったのよ」目を細めて娘を見る。「だからといって、ほかのバスルームも近いうちに取り壊すわけじゃないけど」

オードリーがにっこり微笑んだ。「でも、最終的にはそうなるわ。荷ほどきを手伝いましょうか、ベイビー？」

「ううん、大丈夫。たいした荷物はないから」

「それじゃあ、あなたが休めるようにわたしたちは退散するわね」オリヴィアは歩み寄ると、孫娘の頬にキスをした。「もし喉が渇いたら、バスルームの壁掛け棚の下の戸棚にミネラルウォーターのボトルがあるわ。ほかに何か必要なら、わたしたちがどこにいるかわかるわね」

「ええ。それと、お願いだからお礼を言わせて。ふたりともありがとう。この部屋は本当にすてきだわ」

オードリーは娘を抱き寄せ、頬を押しつけた。「おやすみなさい、モーガン」ふたりは部屋を出て、ドアを閉めた。

とにかく片づけなければと、モーガンはどこに何をしまうかも考えずにまずは荷ほどきをした。とりあえず全部どこかにしまって、スーツケースとともに視界から消さないと。

この一年ずっと同じ服を着ていたような気分だったので、服を脱ぎ捨て、しまったばかりのパジャマをドレッサーから引っ張りだした。

シャワー室に入って蛇口をひねると、湯が体を流れ落ちるのを感じた。あたたかい、なんてあたたかいの。

湯気に包まれ、湯がタイルに滴り落ちるなか、モーガンは号泣した。

すべてを失い、目標を実現できなかった。もはや自分のものは何ひとつ残っていない。

美しい友人のニーナを思って、すすり泣いた。

今や他人の住まいとなった自宅を思って泣いた。大好きだったふたつの仕事、築きあげた人生、夢見た未来を思って泣いた。

涙が涸れ果てると蛇口を閉じ、パジャマを着た。

しつけられたとおり、夜の日課を行う前にタオルをつるして干した。

それからベッドの片側に座り、風の音や家を包みこむ静寂に耳を澄ました。

これから暮らす家にこんなすてきな部屋があるのは、わたしを愛してくれるふたりの女性が寛大だからだ。

「これからどうなるの？　わたしはこれからどうすればいいの？　いったい何から始めればいい？」

明日だ。ぱりっとしたシーツとふわふわの羽根布団のあいだに横たわりながら、自分に言い聞かせた。明日、考えよう。あるいは、明後日でもいい。

あるいは……。明かりを消し、まぶたを閉じた。

そして、川に投げ込まれた小石のように眠りに落ちた。

6

モーガンは目覚めたとき、戸惑い、一瞬夢を見ているのではないかと思った。心を落ち着かせるブルーの美しい部屋も、窓から差しこむ日差しも、何もかもがこのうえなく奇妙でなじみのないものに思えたからだ。

やがてすべてを思いだすと、目を閉じてふたたび眠りに逃避したいという強い衝動に抗《あらが》わなければならなかった。

そんなのだめよ。眠りに逃げても何も解決しない。目が覚めれば、やはりニーナは亡くなったままで、モーガンが築いてきた人生が台無しになった事実も変わらないのだから。

もう前に進まなければ――なんとか、どこかで。前に進む以外の選択肢はない。足を踏みだすのよ。

モーガンは起きあがって着替えた。体に染みついた習慣でベッドを整え、枕をふくらませてから、階下へおりた。

黒のスウェットシャツを着たオリヴィアが、キッチンのアイランドカウンターに座っていた。スウェットシャツには白い文字でこう書かれていた。

〝異議あり〟

祖母は大きなマグカップでコーヒーを飲みながら、タブレットでクロスワードパズルを解いている。

モーガンはスウェットシャツの文字を指した。「何に対して異議を唱えているの？」

「あなたも何かある？ コーヒーをいれてあげるわ。ここをリフォームしたとき、おしゃれなコーヒーメーカーを買ったの」

「自分でやるわ。わたしはバーテンダーよ――元だけど」モーガンは訂正した。「コーヒーメーカーには負けないわ。それより、こんなに朝寝坊してごめんなさい」

「あんな長距離を運転したんだもの、もっと寝ていると思ったわ。朝食にする？」

「ありがとう。でも、今は何も食べたくないの。わたしを甘やかさないで」

「おばあちゃんというのは孫を甘やかす生き物よ。それが幸せなの。わたしに幸せになってほしくないの？」

「コーヒーメーカーには負けないけど」コーヒーメーカーが豆を挽《ひ》き、下に置いたマグカップにコーヒーを注ぐなか、モーガンはつぶやいた。「おばあちゃんには負けるわ」

「それは、世のおばあちゃんたちが賢いからよ。そして賢さに磨きがかかると、ずる賢くなるわ。今もコーヒーにクリームと砂糖を入れるのね」

「もうダウンタウンのお店に出勤していると思ってた」

「午前中はあなたのお母さんにまかせたわ。ついさっき家を出たところよ」

モーガンはコーヒーを飲みながらうなずき、カウンターにもたれた。「つまり、おばあちゃんがわたしのお目付役を引き受けたわけね」

「そういうことね」オリヴィアがさらりと認めた。「わたしがその役を買ってでたのは、母親よりも祖母に話すほうが、あなたが自分の思いや考えを口にしやすいんじゃないかと思ったからよ。もし間違っていたらオードリーと交代するわ――まあ、わたしが間違うことなんてめったにないけれど」

「わたしの思いや考えね」モーガンはまぶたを閉じた。「わたしはすべてを失った、とりわけ一番の親友を失ったことが何よりつらかった」ふたたびまぶたを開ける。

「おばあちゃんとお母さんから手紙をもらったと、ニーナのお母さんに聞いたわ。すごくありがたかったって」

「ニーナのことはあなたの話を通して知っているだけだけど、彼女はわたしたちにとって家族の一員だから」

「ニーナが亡くなったあと……それ以外のすべてのものを失ったわ。貯金も消えて、自宅も――今はもう赤の他人のものになった。わたしの車は、たいした車じゃなかったけど、すごく気に入っていた。わたしの計画も目標もプライドも安心感も、自分自身も泡と消えてしまった」ぱっと手を振った。「一年前、ほんの一年前は万事順調で、すべてがそろっていた。でも、今は何もない。文字どおり何も。そのうえ、おばあちゃんの家に居候している」

「よくわかったわ」オリヴィアはマグカップを持ちあげて、コーヒーをひと口飲んだ。「あなたにはそういったことをすべて感じる権利がある。実際、わたしがあなたの立場だったら、史上最大の激怒パーティーを開くでしょうね」

慰めの会じゃないのね。そうよ、オリヴィア・ナッシュには慰めの会なんか似合わない。「わたしも何度かかっとなったことがあるわ」

「よかった、そのほうが健全よ。あなたは怒って当然だもの。あなたにはそういったことをすべて感じる権利があるんだから」オリヴィアは繰り返した。「たとえ、あなたが間違っているとしても」

「どこが間違っているというの？」

「もう何もないって言ったでしょう。だけど、あなたにはモーガン・ナッシュ・オルブライトがあるじゃない、それを決して忘れないで。それにここは〝おばあちゃんの家〟じゃない、ケネディ家とナッシュ家の家よ。そうしてくれたおじいちゃんには一等賞を授与しないとね。あなたはいくらでも必要なだけ朝寝坊したり、激怒したり、罵ったりしていいの、自分にとって最善の方法で。あなたは犯罪被害者となった。強く賢い女性にとって——あなたはまさにそういう女性だけど——それは破滅的であると同時に無性に腹立たしいことよ。でも気持ちの整理がつけば、次に何をすればいいかきっとわかるわ」

「たしかに無性に腹立たしいわ。本当に腹立たしいことよね。どうして今まで誰もそう言わなかったのかしら？」

「それは、誰もあなたのおばあちゃんじゃないからよ。あなた自身はそう口にしなかったの？」

「そう感じただけで罪悪感に襲われたわ」でも、今はもう違う。祖母が先に言ってくれたからだ。「みんな、わたしに同情はしてくれたけど——」

「誰もあなたのために激怒しなかった——あるいは、怒りを見せなかったのね。わたしは、あなたがこんな目に遭ったことに激怒しているわ。あなたのお母さんだって、オードリーらしいもっと繊細な怒り方で怒ってる。できることなら、そのろくでなしの一物が真っ青になるまで蹴飛ばして、根本からひねり取ってやりたいわ」

オリヴィアは肩をすくめ、またコーヒーを飲んだ。「まあ、これはあまり繊細じゃないわたしが代弁した台詞《せりふ》よ」

「どうしてなのか、具体的には説明できないけど」しばらくしてモーガンは口を開いた。「おばあちゃんがそう言ってくれて、かなり気持ちが楽になったわ」

「それはよかった」

「わたしは仕事を見つけないと」

「今は〝何々しないと〟って考えるのはやめなさい。さあ、座って、オムレツを作ってあげる」

「おばあちゃん――」

「わたしのオムレツを断る人はひとりもいないわ」オリヴィアが立ちあがった。「早く座って。あなたに頼みたいことがあるの」

「何?」

「二週間休んでちょうだい。それで、たっぷり睡眠や食事をとって、読書をしたり、映画を観たり、散歩したり、雪だるまを作ったり、好きなことをして」オリヴィアは卵とチーズと新鮮なほうれん草を取りだした。「ここ数年のストレスが顔に出ているわ、マイ・ベイビー。一目瞭然よ」

それは否定できないと思いつつ、モーガンは腰をおろした。彼女自身も、鏡を見るたびに目にしているからだ。

「少し休みなさい。もし何か実務的なことをしたいなら、仕方がないから、うちの店へいらっしゃい、週に数時間働いてもらうわ。さもなければ、いいかげん腰を据えて自分自身と対話してみたら？」

「わたしは生計を立てる必要があるわ」

「それはもちろん、いずれ自分で生計を立てられるようになるわ。でも、長い人生のうち二週間くらい休んだって、何も変わらないわよ。それに、オードリーもわたしもあなたと一緒に過ごしたいの。わたしが思うに、あなたにもわたしたちと過ごす時間が必要なんじゃないかしら――そしてこれに関しても、わたしの考えは間違っていないはずよ」

モーガンが黙りこむなか、オリヴィアはボウルに入れた卵をかき混ぜ、フライパンをガスコンロであたためた。

「わたしはすっかり落伍者《らくごしゃ》のような気分なの、おばあちゃん」

「あなたは落伍者じゃないし、落伍者になったことなど一度もないから、乗り越えられるわ。自分の世界が手のなかからすり抜けてしまったのよね。その気持ちはわかる。わたしの世界もすり抜けてしまったから」

「おじいちゃんが亡くなったときね」

「ええ。でも、わたしたちは生涯をともにして、思い出もたくさんあるわ。だから、箱入りのチョコレートみたいにそれぞれ風味が異なる思い出をひとつずつ取りだすことができる。実は、もっと昔にもあったの。子どもを亡くしたときよ」

「えっ？」モーガンはぱっと背筋を伸ばした。「いつ？　そんな話は一度も聞いたことがないけど――」

「あなたのお母さんはまだ二歳になるかならないかくらいだったから覚えていないわ。スティーヴが亡くなるまで、オードリーにもこのことを話したことはなかった」

「すごくつらかったでしょうね」

「スティーヴとわたしはこの家を、この大きなすばらしい家を建てて、子どもたちで満たすつもりだった。少なくとも四人はほしいと思っていたわ。オードリーが生まれたときは本当にうれしかった。わたしたちの第一子はかわいい女の子だった。何もかもいとも簡単に思えたわ。そして予定どおり、ふたり目を身ごもった」

オリヴィアはフライパンに卵液を注ぎ、チーズとほうれん草を加えた。「あのときは妊娠八カ月だった。生まれてくる子の名前やあれやこれやを言い争いながら、子ども部屋を仕上げていたとき、なんらかの問題が生じ、何もかも台無しになった。わたしは流産し、もう二度と妊娠できない体になった。小さな男の子だったわ。あの子は一度も息を吸う機会を得られなかった」

「ああ、おばあちゃん」

「わたしは悲嘆に暮れた——自分でも味わったから、ニーナのお母さんの気持ちがよくわかるの——でも、悲しみとともに無念さもこみあげた。子どもを亡くし、もう二度と身ごもることもできないとわかったから」

オリヴィアは、フランス人シェフさながらの堂々たる手つきでオムレツをひっくり返した。

「スティーヴと一緒になんとか乗り越えたけれど、容易なことではなかったし、とてもつらかった。でも、わたしたちには美しい娘がいて、スティーヴには仕事があった。そして、わたしはろくろをまわし始めた」オリヴィアは噴きだした。「まったく才能がなくて、ちっともうまくならなかったわ。わたしは女性経営者であって芸術家じゃなかったの。でも陶芸家を目指したことで、芸術家や職人に対する深い敬意や称賛の念が芽生えた。それが新たな方向性を与えてくれたのよ」

「おじいちゃんが書斎のデスクに置いて鉛筆を入れていた、あのグリーンのいびつなカップね」モーガンは思いだした。「おばあちゃんが昔作ったものだって、以前話してくれたわ」

「あれは花瓶になるはずだったのよ」オリヴィアはかぶりを振った。「あの人はわたしを愛していた。〝ものを売るんだ、リヴィ。きみはいいものを見極める目を持っているし、売り方も心得ている。きみに必要なのは商品を売る場所だけだ〟って言われたわ」

「〈クラフティ・アーツ〉はおじいちゃんのアイデアだったの？」

「それも箱に入ったチョコレートのひと粒よ。だから一向に上達しない陶芸はあきらめて、店を開いたの。最初はとても小さな店だった。でも、だんだん大きくなって、オードリーも成長した。そうやって、ふたたび自分の世界を手に入れたのよ。以前の計画とは違うけれど、すばらしい世界を」

オリヴィアはオムレツをモーガンの前に置いた。「あなたも新しい計画を立てて、新たな世界を築くのよ。さあ、召しあがれ」

「ありがとう。話してくれて本当にありがとう、おばあちゃん。わたしがあのカップをもらっていい？　あのいびつなグリーンのカップを。あれを見たら、おじいちゃんやおばあちゃん、新たな方向性を見つけるって考えを思いだせるから」

オリヴィアはアイランドカウンターをまわりこんで、モーガンのこめかみにしばし唇を押しつけた。

「もちろんあげるわ。今はせわしなくあれこれ考えているんだろうけど、忘れないで。こんなことをしでかした男は、必ず報いを受ける。それがどんな報いで、あなたがそのことを知るのかどうかはわからないけど、必ず代償を払うことになるわ。宿命は厄介なだけじゃなく、正義のもとに決まるのよ。それに、その男にあなたを破滅させることはできない。なぜなら、あなたは相手の思惑どおりに屈したりしないから。いいわね、今から二週間よ」オリヴィアはそうつけ加えた。

「二週間ね」モーガンは同意した。「愛しているわ、おばあちゃん」

「もちろんわかっているわ。わたしもあなたを愛してる。さあ、食べなさい」

こうしてモーガンは食事をし、睡眠をとった。散歩をしたり、暖炉のそばに座って読書をしたりした。三日目を迎えるころには、あとどれくらい正気を保ったままこの状態を続けられるだろうと自問した。

祖母から二週間の休暇を言い渡されたが、モーガンは何かすることがほしくてたまらなかった。三日目、オリヴィアとオードリーが出勤したあと、彼女は椅子に座り、中古パソコンで何カ月も前に作成したスプレッドシートを開いた。

最後に目を通したとき以来、現実は変わっていなかった。今も一文無しのままだ。だが、今回は今後の見通しを考えた。あのすてきなブルーの部屋に思う存分、必要なだけいられるのは間違いない。しかも家賃は無料だ。だが、自分の役割を果たさなければという衝動に駆られた。

家事の一部を負担してもよかったけれど、わが家のレディたちは週一で家政婦を雇って掃除を頼んでいる。三人組の女性たちがこの不規則に広がるチューダー様式の古い家を担当するようになってもう十数年経つ。もしモーガンが代わりに掃除をすれば、彼女たちから仕事を奪うことになる。そんなことはできない。

洗濯は――その三人組の家政婦がすでに大半を行っている。買い出しはできるものの、料理の腕がもっともっと上達するまでは母と祖母に手料理を食べさせるわけにはいかない。

買い出しと食事のあとの皿洗い？　それで週に三時間は忙しくなるはずだが、スケジュールにぽっかり空いた穴は到底埋まらない。

仕事が必要だ。働いて、収入を得なければ。

手始めに、車で街まで行ってあたりを見てまわり、〈クラフティ・アーツ〉を訪ねてみよう。いいえ、そこで働くつもりはないわ。家賃が無料の生活とほとんど変わらなくなってしまう。

モーガンはメイクをしたあと、もう何カ月も美容院でカットやスタイリングをしていない髪をところどころ自分でカットしてみた。決して美容院で雇ってもらえるほどではないものの、悪くない出来だった。

次に、スウェット以外の服を身につけた。冬用のレギンスにブーツ、防寒用シャツに赤いセーター。気が変わって自分の部屋へ引き返してしまう前に、コートを着て毛糸の帽子をかぶり、マフラーを巻いて、容赦ない冬の寒さのなかへと踏みだした。

どうかニーナの車が動きますように。

ニーナの車は若干咳きこみ、ぜいぜいあえぎながらも、エンジンがかかった。十分足らずで、雪に覆われた林を抜け、凍った川にかかる細い橋を渡って、ハイ・ストリートに出た。

ウェストリッジは大都市と小さな町の中間ほどの規模で、風光明媚《ふうこうめいび》な土地だ。とりわけ冬景色は美しい。おかげで季節ごとに観光客が訪れる。ウィンタースポーツにサマースポーツ、秋の紅葉、春のハイキング。狩猟、釣り、バードウォッチング。〈ザ・リゾート・アット・ウェストリッジ〉は高級ロッジとさらに高級なホテルを抱え、富裕層の観光客に人気だ。各種アクティビティーに加え、豪華な料理を提供し、すばらしい品揃《しなぞろ》えのワインセラーとふたつのバーを備えている。そのうちのひとつは、カジュアルなロッジのバーだ。もうひとつは、高級感あふれるガラス張りのバーで、中央に石造りの暖炉が鎮座し、スキーなど思い思いのアクティビティーを楽しんだゲストを料理と飲み物でもてなす。

この街には小さな食堂から五つ星の高級店まで、おいしい料理が食べられるレストランが数多くあり、店やブティック、スポーツ用品店、ヴァーモント州らしい土産物店、アートギャラリーなどが軒を連ねている。

その多くはハイ・ストリートに密集し、祖母が営む〈クラフティ・アーツ〉もそのひとつだ。そしてモーガンが目にした看板には、今や〈クラフティ・アーツ＆ワイン・カフェ〉と書かれていた。

もう冬も終盤にさしかかり、春の雪解け前だというのに、街はかなりにぎわっていた。そのため、あまり土地勘がないモーガンは駐車場を探す羽目になった。〈クラフティ・アーツ〉の裏手に小さな駐車場があるのは覚えていたが、どうやって急な坂道や交通量の多い交差点を進んで、そこまでたどり着けばいいのかわからなかった。

それでもなんとか路上駐車スペースを見つけ、主要な商業地区を見てまわり応募できそうな働き口をチェックすることができた。

レストランに小売店、カフェ、ベーカリー、高級なバー。やむを得なければウエイトレスをしてもいいが、第一希望はバーだ。脇道にはギャラリーや低層アパートメントや店舗、クリニック、小さなワインバーを備えたワインショップがあった。ここもリストに追加しよう。

モーガンはもう少し天候が穏やかな日に、さらに街を散策することにした。だが今は、〈クラフティ・アーツ＆ワイン・カフェ〉の前で足を止めた。

誰が手がけたのかわからないが、ショーウィンドーのディスプレーはかなり凝ったものだった。高低差のあるテーブルや台に吹きガラスの芸術作品が木製のボウルや陶器とともに飾られ、揺り椅子の背には淡いグレーのショールがかけられている。

店内はあたたかかった。温度だけのせいではなく、照明や木の床の光沢のおかげであたたかく感じられるのだ。絵画で埋めつくされた壁。手作りジュエリーや小さな陶器、銀細工、銅細工をおさめた古い棚。もうひとつの棚はキャンドル専用で、壁掛け棚には吹きガラスの作品が光り輝いていた。

アンティークの長い本箱がレジカウンターに生まれ変わり、ひとりの女性がそこで客と談笑しながら商品を包装していた。その背後には、尾を広げる孔雀《くじゃく》をモチーフにした豪華なステンドグラスがあった。

レジの女性が顔をあげて微笑んだ。「何かお探しですか？」

「いいえ、大丈夫。ちょっと見てまわっているだけです」

モーガンはそのままぶらぶらと店内を歩いた。最後に来て以来、母と祖母が多くを成し遂げたことが見て取れた。木製や鉄製のテーブルには、あのころよりも多くの陶器やランプやまな板や皿が並べられている。

続いて、二階にあがった。記憶が正しければ、二階は倉庫や祖母のオフィスだったはずだ。だが、今は違った。二階には布製品が陳列されていた。手作りのマフラーや手袋、帽子、テーブルクロスにテーブルランナーが並んでいる。

手作り石鹼《せっけん》や化粧水、さらなる調度品やアート作品も。

もし経済的にゆとりがあるときにこの店を訪れていたら、手ぶらで帰ることはあり得なかっただろうと、モーガンは思った。

階段をおりていくと、二階に向かうカップルとすれ違い、レジ係は別の客の会計を終えたところだった。

「ほしいものは見つかりましたか？」

「ええ。あの、さっきお伝えすべきだったんですが、お忙しそうだったので。わたし、オリヴィアの孫娘です」

「あなたがモーガンね！　まあ」女性が手を伸ばしてモーガンの両手をつかんだ。「わたしはあなたのお母さんの高校時代の同級生なの！　初めまして。スー・ニュートンよ」

「初めまして」

「ふたりはカフェにいるわ——今週の土曜日に開店するから、最終仕上げの段階なの。ちょっとのぞいてきたら。とってもすてきなお店になりそうよ」

幅の広い入り口には、ビニールシートがつるされていた。それを押しのけたとたん、まばゆい光に包まれた。正面の大きな窓もビニールシートで覆われている。なかなか賢いやり方だ。

人々は盛大なお披露目《ひろめ》までいったい何ができるのかと推測をめぐらせるはずだ。当然、お披露目は盛大にやるのだろう。

床に同じ木材を使っているため、カフェと店舗スペースが自然につながっている。クリーム色の壁には、さらにアート作品が飾られていた――販売のチャンスは決して逃さないというわけだ。店舗とは対照的に、ドアや窓枠には落ち着いたダークブラウンの木が使われ、カフェの雰囲気に合っている。

バーカウンターも窓枠と同じ色調で、カウンタートップはクリーム色にダークブラウンの筋が入った花崗岩《かこうがん》だ。店内には高さの異なるテーブルや、四人掛けテーブル、紺色の革張りのボックス席がいくつかあった。

そして――抜け目なく――ワイントッパーやグラス、コークスクリュー、マグカップ、ティーカップ、コーヒーや紅茶の関連商品を取り扱う販売コーナーもあった。天井を格間天井にしたことで、上品で居心地のよい雰囲気が醸しだされている。

つい我慢できずに、バーカウンターの背後にまわった。

棚や冷蔵庫、製氷機、アイスバケット、ボトル用ラック、道具置き場、ふきん。革張りの表紙のメニューを手に取ると、種類の豊富さに目をみはった。

メニューをもとの場所に戻してバーカウンターから出ようとした矢先、母と祖母がバックヤードから現れた。

「きっとうまくいくわよ」そう口にしながら出てきたオードリーが、モーガンに気づいた。「まあ、驚いた！　それで、あなたの感想は？」両腕を広げた。

「仰天のひと言よ。何もかも信じられないくらいすばらしいわ。店舗の二階も一新したのね、そこもすてきだった。そして、このカフェは優雅だわ。凝った造りだけど、華美じゃないし。効率的だけど、堅苦しくない」

「まだもう少し仕上げが必要だけど、土曜日には準備が整うわ」オリヴィアが手招きした。「キッチンを見てちょうだい。焼き菓子を出すから、業務用キッチンにしたのよ。でも、その甲斐《かい》があったわ」

モーガンはスウィングドアを通り抜けた。

どのバックヤードもそうであるべきだが、そのキッチンは光り輝いていた。ステンレス鍋や調理道具が並ぶ、ぴかぴかのスチールラック。大きな業務用の換気扇と六口のガスコンロ。業務用であることを物語る、人が入れるサイズの立派な冷蔵庫。食器洗浄機、シンク、モップ用のシンク、見たことがないほど大型の光り輝くミキサーもプロ仕様だ。

「すべてそろっているわ。スペースをうまく活用したわね」

「それに、最終検査に合格したの」オードリーは汗をぬぐうしぐさをして、ちょっと爪先立ちになって弾み、ブロンドのポニーテールを揺らした。

「キッチンはコンパクトにしなければならなかったの、このスペースを確保するために……」

オードリーがドアを開けた。

「うわあ、すごい!」

ふたりが設置したワインセラーは、壁三面をラックが覆い、ボトルがそのラックを埋めつくしていた。

「ここには――」オードリーが説明を始めた。「国産、フランス産、イタリア産を含む白ワインと、赤ワイン、ロゼがあるわ。こっちにはスパークリングワインもあるのよ。〈ザ・リゾート〉のソムリエが手伝ってくれたの」

「それは彼がオードリーに夢中だからよ」

「お母さんったら」

「わたしは本当のことを言ったまでよ」

母の頬がかすかに紅潮するのを見て、モーガンは驚きのあまり言葉を失った。

「まあ、それも多少はあるかもね。二階はオフィスともうひとつの倉庫になっているの。だから、店舗の二階の古いオフィスがあった場所は、さらなる陳列スペースとして活用しているわ」

「ええ、見たわ。二階にあがったから。すてきだった」

「そうでしょう。ドアが——オフィス側から鍵がかかるドアがあるから、必要に応じて店舗へ移動して階段をおりることも可能よ。ああ、あまりにもやることが多くて、絶えず恐怖と興奮を味わっているわ」

「ひいき目も遠慮も抜きで言わせてもらうけど、ここは最高よ」

「あなたがいてくれて本当にうれしいわ」オードリーは片方の腕で娘をぎゅっと抱きしめた。「あなたにも立ち会ってもらえるから。土曜日は来てくれるでしょう？」

「もちろんよ。必要なら、バーカウンターを手伝うわ」

「本当？」

オードリーが満面の笑みを浮かべ、オリヴィアは黙って微笑んだ。

「仕事じゃなく家族としてよ。もうバーテンダーは雇っているんでしょうから」

「ええ、ふたり」オリヴィアが答えた。「そのうちのひとりをマネージャーにするつもり。でも、バーに関するあなたの意見は大歓迎よ。土曜日もあなたが全体を見ていてくれたら、わたしたちはすごく気が楽だわ」

「了解。来週からは仕事探しを始める予定だけど、それまでここを手伝うわ。もしオープニングに向けた準備に人手が必要なら、それも協力する」

「じゃあ、最後の仕上げに関して、今アドバイスをもらえる？」オリヴィアがふたりにキッチンを出るよう手振りで促した。「お手洗いを仕上げないといけないの」

「障害を持つアメリカ人法《ADA》にのっとった男女共用トイレよ」オードリーがつけ加えた。

「テーブルか飾り棚のどちらかに置く、アート作品も選ばないとね。それから、カフェのテーブルにテーブルクロスをかけたり、あれもこれもしないといけない」

「偶然にも、わたしのスケジュールは今ぽっかり空いているの」

「ありがたいわ。じゃあ全部片づいたら、あなたたちふたりをディナーに連れていってあげる」

モーガンは手伝いを楽しんだ。おかげでそれから数時間は、自分が失ったものや次に何をしなければならないかを考えずにすんだ。ふたりと過ごしながら、カフェにふさわしい絵画や装飾について議論したり、それを試したり変更したりするのも楽しかった。

そして、豆電球《フェアリーライト》で大きな窓を囲んできらめかせるというアイデアを出し、ファミリービジネスにほんの少し貢献できたのもうれしかった。

外食も楽しかった。てっきり高級ディナーを食べに行くのかと思いきや、祖母が選んだのはピザと手頃な値段の赤ワインだった。

ベッドに横たわるころには、達成感に包まれていた。願わくは、これで怠惰な生活から抜けだせますように。

それからの数日は、履歴書の推敲《すいこう》とグランド・オープニングに向けたカフェの手伝いに時間を割り振った。梱包《こんぽう》を解いて、カップとソーサーのセットやクリーマー、シュガーボウルを洗い、棚にしまった。食器類は祖母がデザインし、地元の陶芸家に制作を依頼したものだ。白地の食器にはヴァーモント州の州花のムラサキツメクサが描かれている。

「完璧だわ、おばあちゃん」

「そうね」

「これも販売しないと」

「わたしもそう思っていたわ」

「ぜひ販売して。実は、ほかにもアイデアがあるんだけど」

「それにはいくらかかるの？」

「長期的に見れば、儲《もう》けになると思うわ。ここはワインバーだから、一部のワインは地元のワイナリーで仕入れたんでしょう。コーヒー豆や紅茶に関しても、地元業者に相談してみたら？　そして、販売するの――茶葉はきれいな缶に入れ、コーヒーはおしゃれな袋に詰めて。地元にはコーヒー豆の焙煎《ばいせん》加工会社が複数あるし、紅茶の農園とも取引できるでしょう。ヴァーモント州にいくつかあるから」

「いいアイデアね」オリヴィアは目を細くして考えこんだ。「すごくいいアイデアだわ」

「〈クラフティ・アーツ〉はヴァーモント州の絵画や工芸品の専門店でしょう。そこに焦点を当てるの。ちょっと調べてみたんだけど」

モーガンはバッグのなかに手を伸ばし、ファイルを取りだした。

「ちょっと？」

「調べ始めたら、止まらなくて。これは検討してみてもいいんじゃないかしら、今後の可能性として」

「ええ、そうするわ」オリヴィアはチェーンで首からさげていた真っ赤なフレームの眼鏡をかけ、ファイルの最初の数ページをぺらぺらとめくった。「いいアイデアよ、モーガン。ここ数日、あなたには本当に助けられたわ。頭が切れて、審美眼があって、重責にも耐えられる。本当に感謝しているわ」

オリヴィアはファイルをおろした。「あなたにこの新しいカフェの運営を頼みたいと説得するのは無理かしら？」

「わたしの手は必要ないでしょう、おばあちゃん。少なくともオープニングまでは手伝うつもりだけど。おばあちゃんとお母さんがそろっていれば充分よ。わたしは自分の勤め先を見つけないと」

「そう言うと思った。だから教えてあげる、〈アプレ〉で――〈ザ・リゾート〉のメインバーで――バーテンダー兼マネージャーを募集しているわ。正確には、募集するのは来週からだけど。今のヘッドバーテンダーが数日前に退職届けを出したの。奥さんがサウスカロライナ州で就職することになったので、引っ越すそうよ」

オリヴィアはファイルを置いた。「あなたを愛しているから、引き留めたい気持ちをこらえてリディアと話したわ」

「リディアって?」

「リディア・ジェイムソン。リディアとはお互い覚えていないくらい昔からのつきあいで、彼女のご主人はおじいちゃんの親友だった。リディアは〈ザ・リゾート〉の実権を握っているの——今も牛耳っているわ。履歴書を送れば、公募をかける前に目を通してくれるそうよ」

「〈アプレ〉には一度も行ったことがないけど、ウェブサイトを見て、応募を検討していた店のひとつよ。ありがとう」モーガンはオリヴィアを抱きしめた。

「履歴書を送ったからって、雇ってもらえるとは限らないわよ」

「わかってる。そこから先はわたししだいね。でも、これはチャンスだわ、わたしが得意な仕事をするチャンスよ」

「リディアに履歴書を送って。彼女のメールアドレスはわたしが知っているわ。さっきも言ったとおり、リディアとは旧知の仲だから。履歴書に添えるカバーレターもしっかり書くのよ」

「そうするわ。ありがとう、おばあちゃん。その仕事に就けても就けなくても、できるかぎりここを手伝うわ」

「頼りにしているわ」

その晩、モーガンはリディア・ジェイムソンについてインターネットで検索し、なぜリディアとオリヴィアが旧知の仲なのか理解した。ふたりともニューイングランド地方からの入植者の子孫で、ヴァーモント州で生まれ育った。教養があって洗練された、頑固で気骨のある女性たちだ。

また、ふたりとも女性実業家だった。リディアの事業と比較すれば、オリヴィアの店はちっぽけかもしれないが、ビジネスには変わりない。

モーガンはたっぷり一時間かけてカバーレターを下書きし、書き直しては磨きをかけた。フォーマルな礼儀正しい文面に、今回の配慮に対する個人的な感謝の言葉を添えることにした。

深呼吸したあと、いびつなグリーンのカップに片手をのせ、メールの送信ボタンを押した。

これは新たなチャンスだ。それに、いざとなればほかにもチャンスはある。かつて思い描いていたものとは違う展開かもしれないけれど、ここにはさまざまなチャンスがある。

ここに心から望んだ根っこ《ルーツ》をおろす絶好のチャンス。

じっとしていられずに階下へおりると、母が髪をおろしたままキッチンでグラスにワインを注いでいた。

その瞬間、またアイデアがぱっと浮かんだ。

「見つかっちゃった」

「わたしももらっていい？」

「ひどく緊張して、ワインでも飲めば寝られると思ったの。明日、カフェをオープンするなんて信じられないわ。ただの思いつきから計画を立てて、あれこれ準備し、さらに計画を練った。そして、今――」

オードリーはモーガンにふたつ目のグラスを手渡した。「開店を目前にして、わたしは緊張の塊よ。おばあちゃんは二階で赤ん坊のように熟睡しているけど。きっとこれっぽっちも緊張していないのね」

「それはお母さんが見事にやってのけたとわかっているからよ」

「本当にそう思う？」

「思うんじゃなくて、それが事実だと知っているの。〈クラフティ・アーツ〉みたいな小売店や芸術に関して、わたしは素人だけど、ワインバーはわたしの専門分野よ。

このあいだ、数ブロック先のワインショップに入ってみたわ。あそこのワインバーも、こぢんまりとして落ち着いた雰囲気で、ダークカラーの重い木で作ったインテリアが使われていてすてきだった。一方、お母さんのバーは繊細で芸術的で、全然違う雰囲気が味わえるわ。それに、ワインバーをあんなふうにもともと繁盛している店とつなげるなんて——実際につながるのは明日だけど——すごく抜け目がないと思う。メニューにコーヒーや紅茶を加えたのも賢いわ。おまけに、お店で焼いたペストリーやスコーンまで出すなんて。あのバーにはすべてがそろっているわ、お母さん」

「わたしもそう自分に言い聞かせているんだけど、あなたに言ってもらうほうが確信が持てるわ」

モーガンは昔から母のことを軽率なタイプだと思っていた。一箇所に腰を落ち着けることができず、決断することも未来を見通すこともできない。だが、今はそんなふうには見えなかった。

「もっと頻繁に連絡を取りあって、帰省すればよかったわ。ごめんなさい」

「あなたは自分の人生を築いている最中だったんだもの。それに、ちゃんと連絡は取りあっていたわ。わたしの友人には、親のほうから連絡しなければ成人した子どもから便りがない人や、こちらから訪ねなければ子どもたちに会えない人もいる。あなたは二週間ごとに電話やメールをよこして、毎年クリスマスには会いに来てくれた。だから謝らないで。あなたのことはとても誇りに思っているわ」

「それはお互いさまよ」

「何を言っているの。もしわたしがあなたの立場だったら、今もまだベッドカバーの下に隠れているでしょうね。あなたは自分で動く人なの、モーガン。昔からそうだったわ」

「お母さんも同じよ」モーガンはそのことに気づいた。

「わたしも？」オードリーは笑ってワインを飲んだ。「わたしはどちらかというと人に合わせるタイプよ」

「そんなことない――」ポケットのなかの携帯電話が鳴ったので、モーガンは言葉を切った。「メールだわ。いったい誰かしら？　もう十一時を過ぎているのに」

「確認してみなさい」

モーガンは携帯電話を取りだし、画面をスワイプして凝視した。「ああ、どうしよう。日曜の十一時に〈アプレ〉で面接を受けることになったわ」

「まあ！　すごいじゃない！　最高だわ！　これでお互い極度の緊張状態に陥ったわね。そうだ！　このワインを飲み干したら二階へ行って、あなたが着ていく服を選びましょう。わたしはそういうのが得意なの」

「わたし――ええ、そうしましょう。こんなに早く返信が来るとは夢にも思わなかったわ」

「リディア・ジェイムソンでしょう。ウサギとカメなら、彼女はウサギタイプよ。そして、必ず勝利する。さあ、あなたのクローゼットでファッションショーを始めましょう」

7

モーガンはこれまでにグランド・オープニングに立ち会ったことは一度もなかったが、〈クラフティ・アーツ＆ワイン・カフェ〉のオープニングは間違いなく盛大《グランド》だった。十時ちょうどに扉が開くと、人々がどっと流れこんできた。彼女は最初の一時間だけ無料でふるまうミモザやコーヒー、紅茶の給仕を手伝った。

明るい声で笑うブロンドの女性市長とも会った。来店した警察署長にはブラックコーヒーを出した。三十代前半でハンサムな彼は、ひょろりと背が高く、すてきなブルーの目をしていた。

そして、住民全員のことを知っているようだった。モーガンのなかで警察署長の株があがった。彼が立ち去るときに買い物袋を手にしていたのは、ほしいものを見つけたか、地元の商売を支援する重要性をわかっているからだろう。

たぶんその両方だが、警察署長の株はさらにあがった。

おしゃべりする声や称賛の声や質問が、新しい店内に響いた。

最初の一時間だけ手伝うつもりだったのに、気がつくと三時間も経っていた。

「ちゃんと休憩しないとだめよ」オリヴィアが別のテーブルで給仕をするモーガンに声をかけた。

「わたしなら大丈夫。忙しいほうが性に合っているのよ、おばあちゃん。久しぶりに自分らしい気分を味わっているわ。それより、あの四人掛けテーブルの女性たちを見て。ミモザとスコーンがのったテーブルよ。十年前、彼女たちは大学の寮が一緒だったんですって。その後も毎年夏に一週間ほど一緒に過ごしていたんだけど、今ではもうみんな家庭があるから、この時期の長い週末に会うようにしているみたい。〈ザ・リゾート〉に宿泊中で、今日が最終日だから街へ買い物に来たそうよ」

「どうしてそんなことまで知っているの？」

「わたしが優秀なバーテンダーだからよ。みんな、いろいろ話してくれるの。彼女たちは大いに楽しみ、この店を見つけたのはボーナスみたいなものだと言っていたわ。テーブルの下に〈クラフティ・アーツ〉の買い物袋が見えるでしょう、そうやって彼女たちはたくさんの思い出を持ち帰るの。ぜひ挨拶しに行ってあげて」モーガンはテーブルをふきながら、つけ加えた。「きっと喜ぶから」

「じゃあ、そうするわ」

開店から八時間後に店を閉じた。そのとたん、スタッフ全員が歓声をあげた。モーガンは促されてシャンパンのコルクを抜き、みんなで祝杯をあげるためグラスに注いだ。

オリヴィアが注文してくれたデリバリーのピザが——なんと祖母の行きつけの店らしい——大成功の一日を締めくくるありがたい燃料補給となった。

最後に三人だけになると、オリヴィアは腰をおろして椅子に足をのせた。「ずきずきする足を休ませるためじゃなく、成功に浸っているのよ」

「一日の売上げ記録を塗り替えたわね、お母さん」

オリヴィアが得意満面になった。「そのようね」

「オープニングの週で特別割引をして、今日は飲み物や焼き菓子を無料でふるまったけど、それでもカフェの収益は予想を二割ほど上回ったわ！」オードリーはすとんと椅子に座り、両腕を高々とかかげて熱狂的に手のひらを振った。

「オードリーは、わたしがいくらポケットを縫いつけても、なかに入れた一ドル札をなくすような子だった。それが今や、収益や損失を暗算できるなんて」

「わたしは昔から数字に強かったわ。ただ、そこにドルマークがつくと、そうじゃなくなったけど」

オードリーもショートブーツに包まれた足を別の椅子にのせた。吐息をもらし、結いあげた髪を一日中留めていた——モーガンにはそれが魔法のように思えた——トンボ型のヘアクリップを外した。

「わたしも成功に酔いしれているわ」両手で髪をかきあげ、頭を振ると、たった今スタイリングしたばかりのように髪が滑り落ちた。

魔法みたいだと、モーガンはふたたび思った。

「あなたが丸一日手伝ってくれるとは思っていなかったわ、モーガン。おかげでとても助かったけど。それに、あなたは冷静沈着だった。わたしは、おろおろするたびにあなたを見て、難なくこなしている姿に助けられたわ」

「わたしが考えていることを知りたい？」

「ぜひ聞かせて」

「三人分のカプチーノをいれながら話すわ」

モーガンはバーカウンターの背後にまわり、コーヒーマシンをセットした。

「これはまだ初日よ。いつもこんなふうに満員になるわけじゃない」

「ああ」オードリーは指を振って、開いていた両手をおろした。

「でも――」モーガンはおもしろがりつつ、テーブルを振り返った。「完璧な成功を手にしたわ。わたしが思うに、その理由は――」

コーヒーマシンで、鋭い音をたてながらスチームミルクを作る。

「第一に、ここはすてきな店で、細かいところまで目が行き届いている。それは大事なことよ。そして、いいスタッフをそろえた。新入りのうちのふたりはまだリズムがつかめていないけど、そのうち慣れるわ。彼らにお母さんとおばあちゃんがちゃんと敬意を払っているのも、すごく大事なことなの」

トレイに三人分のコーヒーとスプーン、シュガーボウルをのせ、テーブルへ運んだ。

「わたしはここの事業計画を知らないし、知る必要もない。だけど、最高の商品を店の雰囲気に合わせて、上品かつカジュアルに提供しているのはわかる。でも――」

「ああ、聞くのが怖いわ」オードリーがつぶやいた。

「もうひとり雇ったほうがいいわ。カフェと店舗の両方に対応できる人材が――とりわけ、観光シーズンは――必要よ。ワインを出したり、コーヒーをいれたり、いざとなれば給仕をしたり、店舗でお客さまに対応したりできる人が。芸術や工芸品、芸術家や職人に関する知識が豊富で、あるいはそういったことを学んだ経験があって、お客さまの質問に答えられる人材がいいわ。今日もあれこれ質問されたんだけど、そのたびにスタッフは――ボランティアのわたしも含め――お母さんたちか店舗のスタッフに確認しなければならなかったから」

「もっともな指摘だわ。あなた、ここで働く気はある？」

モーガンは祖母に向かってかぶりを振った。「それはわたしの得意分野じゃないわ。ふたりに必要なのはコーディネーターよ、いわば複数のポジションを掛け持ちできるスポーツ選手みたいな人ね。時間はかかるかもしれないけど、適任者を見つけて。その人材を確保できたら、次はカフェのレシピや、絵画や工芸品の写真をおさめた写真集を作りましょう。たとえば、隣の店舗で販売しているグラスに注いだワインの写真とか。おばあちゃんがデザインしたお皿にのせたコーヒーケーキやビスコッティの写真とか。店のコンセプトに沿って、撮影は地元のカメラマンに依頼してね。そして、その写真集をここで限定販売するの」

オリヴィアが椅子の背にもたれた。「すごい演説ね！　わたしは賢い孫を持つ運命だったんだわ」

「賢いのはお母さん譲りでしょう」オードリーが思いださせるように言った。「写真集っていうのは、コーヒーテーブル・ブック（ローテーブルに飾りとして置かれる大型豪華本）みたいなものね。イメージできたわ！　写真撮影を依頼するなら誰がうってつけかしら？」

「トリー・フェルプス」全員の声がそろった。

「満場一致ね」オリヴィアが片手をあげた。「まずは新たなスタッフの雇用よ。モーガンの言うとおりだわ。わたしたちのどちらかが一日八時間から十時間働く年中無休の日々はもう終わりよ、オードリー」

「それは賛成。でも、トリーは難しいんじゃないかしら。とりあえず、彼女にこの手の依頼をするのにどのくらいの報酬が必要か確認しましょう。そうすれば実現可能かどうか判断できるから。彼女はすばらしい写真家なの」オードリーはモーガンに言った。「店にも作品が何点かあるし、去年は個展も開いたわ。トリーは地元のコミュニティカレッジで写真を教えているの」

「オードリーは新しいプロジェクトが大好きなのよ」

「そうね」モーガンはカフェを見まわした。「このプロジェクトは大成功だわ」

「真実には反論できないわ」オリヴィアは娘の手をぽんと叩いた。「さあ、疲れたお尻を持ちあげて家に帰りましょう。モーガンは明日、就職面接があるんだから、しっかり寝ないと」

モーガンは頭のスイッチを切ることができず、熟睡できなかった。

もし雇ってもらえなかったどうしよう。もちろん、ほかの働き口を探すことはできる。でも……。

コーディネーターの仕事を引き受けると母と祖母に伝えるべき？　その仕事ならきっと務まるわ。芸術や工芸、職人や芸術家に関してはこれから学べばいいし、スタッフの管理や店の経営知識はすでにある。

もしかしたら、自分の目標や夢は胸の奥にしまって、目の前のものを受け入れる時期が来たのかもしれない。

だけど今はまだ、これまで目標や夢に向かって努力してきたすべてを封印する気にはなれなかった。

ただ、五年間働けば、ここに住みながら働いて貯金すれば、ふたたび夢の実現に向けて再始動できるかもしれない。

もしかしたら。

その可能性について考えているうちに眠りに落ち、翌朝早く目が覚めたモーガンは、ベッドに横たわったままた一から考え始めた。

コーヒーを飲みに階下へおりると、母がノートパソコンを開いてカウンターに座っていた。今朝はブロンドの髪を三つ編みにし、ピンクのローブをまとっている。

「おはよう。今、コーヒーテーブル・ブックの作り方を調べていたんだけど、すごい情報量よ！」

「そうでしょうね」

「これはとってもいいアイデアだし、もうここに入ったわよ」オードリーはこめかみを叩いた。「そうしたら頭から離れなくて。おばあちゃんに打診する前に、できるだけ内容を整理して見積もりを出したいわ。そのほうが説得しやすいから」

マグカップに手を伸ばした拍子に、モーガンはコーヒーメーカーの隣に〈クラフティ・アーツ〉の箱と自分の名前が書かれたカードを見つけた。

「これは何？」

「今日の幸運を祈って、おばあちゃんとわたしからのささやかなプレゼントよ。もし気に入らなければ……そうじゃないふりをして。出勤前に、あなたが起きてこないかと思って、箱に詰めておいたの」

必要なら嘘をつくことにして、モーガンが箱を開けると、ダイヤモンドカットが施されたシルバーのイヤリングが光り輝いていた。

気に入ったふりをする必要などなかった。

「きれい」

「あなたが今日の面接に選んだ服に似合うと思って」

「選んだのはお母さんだったと思うけど」

「たしかに、わたしも手伝ったわ。でも、あの服はあなたのクローゼットにあったものよ。本当に気に入った？」

「すごく気に入ったわ」その証拠に、さっそく身につけた。「どう？」

「あなたにぴったりよ。スマートで、ちょっとだけ優雅で、すばらしい細工だわ。朝食を用意しましょうか？」

「食べられそうにないわ」モーガンはおなかに手を当てた。「緊張しているの」

「それもそうね。この状況で緊張しない人なんていないわ。でも、あなたはいつもどおりのモーガンでいればいいの。〈ザ・リゾート〉はあなたを雇うことができて幸運だわ。これは経営者として言っているのよ——まさか経営者になるなんて夢にも思わなかったけど。昨日のあなたの姿を見ればわかる、あなたはやるべきことを熟知していたわ」

「かつてはわたしもそう思っていた。それに、後ろ向きな態度で面接に臨む気はないわ。わたしには称賛が必要なの、そうじゃないふりはできない。母親と祖母以外の誰かに優秀だと認めてもらいたいのよ」

「あのろくでなし《バスタード》があなたをそんなにも傷つけたのね」

モーガンの両方の眉があがった。「お母さんがそんな言葉を口にするなんて」

「あら、昔からこうよ。あなたが耳にしなかっただけ。たぶん、あなたの前ではいつも万事順調なふりをしていたのが間違いだったのね。でも、今さら過去に戻ってやり直すことはできない。今日の面接には、いつものモーガンで臨みなさい。もし彼らがあなたを称賛しないなら、向こうがまぬけなだけよ」

オードリーはノートパソコンを閉じて立ちあがった。「そろそろ身支度をしないと。あなたが家を出るころには、きっとわたしたちは出勤しているわ」娘の目を見つめ、その頬に手を当てた。「結果がわかったら、知らせてくれる？　メールでもいいし、店に寄ってくれてもいいわ」

「ええ、知らせるわ。イヤリングをありがとう。イヤリングから幸運があふれでているのを感じる」

モーガンは母と一緒に選んだ服を身につけた。セージグリーンのシャツに黒のスリムパンツと黒のロングブーツ。そして、やわらかいレザージャケット。ファッションに関しては、いつもながら母の選択に間違いはなかった。

まさにプロフェッショナルで自信に満ち、自分らしく見えた。

あとは、そのとおりにふるまうのを忘れなければいい。

防寒具をまとうあいだ、自分自身を叱咤激励《しったげきれい》した。

わたしは自分の職務に精通している。

履歴書も非の打ち所がない内容だ。

もしこの仕事が気に入らなかったとしても、職を必要としている以上、引き受けるまでだ。

冷たい突風に鋭く息を吐き、ニーナの車に向かった。エンジンがかかったとたん、安堵の吐息がもれた。だがヒーターはまったくきかず、私道を出て街に向かうあいだ、モーガンは身を震わせていた。

ちょうど店の前を通りかかったとき、〈クラフティ・アーツ＆ワイン・カフェ〉の入り口からカップルが出てくるのがちらりと見えた。ふたりとも買い物袋を抱えている。二日目も幸先《さいさき》がよさそうだ。彼女は街を横切り、ふたたび郊外へ出た。

左折して橋を渡ると、眼下の川がハンドルを握る彼女と同じように震えながら岩床を流れていた。

ふたたびハンドルを切り、雪が分厚く積もった樹木のあいだの道を進んだ。丘をのぼりながら、ヒーターを試してみると、咳きこむような音とともに冷たいというほどではない涼しい風が出たので、つけることにした。

やがて、雪で覆われた林のなかに最初のロッジを見つけた。正直、モーガンには冬の休暇の魅力がまったくわからなかった。

熱帯のビーチや太陽が燦々《さんさん》と降り注ぐイタリアのリゾートなら、間違いなく魅力的だ。けれども、ヴァーモント州の林に囲まれたロッジで、わざわざお金を払って凍えながらゲレンデのリフトに乗ったり、凍った湖でスケートしたりするのは――。まっぴらごめんよ。

「この仕事を手に入れたければ、そういう意見は胸のうちにしまっておくべきね」

モーガンはホテルの案内にしたがって蛇行する道をたどった。

白銀の世界に垂直にそびえる四階建ての白亜のホテルは、華やかというより重厚な趣だった。

一階部分が両側に突きでたデザインは、すでに〈ザ・リゾート〉のウェブサイトで目にしていた。

この建物のなかにはさまざまな店舗や二軒のレストラン、二軒のバー&ラウンジ、屋内プールとフィットネスセンター、小さなスパ、会議場、結婚式やイベントが行われる舞踏室《ボールルーム》、十二のスイートルームを含む五十二の客室がある。背後には山々がそびえ、ゲレンデが流れるように延びている。銃でも突きつけられないかぎり、あんな場所には行かないだろう。いや、弾丸のほうがましかもしれない。

モーガンはハンドルを切って駐車場に入り、もう冬は終盤だというのに駐車スペースを探さなければならないことに気づいた。駐車サービスは宿泊者向けだろうと思い、ニーナの車からおりると、正面玄関までフットボール場のごとく広大な駐車場を横切った。幅の広い石造りの柱廊式玄関には、屋外用ヒーターが設置されていた。

ホテルに足を踏み入れると、白く輝く大理石の床が広がっていて、煌々と火が燃える四角い暖炉が鎮座し、それを取り囲むように人々がクッションのきいた椅子やソファに座って午前のコーヒーを楽しんでいた。円テーブルに飾られた豪華なフラワーアレンジメントが春の香りを漂わせている。

モーガンは息を吸いこんで吐きだしながらロビーを横切り、幅広いアーチ型の入り口から〈アプレ〉に入った。

ウェブサイトにじっくり目を通し、どんなバーかわかっていたつもりだったが、足を踏み入れたとたん、頭のなかは〝ああ、どうしよう、この仕事がほしい〟という考えでいっぱいになった。

バーはガラス張りで、外の景色が見渡せた。山脈やゲレンデ、湖、林や小道。雪が溶ければ、広々としたテラスとそのまわりの庭園があらわになるのだろう。

つややかなダークブラウンの木のテーブルは重厚な趣で、小さなドーム型のガラスで覆われたキャンドルと一輪挿しが置かれていた。椅子やボックス席はやわらかなグレーの革張りで、いかにも座り心地がよさそうだ。

側面の壁に沿って延びるバーカウンターからは、店内が一望できる。テーブル同様ダークブラウンの木が用いられたバーカウンターには彫刻が施され、背後に四本の柱とアーチで縁取られた鏡張りの棚を備え、アンティークのようだ。

とたんに、自分の店にも同じものがほしいと思った。

背後の棚の隣の専用カウンターには、銅の装飾があしらわれたコーヒーマシンが置かれ、反対側の人目につかないアルコーブにレジがあり、スウィングドアからバックヤードへ入れるようになっていた。

モーガンは将来のために頭のなかでメモを取った――高級なインテリア、優れた動線。

バーカウンターの背後にまわって、グラス類やビールサーバーを――バーカウンターの両側に六つずつあるビールサーバーを――無性にチェックしたい。

フロアを横切ってちょっとだけのぞいてみようとした矢先、アイスバケットを抱えた男性がスウィングドアから現れた。ひょろりと背が高く、短い髪にはツイストパーマがかかっていた。白いシャツに黒のベストとパンツ。ベストに留められた真鍮のネームプレートには〝ニック〟と書かれていた。

「おはようございます」彼はぱっと微笑んだ。「〈アプレ〉の開店は十一時半ですが、ロビーでコーヒーや紅茶、ホットチョコレートをお楽しみいただけます。よろしければ、ご注文を承りましょうか」

「いいえ、けっこうです。今日はミズ・ジェイムソンとの、ネル・ジェイムソンとの面接にうかがいました。約束の時間より少し早く到着してしまいました」

「もしかして、モーガン・オルブライト？」彼はさらに大きな笑みを浮かべ、アイスバケットをバーカウンターに置いて近づいてくると、手を差しだした。「ぼくはニック・テナント。日勤を担当しています。マネージャーの面接のために来たんだよね。初めまして」

「初めまして。本当にすてきなバーですね」

「同感だ」店内を見まわす彼の表情から、バーへのプライドが読み取れた。「もちろん、ひいき目かもしれないけれどね。ぼくはここで――〈アプレ〉で働きだしてから十年になる。その前の四年間は、夏休みや休日になると〈ザ・リゾート〉で働いていたんだ」

「十年も」

「ああ」ニックがブラウンの目で値踏みをするようにモーガンの顔をじっと見つめた。「きみが礼儀正しすぎて質問できないことに答えよう。ぼくは――マネージャーの役職を望まなかったんだ。八時間勤務で夕食の時間までに帰宅したかったから。つい先日、赤ん坊が産まれたばかりでね」

「まあ、おめでとうございます。ぜひ見せてください」

ニックはにこにこしながら携帯電話を取りだし、ロック画面を表示した。そこには父親譲りの感情豊かな瞳に巻き毛の赤ん坊が映っていた。ピンクのリボンとフリルのついたドレスからして女の子だとわかった。

「お嬢さんはパパ似ですね。お名前は？」

「シーラだ。唇はママに似ているけど、それ以外はぼくにそっくりなんだ。きみは、お子さんは？」

「いいえ、いません」

「人生が一変するよ」

ニックは画面の赤ん坊に向かってもう一度微笑みかけると、携帯電話をしまった。

「マネージャーに昇進して、それにともなう夜勤をこなすことも検討したよ。問題が生じれば駆けつけ、スケジュール管理や書類仕事、昇給への対応。でも……やっぱり午前十時半から午後六時半までの勤務が、自分には合っているんだ。十時半に出勤して、在庫やビールサーバーの残量を確認し、カクテル用の飾りを用意する。まあ、そういった手順はきみもよくわかっているよね」

「ええ」

「店を開け、バーテンダーを務め、仕事を終え、七時前には妻子のもとへ帰る。ぼくにとっても妻子にとっても、これがベストな選択だ」

「そうみたいですね」

「さあ、カウンターに座って。何かソフトドリンクを用意するよ」

「いただきます。でもその前に……できれば、ちょっとのぞいてみたいんですけど」

「どうぞ、こちらへ」ニックは彼女を先導してから、グラスを取りだした。

清潔で光り輝き、整然としている――しかるべき状態だと、モーガンは思った。製氷機もボトル用ラックもシンクもぴかぴかで、冷水機やシェイカー、コークスクリュー、ナイフ、マドラー、ふきん、カクテルナプキン、背後に並ぶボトルやグラスもすべて清潔な状態だ。

「ご感想は？」

「ここで働く人たちは、自分の職務をよく理解していますね」

ニックは彼女をぱっと指差してから、カウンターに飲み物を置いた。「ネルのオフィスにメッセージを送って、きみが到着したことを知らせようか？」

「それには及びません。待っているあいだ、バーのレイアウトを見て、心の準備ができるので」モーガンはバーカウンターの背後から出て、スツールに座った。「こちら側に座るのは慣れていないわ」

「バーテンダーになってどのくらい経つんだい？」

「七年弱です。大学四年生から始めて、自分の天職だと気づきました。あなたには、ここで働くのは楽しいかどうかなんてきくまでもないですね。そうでなければ、十年も働き続けないでしょうし――その前の四年間も、夏休みや休日に働いていたんですよね」

「ここは最高の職場だよ。妻ともここで出会った。コリーンはリザベーション部門のスタッフなんだ。今は産休中だけど、シーラが生後半年になったら、少なくともパートタイムでの職場復帰を望んでいる。ここではいい友人もできたし、正当に扱ってもらえる。ハルは、最上階の〈クラブ・レベル〉でヘッドバトラーを務めるハルは、勤続二十七年だ。でも、それは最長記録じゃない」

「そうなんですか？」

「ミセス・フィンスキーは――みんなが、ジェイムソン一家ですらミセス・フィンスキーと呼ぶ女性は――退職したとき、勤続三十六年でヘッドハウスキーパーを務めていた」

「スタッフが忠実な証ですね」

「それも当然だよ。ジェイムソン一家はみんな、いい人だから」

「ありがとう、ニック」

モーガンがネル・ジェイムソンを初めて見て――ウェブサイトの写真を見て――真っ先に思ったのは、その場をエネルギーで満たす人物だということだった。

彼女はおしゃれなブーツを履いても背丈が百六十センチを少し上回る程度で、ジムで鍛えていそうな体に、ワインレッドの膝丈のワンピースをまとっていた。ハイライトを入れた美しいブラウンの髪は、カジュアルにまとめられている。

てっきり写真写りがいいのだろうと思っていたが、実物のほうが美人だった。おそらく本人が放つエネルギーや、感情豊かなブラウンの瞳のせいだろう。

自信に満ちあふれた足取りで、彼女は近づいてきた。「ネル・ジェイムソンよ」

「モーガン・オルブライトです」

ふたりは握手を交わし、互いに値踏みをした。

「遅刻してしまったかしら？」

「わたしが早く着きすぎたんです」自分らしくふるまうのよ。モーガンは心のなかでつぶやいた。「面接の前にバーの雰囲気を確かめたくて」

「それで、あなたの感想は？」

「このバーカウンターは――」モーガンはカウンターに手を滑らせた。「自分のものにしたいくらいです」

「そう思うのも無理はないわ。祖父がダブリンから船便で取り寄せたものだから」

「やっぱり本物なんですね。それ以外もすばらしいです。品があって、それでいて心地よくて。整然としていて、動線もいいですね――お客さまは具体的に説明できないかもしれませんが、それを実感するはずです。窓からの眺めも最高です」

「窓は複層ガラスで、強い日差しをさえぎるために遮光ガラスにしているわ。ここからゲレンデが見えるのよ――あなたはスキーをする？」

「いいえ、まったく」

「そう。春と夏、そして秋にかけては、湖に向かって打つ九番ホールのティーショットが見えるわ。ゴルフはするの？」

「いいえ。でも、庭に座ってくつろいだり苗を植えたりはします。雪に覆われていなければ、絶景なんでしょうね」

「ええ。それじゃ、テーブルに座って面接を始めるとしましょうか」ネルが人差し指をかかげた。「座る前に、あなたの実力を見せてもらうわ。キールロワイヤルをお願いできる？」

「かしこまりました。では、まず身分証明書を拝見させてください」

ニックがはっと息をのむ音が聞こえたが、ネルから目をそらさなかった。

「本気で言っているの？」

「見せていただけなければ、お出しできません」

「わたしは二十七歳よ」

「みなさん、そうおっしゃいます。申し訳ありませんが、あなたは二十歳と言っても通用しそうなので。たぐいまれな遺伝子と骨格によるものかもしれませんが、この店や自分の評判をおとしめるようなリスクを冒したくありません」

「それは、あなた個人の方針？」

「はい。それがあなたの店の方針でもあるように願っています。さもなければ、わたしはこの仕事にふさわしくないので」

「わかったわ」ネルはカウンターにブリーフケースを置いて開いた。内ポケットから薄いレザーケースを取りだすと、免許証を提示した。

モーガンはじっと見つめてから、微笑んだ。「ありがとうございます」

バーカウンターの奥へと移動するあいだ、心臓が激しく打っていたが、しばらくすると落ち着いた。ここでの役割は心得ている。

シャンパングラスを氷と冷水で満たして脇に置くと、クレーム・ド・カシス、レモン、果物ナイフを見つけだした。

「ウェブサイトによれば、あなたはホスピタリティ部門のトップだそうですね」

「そうよ」

モーガンはアイスバケットに入ったシャンパンのボトルをつかんだ。「ホスピタリティ部門には、〈アプレ〉、〈ロッジ・バー〉、レストラン、客室サービスが含まれるんですよね？」

「フィットネスセンターのジュースバー、ゲレンデのリフトに隣接するスナックバー、宿泊客の要望にこたえてロッジに備品を補充する買い出しも含まれるわ」

「たくさんありますね」モーガンは優雅な手つきで、できるだけ音をたてないようにコルクを抜いた。

「わたしは最高のチームに恵まれているの」

「まだニックにしか会っていませんが、彼がチームの代表なら、おっしゃるとおりでしょうね」

グラスの氷と水を捨て、クレーム・ド・カシスをティースプーン一杯分入れると、グラスを傾け、シャンパンを注いだ。

「ファミリービジネスのなかで働くことに、居心地のよさや、やりがいを感じていらっしゃいますか？」

「ええ」ネルは話に引きこまれて肘をつき、拳の上に顎をのせた。「わたしにインタビューしているの？」

「ただの世間話です」ナイフを使ってレモンをスライスし、果肉をくりぬいて美しい螺旋《らせん》を描く飾りを作った。「どうぞ、お楽しみください」

ネルはひと口飲むなり、シャンパングラスを置いた。「うん、完璧ね。本当に飲むつもりはなかったんだけど、今日は例外にするわ。さあ、テーブルに移りましょう」

ネルが窓際のボックス席へ直行すると、ニックはモーガンににっこりと微笑みかけ、両方の親指を立てた。

「本題に入る前に、ひと言言わせて」モーガンが向かいに座るなり、ネルが切りだした。「あなたがひどい目に遭ったことや、あなたのお友だちの身に起きたことは、本当にお気の毒だと思うわ」

「ありがとうございます」

「もうひとつ、本題に入る前に言わせて。祖母がこの面接をセッティングしたときは、横から口出しされていやな気分になったわ」

「ああ」しまった！「それは当然です」

「でも、世の中の祖母はそういうことをするものでしょう」ネルはぱっと満面の笑みを浮かべた。「わたしが祖母のことを大好きでよかったわね」

「わたしの祖母も同じだと言おうとしていました」

「さてと、この話はひとまず終わりにして――」ふたたびネルはブリーフケースを開けた。今度はフォルダーを取りだして開いた。「あなたの履歴書に書かれた経歴は立派なものだったわ。でも、メリーランド州の〈ネクスト・ラウンド〉でマネージャーをしていたことは書いていないわね」

「あの店ではただのバーテンダーだったんです。〈グリーンウォルズ・ビルダーズ〉では事務責任者でしたが」

「〈ネクスト・ラウンド〉のオーナーから、あなたがスケジュールや在庫の管理から、発注、ちょっとした修理や整備まで、よくやってくれたと聞いたわ」

「必要に応じてしていただけです」

「指針とすべき言葉ね。彼はこうも言っていたわ。三十一年あのバーのオーナーを務めてきたが、あなたは二番目に優秀なバーテンダーだったと」

「ビッグ・マック。一番は彼です」

ネルはふたたび微笑んだ。「そのとおり。ビッグ・マックがあなたに勝ったのは、天使のような歌声の持ち主で、その体格だけでトラブルメーカーを怖《お》じ気《け》づかせることができたからよ。でも、あなたのほうが頼りになって柔軟だった――だから僅差の二位なんですって。オーナーは引退したら、あなたに店を売りたいと思っていたそうよ」

「まさか――」モーガンは衝撃を受けた。「それは知りませんでした」

「オーナー自身も、あなたが引っ越すまでそのことに気づいていなかったみたい。あなたはウェストリッジにとどまるつもりなの？」

あと一歩で自分の店を持てたかもしれないと考えただけで、モーガンは胸が震えた。だが、もうその可能性はなくなったのだから、いったん忘れよう。それに、今この瞬間に集中しないと。

「わたしはどこかに根づきたいと思っていました。その根をここに移しました。もう戻る場所はありませんし、ここには家族がいます」

「軍人家庭で育ったあなたは、いろんな場所で暮らしてきたのよね。どこか気に入った場所はあった？」

「いいえ、特には。どこも一時的な滞在でしたし、またすぐに引っ越すとわかっていたので」

「だから、どこにも執着しないようにしたのね」ネルはうなずくとモーガンの履歴書をテーブルに置いたが、それには目を向けなかった。「大学時代から働いて、給仕や接客の経験を積んだ。だから給仕係の仕事内容も理解しているはずね。マネジメントの面では、〈グリーンウォルズ・ビルダーズ〉の上司もあなたを絶賛していたわ」

すでに照会先を確認したことに驚きながらも、モーガンはすらすらとこたえた。

「〈グリーンウォルズ・ビルダーズ〉はすばらしい職場でした」

「ファミリービジネスよね」

「ええ、まさにそうです」

「あなたの祖母と母親もファミリービジネスを営んでいるわ」

「ええ」

「それはそうと、わたしは〈クラフティ・アーツ〉が大好きなの。今度、街に行って新しいカフェをのぞいてみるつもりよ」

「最高ですよ」

「でも、そこでは働きたくないの？」

「ワインバーもすてきですが、あらゆるお酒を取り扱っているバー《フルバー》ではないので。わたしが手伝えば祖母と母は助かるかもしれませんが、わたしを必要としているわけではありません」

「ファミリービジネスは心地よさとやりがいを与えてくれると思う？」

モーガンは初めて笑った。「ええ、思います」

ネルは椅子の背にもたれ、キールロワイヤルをひと口飲んだ。「なぜバーなの？」

「人が好きなんです。バーは人々が集う場です。でも、バーカウンターのなかに立てば、お客さまから飲み物の給仕を求められます。バーテンダーはお客さまの気分を察することができなければなりません。幸せなのか、祝杯をあげたいのか、大変な一日の疲労をぬぐい去りたいのか、悲しいのか、怒っているのか、話し相手を求めているだけなのかを。そして飲み物を差しだすとともに、お客さまに寄り添うんです。わたしはカクテルを作るのも、気分を察するのも得意です。バーが好きなんです。お客さまにはそれぞれ小宇宙があります」

「どういうこと？」

「バーの外では、世界がまわっています」モーガンは人差し指で宙に円を描いた。「でも、ここに来れば息が抜けます。ミーティングで失敗したとか、昇給しなかったとか、そんなときの息抜きの場なんです。お子さんが綴《つづ》りのテストで高得点だったとか、昇進したとか、そんなときに祝い、よい知らせを分かちあう場でもあります。リゾート地のバーは観光客が多いかもしれませんが、地元住民だって訪れるでしょう。あそこでビジネスミーティングが行われ――」モーガンは空いているテーブルを指した。「向こうの席では、ハネムーンのカップルがうっとり見つめあう。短い休暇をともに楽しむ昔馴染《なじ》みのふた組の夫婦や、祝杯をあげる花嫁と友人たち。わたしはそういう人々をバーカウンターのなかから一望すると同時に――ここのレイアウトはよく考えられているので――スツールのお客さまにも目を配ることができます」

「給仕係に期待することは？」

「わたし自身に期待することと同じです。給仕しながら、お客さまの気分を察し、それに合わせてふるまうこと。お客さまが話しかけてこないのに、ぺらぺらしゃべりかけないこと。チップがほしいなら、微笑んで目を合わせ、注意を払い、ひとつのテーブルに気を取られて別のテーブルをおろそかにしないこと。とはいえ、親しげなやりとりは効率よくしなければいけません。給仕に徹し、文句はあとで言うこと。人手が必要なら、わたしに声をかけること。必要に応じて、仲介するのがわたしの役目です」

「わかったわ。わたしに残された時間はあと十五分よ。労働条件について話しあいましょう。そのあとアシスタントにあなたを案内させるわ」ネルはまたカクテルをひと口飲んだ。「条件に関する話がまとまったら、来週の月曜日から研修を受けてちょうだい。現マネージャーのドンのもとで一週間研修を受けたら、マネージャーデビューよ」

モーガンは両手を膝におろして組みあわせ、ぎゅっと握りしめた。「えっ、これで決まりですか？」

ネルは口をつける前にじっとグラスを見てから、モーガンの目をまっすぐ見据えた。

「わたしも人を見る目を備えているの」


九十分後もまだ呆然としたまま、モーガンは〈クラフティ・アーツ〉に足を踏み入れた。数人の客が店内を見てまわるなか、スーが合計金額を読みあげていた。

「こんにちは、モーガン。あなたのお母さんとおばあちゃんなら、さっきオフィスにあがったところよ」

「ありがとうございます」

モーガンがオフィスに向かうと、コンピューターの前に母が陣取り、祖母が背後からのぞきこんでいた。

「経験より関心があるかどうかが大事だわ、お母さん。雇ったあと訓練すれば――モーガン！」

オードリーは顎の下で両手を組んだ。「そのイヤリングはツキを呼んでくれた？」

「ええ、ツイているなんてものじゃないわ。採用されたの」

「当然ね」オリヴィアは肩をすくめたが、オードリーが飛びあがってモーガンをつかんで飛び跳ねると、目を輝かせた。「ジェイムソン一家はばかじゃないのよ」

「明日から研修が始まって、三カ月間は見習い期間よ。そのあとは自動的に昇給するんですって。〈ネクスト・ラウンド〉で稼いでいた以上の額を提示されたわ、しかも福利厚生つきで。それで、わたしはバックヤードを含む二十三名のチームのマネージャーになるのよ」

「お祝いしないとね」オードリーが宣言した。「ディナーに行きましょう」

モーガンは衝動にしたがった。「わたしがポークチョップを作るわ」

オードリーは目をしばたたいた。「あなたが料理をするの？」

「ニーナのお母さんのレシピなの。一度作ったことがあるから、また作れるはずよ。ポークチョップと彼女直伝のスパイシーポテトを作るわ」忌まわしい思い出をぬぐい去るために、モーガンは繰り返した。「高級な食器と脚つきグラスを使いましょう。そうやってお祝いしたいの」

モーガンは身を引いた。「チャンスの扉を開いてくれてありがとう、おばあちゃん。ふたりとも幸運のイヤリングをありがとう。金輪際外さないかもしれない。今から買い出しに行って、ディナーの用意に取りかかるわ」

モーガンはふたりをぎゅっと抱きしめた。

「もしひどい味だったら、おいしいって嘘をついてね」

8

人間の途方もない愚かさとだまされやすさには、いまだに驚かずにはいられない。ただし、彼にとってそれは喜びの源でもある。人間にそういう弱点があるからこそ、彼は自分にふさわしい生活を送ることができているのだ。

女は搾取したり操ったりする機会を際限なく与えてくれる生き物だと、ギャヴィン・ロズウェルは幼いころに学んだ。もちろん、その方法はターゲットによって異なる。一部のターゲットには、ルックスさえよければそれで事足りた。

ロズウェルはもともと容姿が整っていたので、維持することを心がけてきた。それ以外のターゲットには、ルックスだけに頼らず、魅力的にふるまった――ターゲットや状況によって、魅力を垣間見せたり、積み重ねたり、やたらと振りまいたりした。

ロズウェルにはその手の才能があった。

なかには乱暴に扱われるのを好む女もいたが、それ自体は問題なかった。ただ、手加減するよう心がけた。計画が終盤を迎えるまでは。

女が惚《ほ》れるのは、一匹狼《おおかみ》や気弱な男、詩人、のんびり屋、神経質な男などさまざまだ。

ロズウェルはあつらえたスーツのように無数の仮面をつけることができた。

涙を誘う身の上話がきっかけになることもあった。最近妻を亡くしたばかりだとか、妻を寝取られたとか。

コツは、ターゲットが望む人物になりきることだ。

ロズウェルはそういうことに長けていた。

それも、幼いころに実の母親が何度も作り話にだまされるのを見て学んだことだ。

母はどんな人間も芯は善良だと心から信じていた——その芯がどれほど奥深く埋没していたとしても。

お人好《ひとよ》しの母曰《いわ》く、根っからの悪人や善良さの欠片もない人間はひとりもいないらしい。母の世界に悪は存在しないのだ。

善良なる神様がこの世界を創造したのだから。

何度殴られても、母は優しさが勝利すると信じていた。

母は聖人だった。

母はまぬけだった。母はロズウェルを――ハンサムで賢く幼い息子を――神様からの贈り物と見なしていた。父はたいてい、特に理由もなく母を痛めつけた。そんなときに釈明するのは決まって母で、父ではなかった。〝きっと大変な一日で、お父さんはむしゃくしゃしていたのよ。わたしが何も言うべきではなかったの〟

父が家族を捨て、安物の白いブラジャーとショーツのなかに母が隠しておいた金を持ち去ったときも、母は釈明した。

〝お父さんはわたしたちを愛するがあまり、ここにはいられなかったのよ〟

こうしてロズウェルは――母にとって贈り物のような息子は――女性の弱点をつけ入る隙としてとらえるようになった。

家賃さえ満足に払えない程度の生活費しか入れないろくでなしのために、母は単純労働にいそしんだ。そんな母にとって、ロズウェルは愛すべき献身的な息子となった。そこらへんで摘んだタンポポや、ハート形に切り抜いた工作用紙をプレゼントするだけで、母はまめまめしく面倒を見てくれた。

母が食器棚にしまっておいたコーヒー缶のなかから五ドル札や十ドル札を抜き取っても、母は気づかなかったのか、一度もそのことに触れなかった。

ロズウェルは優等生だった。頭がいいだけでなく、徹底して礼儀正しくふるまった。

そうやって注意深く築きあげた信頼を武器に、生徒や教師を相手にちょっとしたいかさまを行った。

コンピューターも得意で、その腕を磨き、中学二年のときには歴史教師の人生を破滅させた。

あのろくでなしがBマイナスなんかつけるからだ！

やってみると、ハッキングは驚くほど簡単だった。ストックマン先生の自宅のコンピューターに児童ポルノ画像を取りこませるというハードルにも挑んだ。

結局、ストックマンは仕事と妻子を失い、連邦刑務所に六年間服役した。

Bマイナスの報いだ、ざまあみろ。

ロズウェルが卒業生総代として高校の卒業式で行ったスピーチは、母だけでなくほかの人々の涙も誘った。その後、奨学金を得て、ミシガン州立大学に進学した。選択肢は複数あったが、定期的に車で帰省して母を手伝えるようデトロイトの実家の近くでなければならないと主張した。

ロズウェルは、その言葉どおり誠実にふるまいながら機会をうかがい、後期が始まって春を迎えたころ、母をターゲットにして初めて人を殺《あや》めた。

衝撃！　なんという悲劇！　四十一歳の女性が貸家に押し入った強盗に無意味に殺害された。そのとき、献身的な愛するひとり息子は百四十キロほど離れた大学の寮で就寝中だった。

十九歳の息子は葬儀で泣き崩れた。十九歳だったため、里親や法律上の後見人に引きあわされることなく、自由を謳歌《おうか》した。

月に十五ドル払うだけで安心できると、母を説得して申しこませた生命保険の保険金を受け取ると、生まれながらのサイコパス、ギャヴィン・ロズウェルは旅立った。

彼は楽しんだ。

しばらくは、ただ旅をして贅沢にふけった。だが、保険金が永遠にあるわけではない。

ちょっとした詐欺をひとしきりやってみると、楽しめたし、儲かった。その後、なりすまし詐欺に手を染め、さらに儲けて満足感を味わった。

だが純然たるスリルが欠けていた。興奮も熱狂も感じなかった。

やがて、旅をしながら計画を立てて陰謀をめぐらせたのち、天職を見つけた。

ロズウェルはひとりひとりターゲットの命を奪うことで、母を繰り返し殺しているのだと理解していた。心理学の授業はいつも優秀な成績だったし、わかって当然だ。

だが、それがなんだというんだ？　彼は毎回楽しんでいた。驚いた彼女たちの目を見つめながら首を絞め、ターゲットを始末するたび、母の目をのぞきこんだ瞬間の記憶がよみがえった。

人を殺すたびに、母親を手にかけた瞬間が思いだされ、まるで実家に帰ってきたような錯覚に陥る。

父が母の大事にしていたものをすべて奪ったように、まずターゲットが大事にしているものをすべて奪うことで快感を味わい、スリルが最高潮に達する。

もちろん、母が奪われたものに息子は含まれていないが。

彼は今、オリヴァー・ソークと名乗り、マウイ島のホテルのスイートルームのテラスに座り、景色を眺めながら二杯目のコーヒーを飲んでいた。よく晴れた春の朝だ。母を殺してから十二年のあいだ、いい暮らしをし、贅沢を味わってきた。二十五万ドルの生命保険のおかげで、天命を追う手段と機会を得たのだ。

彼はカップをかかげ、乾杯した。「ありがとう、母さん」

ロズウェルは努力してそのライフスタイルを手に入れた。儲けた金も努力の賜物《たまもの》だ。なぜなら、これは仕事だからだ。時間とスキルと頭脳を要する仕事。リサーチや計画立案には数週間、いや何カ月もかかることが多く、骨が折れる。それに、容姿を維持しながら、ときどきほんの少し変え、新たな身分証明を手に入れて、それに合った衣装をそろえるのも金がかかる。

ターゲットのなかにはセックスを期待する者もいるが、ロズウェルは一度も楽しめたことがない。だが、これも仕事にともなう代償だと割り切った。

たしか三年前、いや、四年前、ポートランドにそういうターゲットがいた。やたらと性欲旺盛な女だった。ただ、関係を終わらせて彼女を始末する前に、八十万ドル近い金をまんまとせしめることができた。

ロズウェルはかなり裕福な暮らしをし、人生や仕事や旅行を楽しんできた。おまけに成功率は百発百中だった。完璧な仕事をして、完璧な結果を得てきた。

モーガン・オルブライトと出会うまでは。

あの女はうまく逃げのびた。

今でもそのことが癪《しゃく》に障るし、仕留めそこねたせいで気が動転したことも認めざるを得ない。かなり動揺したため、しばらく仕事を離れて長期休暇に向かったほどだ。

あのあばずれは、警察やＦＢＩの野郎どもと話したはずだ。ひょっとすると、おれはモーガンにうっかり余計なことをもらしたかもしれない。

まあ、そんなことはないだろうが、頭に引っかかっているせいで、こうして息抜きをしに何千キロも離れた場所まで来てしまった。

金には余裕があるし、サンディエゴに滞在したあとはマリブで二カ月過ごし、ハワイの島々をまわった。

ビーチの高級ホテルに勝るものはないからな。

けれど、ことわざにもあるとおり、仕事ばかりして遊ばなかったせいでロズウェルはつまらない人間になっていた。

美しいビーチの高級ホテルにいても、頭に浮かぶのはあの女のことばかりだ。彼女のものは奪ったが、本人はまだ生きている。あの女のせいで連勝記録にケチがついたことが彼の心をむしばんでいた。

この状況を打開し、モーガンに復讐《ふくしゅう》して幸運を取り戻さなければ。それに、ロズウェルは退屈だった。彼にとって仕事は遊びの一種で、仕事が恋しかった。恋しく思うあまり、リサーチに着手した。

幸運を取り戻すべく、モーガンと対峙《たいじ》する前に、新たな勝利を積み重ねよう。アメリカ本土にターゲット候補がふたりいて、近々幸運なターゲットを選ぶつもりだ。だが、モーガンはどうする？　彼女は人間が愚かで、だまされやすく、常に詐欺の被害者になり得ることを証明した。

モーガンは暗証番号を変え――まるでそれが重要であるかのように――もともとあまり使っていなかったSNSをこの一年ですべて閉鎖した。

だが彼女の母親はSNSを利用し、ヴァーモント州のファミリービジネスに関する記事を定期的に投稿している。美しい写真や陽気な売り文句に、独自の視点を交えて。

だから、一文無しのモーガンがママとおばあちゃんがいるヴァーモント州へ引っ越したことは知っている。楽しげな記事は、モーガンを監視するのに好都合だった。あの安っぽいバーへ足を踏み入れる前に、あの女の家族や実家やファミリービジネスについて調べあげたから、店の間取りも財政状況も把握済みだ。準備が整ったら、モーガンの母親の口座を使って抜け道を探し、モーガンの口座を乗っ取ろう。

準備が整った晩には。

たぶん、一回目はモーガンを始末しそこなう運命だったのだ。〝運命〟という考えにロズウェルの心は落ち着いた。生きているだけでモーガンは彼を傷つけるが、しばらく生かしておいてからまたすべてを奪うことで、よりあの女を痛めつけられる。二度目は作戦を変え、まったく異なる方法を用いなければならない。前回をはるかに上回る結果をもたらす方法を。さらに儲け、さらに痛めつけ、さらに喜びを味わうために。

もしも、もしも三人まとめて皆殺しにしたらどうだろう？　検討する価値はある。

だが、まずはゲームに復帰しなければ。そろそろ幸運なターゲットを選び、計画を立て始めるときだ。

モーガンはまた仕事やルーティーン、組織やスケジュールを取り戻せたことがとてもうれしかった。制服を身につけると、生産的で有能な気分を味わえた。スタッフとの顔合わせは、ふたたびチームの一員になったことを意味した。

研修はとてもわかりやすかった。〈アプレ〉はかつてのどの職場よりも広く、高級な店だが、なんとか対応してみせる。

ワインセラーを訪れたときは、無数のラックや、これまでに扱ったどのワインよりもはるかに極上のビンテージワインを目にして思わず息をのんだものの、それにも対応できるだろう。

バックヤードで用意するメニューは〈ネクスト・ラウンド〉よりかなり上品で、飲み物とともに客に出すのはプレッツェルやミックスナッツではなく、メープルシロップをからめたローストアーモンドやカクテルオリーヴだ。けれど、それはただのスタイルの違いにすぎない。

モーガンは研修期間を順調に乗りきり、面接時にネルに語った人々と似たような客たちに給仕をした。バーテンダーのなかではニックが一番優秀だと思ったが、ほかのメンバーにも不満はなかった。

給仕係に関しては、それぞれ研修を受けた成果が見て取れた。

その週の最終日、リディア・ジェイムソンに呼びだされた。

モーガンは、グーグル検索で目にした写真と、その経歴に見あう凝った造りの重厚感あふれるオフィスを想像していた。

だが、実際は実務的な慎《つつ》ましいオフィスに、リディアの背骨のように背もたれがまっすぐな椅子と頑丈な机が置かれていた。

軽くウェーブのかかったダークブロンドの髪が、彫りが深く力強い顔を縁取っている。ダイヤモンドを彷彿とさせる頬骨や顎のライン。長年のあいだに刻まれたしわは、その魅力を損なうことなく、聡明《そうめい》で侮りがたい雰囲気を醸しだしている。

濃い金褐色の瞳に黒縁の眼鏡。鮮やかな赤い口紅を塗った唇をにこりともさせずに、リディアはモーガンをしげしげと眺めた。

「座ってちょうだい」その声も、顔から想像したとおりの力強い声だ。彼女は目もくらむようなスクエアカットのダイヤモンドの指輪と結婚指輪をはめた手で促した。

「ジェイムソン・ファミリーへようこそ」

「ありがとうございます。あなたがたの一員になることができて、とても感謝しています」

「あなたにはオリヴィアの面影があるわね、それにオードリーの面影も。目は父親譲りかしら」

「はい、目の色は」

「オリヴィアのことは心から尊敬しているわ。そしてここ数年は、あなたのお母さまのことも。だから、あなたは今ここにいるの。というより、ここにいるチャンスを与えられたと言うべきかしらね」

「おっしゃるとおりです。祖母と母にも感謝しています」

「ええ、感謝して当然だわ。面接試験をネルにまかせたのは、自ら介入すべきではないと思ったからよ。孫娘のことも心から尊敬しているから」

「そうお思いになるのは当然です」

モーガンの返事に、リディアの眉があがった。

「ネルから、そしてドンからも、あなたは〈ザ・リゾート〉にとって欠かせない存在になると聞いたわ」

「そうなろうと決意しています」

「あなたは自分が強い意志の持ち主だと思う、ミズ・オルブライト?」

「はい」

リディアはすぐに口を開かず、押し黙ったままモーガンをじっと見つめた。

「強い意志の持ち主が一からやり直すのは困難だけれど、決意がなければ成功する見込みもない。過去の雇用主たちも、あなたの忠誠心を絶賛していたわ。わたしたちもここでは忠誠心を重視し、それにこたえているつもりよ」

「ありがたいことです。それに、その証をすでに目の当たりにしました。ニック・テナントは勤続十年、オーパル・リースは十二年、アダム・ファインは十六年。ほかにも同じくらい、もしくはそれ以上長く勤め続けているスタッフがいます。正当に扱われず、双方に敬意と忠誠心がなければ、喜んで同じ職場にとどまる人はいません。わたしはここで最善を尽くします、ミセス・ジェイムソン。わたしの最善は結果をともなうものです」

「オリヴィアの孫娘にはそれ以外期待していないわ。もう一度言わせて、ジェイムソン・ファミリーへようこそ」今度はリディアは立ちあがり、手を差しだした。

「ありがとうございます」

モーガンは〈アプレ〉に向かいながら、ふたたび息をした。どうやら最終試験に合格したらしい。

正式に〈アプレ〉のマネージャーとなった初日、モーガンは幸運のイヤリングを身につけた。ネルと彼女の母親でイベント・コーディネーターのドレア・ジェイムソンとのミーティングのため、シフトの一時間前に到着した。

ふたりとはドレアのオフィスで落ちあった。リディアのオフィスよりも広く、薔薇色のふたり掛けのソファと花柄の椅子が二脚置かれていた。

その女性らしい雰囲気は、波打つ鳶色《とびいろ》の髪や磁器のような肌、夢見るようなブルーの瞳のドレアに合っていた。

ドレアは濃紫色のドレスに、ウエスト丈のジャケットという装いだった。グレーのピンヒールが小柄な彼女の背丈を押しあげている。

「〈アプレ〉に立ち寄って、自己紹介できなくてごめんなさい」

「ここ二週間は、二件のウエディングと記念パーティー、企業の宴会、グロトッティ家の親睦会と続いて、ほとんどお時間がなかったのはわかっています」

ドレアが微笑んだ。その口紅の色がふたり掛けのソファとまったく同じなのは、意図的なのか、はたまた幸運な偶然なのだろうか。

モーガンは意図的なほうに一票を投じた。

「あなたはよく注意を払うタイプだと、ネルから聞いたわ」

「イベントはバーの営業に影響するので」

「そのとおりよ。だから」ドレアはモーガンにフォルダーを渡した。「これは今後四週間に予定されているイベントよ。ドンは毎月、データとプリントアウトの両方で受け取ることを望んだわ。スケジュール表は変更もあり得る。追加されたりキャンセルになったりするから、最終的な数字は赤字で表示されるわ」

モーガンはフォルダーを開き、印刷された文書にさっと目を通した。「忙しくなりそうですね。忙しいのはいいことです。わたしはデータだけいただければかまいませんが、バックヤードにはスケジュール表を掲示しようと思います――印刷は自分でします。必要に応じた更新も」

モーガンは顔をあげた。「今後四カ月から半年先までのイベント予定の一覧をいただくことは可能ですか?」

「もちろんよ。ドンは短期間の予定を把握したいタイプだったの」

「長期スケジュールのほうがより広範囲に見通すことができるので、観光シーズンや、シフト変更の希望、バーの仕入れやバーテンダーが必要なイベントに関して長期的な計画を立てられます。それによって、フルバーにするか、ワインやビール、ソフトドリンクに絞るかも、判断できます」

モーガンはネルのほうを向いた。「これはあなたの管轄だと思いますが、少なくともイベントの最中は、専用バーのせいで〈アプレ〉のお客さまは減ります。ですが、それでもイベントにスタッフを派遣している〈アプレ〉や〈ロッジ・バー〉には人手が必要です」

「たしかにそうね」ネルは小首を傾《かし》げた。「ほかにも何か?」

「企業が会議などで〈ザ・リゾート〉を利用する機会は比較的少ないですが、そういう場合の出席者は交流会やカジュアルなミーティングにバーを利用します。半年先までのスケジュールが把握できれば、手元に充分な在庫を確保できます。先週の金曜日の晩は、〈ロッジ・バー〉からプレミアムテキーラを一本拝借しなければなりませんでした」

「〈ノックス・シード&ソイル〉のミーティングね」ネルが言った。「金曜日の晩はテキーラをショットで飲むのよ。あらかじめ用意しておくべきだったわ」

「ドンはもう注意力散漫だったのね」ドレアはコーヒーカップを持ちあげた。「それも無理はないけれど。じゃあ、今後半年間に予約が入っているイベントを見開き二カ月ずつの表にして、あなたにメールしておくわね」

「それなら完璧です。ありがとうございます」

ネルが小首を傾げた。「まだほかにもあるの？」

〈アプレ〉はわたしのバーではないかもしれないけれど……。

「もういろいろと頼みごとをしているので、もうひとつお願いできないか試してみます。スパがサービスで季節限定スクラブやローションを提供しているように、季節のスペシャルドリンクをお出ししたいと思っています。ヴァーモント州のフルーツであるリンゴを使い、アルコール入りとノンアルコールのスペシャルカクテルを秋か冬に提供するのはいかがでしょう、冬ならホットにしてもいいかもしれませんね。春は発泡リンゴ酒のカクテル、夏はサングリアといった感じで。もし承認してもらえれば、スパと相談して向こうの企画とも連動させます」

「もしスパの季節限定企画がラベンダー・スクラブだったら？」ネルが問いかけた。

「来週スタートする春の限定商品よ」ネルは空っぽになったカップを置いた。「あなたはもうそのことも知っていたんでしょう」

知っていたからこそ、モーガンは準備ができていた。「ラベンダー・マルガリータ、ラベンダー・ジンフィズ、ラベンダー・シャンパン・カクテル。シロップを発注して、飾り用の若枝を手に入れる必要がありますけど。でも、それがあればさまざまな春夏のドリンクをご用意できます」

「ラベンダー・マルガリータを飲んでみたいわ」ドレアがつぶやいた。「響きがすてきよね。あなたはどう思う、ネル？」

「それは〈ザ・リゾート〉全体としての企画？　それとも〈アプレ〉限定？」

「それはあなたしだいです」

「ええ、そうね。まずはスパとのコラボを試してみましょう。うまくいきそうなら、〈ザ・リゾート〉全体で行ってもいいわ。来週〈アプレ〉で試してみて」

「ありがとうございます。必要なものを発注します」

「途中まで一緒に行きましょう」ネルが立ちあがった。

「ようこそ、モーガン」ドレアも立ちあがった。「あなたのお母さまとおばあさまに、ヨガクラスで会えなくてわたしが寂しがっていたと伝えてちょうだい」

「ヨガクラス？」

「ハイ・ストリートから脇道に入ったサウス・アリーにある〈スタジオ・オーム〉よ。毎週水曜日の午前九時のレッスンを受けたいと思っているんだけど、新しいカフェのプロジェクトやわたしの多忙なスケジュールのせいで、三人とももう一カ月参加していないの。わたしは六週間だけど。今週こそは必ず参加するつもりだと、ふたりに伝えてちょうだい」

「わかりました、伝えます」

「母は瞑想《めいそう》もするの」ネルはモーガンとともに、電話が鳴り響いてアシスタントが忙しそうにしている秘書室を横切った。「あなたも瞑想をする？」

「ええ、意識がないときだけ」

ネルは笑って髪を振り払った。今日は肩に垂らし、グレーのパンツとネイビーのセーターに合わせたカジュアルな装いだ。

「わたしもよ。ラベンダー・マルガリータのアイデアには、興味をそそられるべきか困惑すべきか判断がつかないけど」

「来週いらしてください。お作りしますよ」

「そうさせてもらうかも」ネルはポケットで音をたてている携帯電話を取りだした。「わたしには、瞑想もマルガリータも必要ない。今夜の幸運を祈っているわ」そうつけ加えると、急ぎ足で反対方向へと歩み去った。

「忙しいのが一番ね」モーガンはつぶやいた。

すれ違うスタッフと手を振りあい、会釈を交わしながらロビーに向かい、大理石の床を横切ってアーチ型の入り口をくぐった。

モーガンは自分の居場所を見つけたような気がし始めていた。

バーはディナーの前にグラスを傾けながらリラックスする人々や、腰を落ち着けて料理を楽しむ人々でにぎわっていた——バーというのはそうあるべきだ。さっと見まわすと、実業家と思われる男女が頭を寄せあい、熱心に話しこんでいた。さらに、三人組の女性たちがワインを飲みながら笑いあっている。

次の瞬間、ビールを飲むふたりの男性が目に留まり、足が止まった。彼らもジェイムソン一族だ。家長のマイケル・〝ミック〟・ジェイムソンは、妻のリディア・マイルズ・ジェイムソンとともに、ひと握りのロッジと十二の客室を〈ザ・リゾート・アット・ウェストリッジ〉にまで拡大させた人物だ。

彼と一緒にいるのは、ネルの弟で末っ子のリアムだ。

世代の異なるふたりは絵になるわ。いかつい顔をした銀髪の祖父と、無造作なブラウンの髪にしわのないなめらかな顔の孫。

それでも、テーブルを囲むふたりが親族であることは見間違えようがない。スウェットシャツを着た第一世代とフードつきパーカーを着た第三世代は、夕方からビールを飲みながら談笑していた。

ビジネスの話だろうか、それともプライベート？　あるいはその両方かもしれない。

モーガンはフロアを横切ってバーカウンターのなかに入った。

「早い出勤だね」ニックはシャルドネ、ジンファンデル、カベルネのお代わりを注いでいた。五番テーブルの女性三人組の注文だろう。

「すべてのテーブルがつけ払いだ」彼がモーガンに報告する。

「わたしが到着したとき、ロビー側の席にお客さまがふたり座ったわ」

「そのテーブルならレイシーが担当している。レイシーはチーズの盛りあわせをバックヤードまで取りに行ったところだ。あと、八番テーブルにボスたちがいる」

「見えたわ」

「飲んでいるのはヘッディ・トッパーズだ」ニックがビールの銘柄を説明した。「ふたりがお代わりしに来たら、注文されなくてもチーズフライを添えてくれ。ミックの大好物なんだ」

「了解。さあ、あがってちょうだい。あなたのチップは記録しておくから」

「今日からきみがボスだ」

「そうみたいね」

長い昼寝から覚めたかのような顔をした男性がスツールに腰をおろした。

「こんばんは。何にいたしますか？」

その男性客が夢見るような笑みを浮かべて、こちらを見た。「生まれて初めてホットストーン・マッサージを受けたよ。きみは受けたことがあるかい？」

「いいえ、まだです」

「自分へのご褒美に受けるといい。こんなにリラックスしたことはいまだかつてないよ。妻もマッサージを受けていて、ここで落ちあう予定でね。このホテルを利用するのは初めてなんだ」

「お楽しみいただけていますか？」

「ここへの引っ越しを検討しているくらいだ。妻にはシャンパンを飲んでもらうよ。極上のシャンパンを。妻はまだそのことを知らないが、飲めばわかるはずだ。ぼくは地元のビールを試してみたい。妻はマリーっていうんだ」

マリーは幸運な女性だとモーガンは思った。しばらくして幸運な女性が到着したとき、そう思ったのは正しかったと確信した。

マリーは今にも溶けそうな様子でスツールに座った。「ああ、チャーリー。あんな経験は生まれて初めてよ」

モーガンが目の前にシャンパングラスを置くと、彼女は目をしばたたいた。

「シャンパン？」

「きみはそれだけ頑張ったからね。十八年もだよ」チャーリーがモーガンに説明する。「三人の子どもを育てあげ、ふたりきりで休暇を楽しむのは十六年ぶりだ」

「そして今は、プリンセスの気分を味わっているわ。おしゃれして豪華なディナーに行く予定だったけど、チャーリー、わたし、ゆであがった麺みたいな状態なの」

「ぼくも同じだよ。ここの料理はおいしいのかい？」彼がモーガンにきいた。

「ええ、わたしが太鼓判を押します。もしよろしければ、窓際のボックス席へ移動なさいませんか。飲み物はそちらにお持ちします。メニューをご覧になって、ここでディナーを召しあがるようでしたら、こちらで代わりにレストランの予約をキャンセルいたします」

「それがいいわ」マリーは吐息をもらした。「何もかもすばらしいし、みんなとても親切ね。すごくこのホテルを気に入ったわ。チャーリー、ここを教えてくれた妹に大きな花束をプレゼントしないとね」

モーガンがその夫婦に応対していると、ジェイムソン一族のふたりが空になったジョッキを手にバーカウンターへ移動してきて、スツールに腰かけた。

「お代わりを頼む。ヘッディ・トッパーズを」

モーガンは空のジョッキをシンクに入れた。「チーズフライも召しあがりますか？」

ミックがにっこり笑い、一瞬、孫息子くらい若く見えた。「わたしの好みは知れ渡っているな。どうだ、リアム？　一緒に食べないか、おばあちゃんには内緒で」

「ああ、おじいちゃんのおごりなら。秘密は決してもらさないよ」

モーガンは注文を入力し、ビールを注ぎ始めた。

「きみがあそこの夫婦になんて言ったかは知らないが」ミックは、チャーリーとマリーのほうを顎で示した。「彼らは幸せそうだ。そうやって人々を幸せにするのが、この目標なんだ」

「あれは来店前に受けたホットストーン・マッサージのおかげです。ご夫妻のお話を聞いて、わたしも受けたくなりました」彼女はビールジョッキを置くと、チャーリーの合図に気づいた。「ちょっと失礼します」ボックス席に向かいながら給仕係を手招きする。

モーガンは戻ってくるなり、アイスバケットを取りだした。

「〈ザ・グレード〉は予約を一件失いました。チャーリーとマリーはここで食事をするそうです。奥さまはクラブサンドイッチで、ご主人はステーキサンドイッチ――ちなみに、チャーリーにはいろいろ計画があるらしく、タマネギ抜きでとリクエストがありました」アイスバケットに氷を詰めながら、彼女は眉をくねらせた。「今回初めて〈ザ・リゾート〉に滞在し、初日をシャンパンで締めくくるそうですよ。極上のお酒で」

「そのシャンパンは店のおごりにしてくれ」

「まあ、それは――最高のアイデアですね」

「きみがボトルを冷やしているあいだに、ちょっと挨拶してこよう。フライを全部食べるなよ、リアム」

「いかにもミックらしいよ」リアムはかぶりを振った。

モーガンは実業家らしき男女の会計をすませ、ドライマティーニを二杯用意し、チャーリーとマリーがグラスを触れあわせるのを眺めた。

「きみは難しい仕事を難なくこなしているな」ミックはビールを飲み干した。「難しい仕事を簡単そうに見せるのは並大抵のことじゃない。さあ、ぶらぶら帰るとしようか、相棒」そう言ってリアムの肩を叩いた。

ミックは二十ドル札を三枚カウンターに置いた。「その調子で頑張ってくれ」

「ありがとうございます、ミスター・ジェイムソン」

「ミックでいい。ここのみんなは家族だからね」

「きみはスキーをするの、モーガン？」

彼女はリアムに向かってかぶりを振った。

「そいつはなんとかしないとな」

「いいえ、遠慮します」

「リアムは、スキー板やハイキングブーツやジップライン（ワイヤーロープを滑車で滑りおりるアクティビティー）にかかわることじゃないと、意味を見いだせないんだ」

ミックはモーガンにウインクすると、孫息子とともにぶらぶらと立ち去った。

モーガンが帰宅すると、驚いたことに母と祖母がふたりそろって待ちかまえていた。

「ふたりとも、こんな時間まで何をしているの？　もうすぐ午前二時よ」

「あなたのマネージャー初日でしょう。新商品のヴァーモント州産の紅茶をいれたわ」オードリーが三つ目のカップに紅茶を注いだ。「さあ、座って、紅茶を飲んで、初日の感想を聞かせてちょうだい」

「オードリーがバーに行きたがるのをなんとか思いとどまらせたのよ。夜中の紅茶だけですんでよかったわね」

モーガンは紅茶を飲み、今も火が燃えている暖炉のそばの椅子に腰かけた。「すべてうまくいったわ。このあいだミズ・ジェイムソンと――リディア・ジェイムソンと面会して、今日はドレアやネルと会ったの。ドレアがヨガクラスでふたりに会えないのを寂しがっていたわ、今度の水曜日のレッスンには参加するつもりだそうよ」

「わたしたちもよ。それで、あのスペシャルドリンクは、季節限定ドリンクのアイデアは気に入ってもらえたの？」

「試してみていいって。そのあと、ミスター・ジェイムソンと――ミックとリアムにもバーで会ったわ。あと残すは第二世代と――ローリー・ジェイムソンと――第三世代の長男マイルズね」

「あの一族の地元への貢献はたいしたものよ」オリヴィアが紅茶を飲んだ。「わたしたちの店が繁盛しているのは――ウェストリッジのダウンタウンのほかの店もそうだけど――〈ザ・リゾート〉の宿泊客のおかげよ」

「ジェイムソン一族は常にさまざまなアイデアを分かちあうの。あなたのようにね」オードリーはティーカップで乾杯した。「間違いなくこの紅茶はヒットするわ」

「たしかに、絆の強い一族のようね。〈ザ・リゾート〉で働くのはとても楽しいわ。それで、お給料をもらうようになって、チップでもかなり稼いでるから、これからは家賃を払わせてほしいの」

「断固拒否するわ。そんなことはやめてちょうだい」モーガンが異を唱えようとしたが、オリヴィアは続けた。「あなたからお金を受け取る気はないわ。オードリー、あなたに家賃を払ってもらっているかしら？」

「いいえ」

「これで納得してもらえたでしょう。オードリーがいなければ、わたしはこの家でひとりで暮らし、いずれ家を手放さざるを得なくなったはずよ。この年齢の女性がひとり暮らしをするには広すぎるし、がらんとしすぎているから。でも、今やあなたも好きなだけここで暮らすことになった。いつかまた自分自身の家を持つことになるだろうけど、今はここがあなたの家よ。何かほかに責任を果たしたいなら、話は別だけど。たとえば、月に一度、休日にディナーを作るというのはどう？」

「わたしに料理をしてほしいの？」

「この前作ってもらったポークチョップは、本当においしかった」オードリーがモーガンに思いださせるように言った。「お世辞を言う必要などなかったわ。同じ料理でもいいし、違う料理にチャレンジしてもいい。お母さんとわたしは料理が好きだけど、自分で作ったりテイクアウトしたりせずに食事ができたらうれしいわ」

「食事の支度は自立心を養うわ」オリヴィアがつけ加えた。「あなたがどうして料理をしないのか、昔から不思議だったのよ。あなたのお家芸《ミドルネーム》のはずなのに」

「わたしのミドルネームはナッシュよ」

「そのとおり」オリヴィアは微笑んだ。「それと、車の購入資金を貯め始めたらどうかしら？　あなたが走り去るたびに、オードリーとわたしがはらはらしない車を買う資金を。ニーナのご家族には感謝しているけど、あの車はいつ故障してもおかしくないわ。家賃を払うより、安心させてちょうだい」

「わかったわ」

「もうすぐガーデニングを始めるから、それも手伝ってもらえると助かるわ」

「あと、いいかげんにセルフカットはやめてちょうだい」オリヴィアはぐるりと目をまわした。「美容院に行きなさい。ちゃんと美容院でスタイリングしてもらえば、もっとよくなるから」

モーガンは片手で髪を押さえた。「まずまずだと思っていたんだけど」

「とんでもない」オードリーが断言した。「あなたがしっかり予算を立てているのは知っているわ。それがお母さんの二番目のミドルネームだから」オリヴィアに向かって言った。「ヘアカットも予算に入れるべきよ。これから毎日、人前に立つんだから。最高の姿でいないとだめ」

「フェイスマッサージをするのも悪くないわよ」

モーガンは両手で顔を叩いた。「顔まで！」

「あなたの顔はきれいよ」オードリーは微笑んで慰めた。「でも、多少のお手入れが必要だわ。〈ザ・リゾート〉のフェイスマッサージは最高なの、きっと社員割引がきくわ。自分自身をいたわってあげて。さあ、美容のためにもう寝ましょう」

「皿洗いはわたしがやるわ。そうしたければお昼まで寝ていられるから」そんなことはしないけれど可能ではある、とモーガンは思った。

「じゃあ、おやすみなさい」オードリーは娘を抱きしめた。「マネージャー初日、おめでとう」

モーガンは食器を洗った。昔から女性ばかりの家で暮らしてきた。父は不在がちで、やがていなくなった。その後は、ニーナと同居した。

だが、こんなふうに二対一で言い負かされたのは、これが初めてだった。

9

金曜の夜が来た。一週間のシフトの最終日の晩も〈アプレ〉は大盛況だった。そんななか、モーガンは本領を発揮した。材料を合わせ、シェイクし、かき混ぜ、シェイカーをぽんと叩きながら、昨年あんな恐ろしい出来事があったにもかかわらず、うまくやっていると実感した。

生計を立てるために仕事が必要だったが、最初の応募で自分が楽しめる仕事を手に入れた。その仕事のおかげで、本来のモーガンを取り戻すことができた。

有能なモーガン、計画を立て、それに向かって努力するモーガンを。他人の一日を明るく照らすのが得意なモーガンを。

ギャヴィン・ロズウェルに何を盗まれようと、まだこのスキルは失っていない。それに、さんざん四苦八苦したあと、ふたたび気骨を取り戻した。その両方を十二分に活かすつもりだ。

バーカウンターで交際五周年を祝うキースとマーティンのカップルに、オリーヴを三つ添えたドライウオッカ・マティーニを出しながら、ふたりの週末の計画に耳を傾けた。

「彼はジムに行くんだよ」紺のフレームの眼鏡をかけたかわいらしいキースが、目をぐるりとまわした。「しかも、ぼくまで引きずっていくつもりなんだ」

「それは、きみを愛しているからだよ」

「はい、はい、わかってるよ」

「ジムで一緒に泳ごう」マーティンがカクテルをひと口飲んだ。「わお！　これこそまさしくマティーニだよ。ぼくたちと一緒にバーリントンへ来て、毎週金曜日の晩はマティーニを作ってくれないか？　プリンセス扱いしてあげるから」

「ティアラはもらえるのかしら？」

「もちろんだよ」

「それなら行ってあげてもいいですよ」

給仕係からテーブル席の注文を受けるべく、モーガンはカウンターを移動した。

勤続十二年のオーパルは、どうやら新任マネージャーの能力に大いに疑念を抱いているようだ。

モーガンが注文に応じるあいだに、オーパルは二番テーブルの会計をした。四十三歳の彼女はがっしりした体つきで、ブラウンの髪を飾り気のないマッシュルームカットにしている。

「あなたがさっさと飲み物を用意しないから、わたしたちのチップが減っているわ」

モーガンはウイスキー・サワーにオレンジスライスとチェリーをあしらい、ビールサーバーから脚つきグラスにビールを注いだ。

「サービスに対して苦情があったんですか?」

「いいえ、まだないけど」

感じよくふるまいながら、グラスにメルローを注ぎ、伝統的なサイドカー・カクテルを作り終えた。「苦情があったら知らせてください」

「ドンのほうが仕事が速かったわ」オーパルは捨て台詞を残し、急ぎ足で飲み物とともに歩み去った。

全員の信頼を勝ち取ることはできない、少なくとも同時には無理だ。モーガンは自分にそう言い聞かせた。もしこの状態が長引くようなら、一対一で話してみよう。

別のテーブルからの注文に応じたあと――今度の給仕係はモーガンの仕事のスピードに文句を言わなかった――スツールの客にミックスナッツと飲み物を出した。キースとマーティンの期待にこたえて愛想を振りまいたあと、真夜中近くにふたりの会計をすませた。

モーガンは、カウンターの端のスツールに座った男性を視界の端でとらえた。連れはいないようだと思いつつ、携帯電話の画面をスクロールしている男性客のほうへ向かった。

「こんばんは。何にいたしますか？」

「カベルネを」顔もあげずに彼は答えた。

モーガンは赤ワイン用のグラスを取りだした。一匹狼なら、会話は不要だ。フランネルシャツにジーンズという格好や、襟足の長いブラウンの髪にもかかわらず、彼の何かが〝重役《スーツ》〟であることを物語っている。

男性客の前にワインを置いた。「何かお食事を注文なさりたいのであれば、あと十分ほどでラストオーダーになります」

彼はうつむいたまま、せわしなく親指でメールを打ちながら、かぶりを振った。

モーガンはワインと携帯電話を手にした男性客を残し、その場から離れた。

三十分後、テーブル席が空き始め、寝酒を飲みに客がふらりと入ってきたときも、その男性客はカウンターの端に陣取って携帯電話を操作し続けていて、グラスにはまだワインが半分残っていた。

ラストオーダーの数分前に、三人組の男性客が来店した。年のころは四十代前半で、すでに飲みすぎているのは明らかだった。

三人は大声で笑いながら、カウンターのスツールに座った。真ん中の男性がモーガンを指差す。「新入りだな。ここには三度来たことがあるが、以前きみは男だった。半年前は――あれは半年前だったかな？　半年前、きみは男だった」

「半分は正解です。わたしは新入りなので」

彼はすっかり泥酔した顔で微笑みかけてきた。「今のほうがずっときれいだ」

「ありがとうございます。何にいたしましょうか？」

彼は身を乗りだし、にやにやと笑った。「ぼくが何を頼むつもりか当ててみろ」

「もしお客さまが〈ザ・リゾート〉に宿泊していらっしゃらないなら、配車サービス《ウーバー》を手配します」

彼はその言葉を理解してモーガンに驚きの目を向け、カウンターを手のひらで叩いて笑った。「ウーバーか」そう繰り返すと、連れの男性たちも馬鹿笑いした。「で、そのウーバーは何を運ぶんだ？」

モーガンはにっこり微笑みながら身を乗りだし、ぼうっとした彼の目を見つめた。

「お客さまとご友人です。お客さまが〈ザ・リゾート〉に宿泊なさっているなら、話は別ですが」

「ぼくたちは〈クラブ・レベル〉のプレジデンシャルスイートに泊まっているんだぞ」彼が癇癪を起こしたというより誇らしげに言い放ち、カードキーを取りだして振りまわしたので、モーガンは微笑みを保った。

「すばらしい客室だそうですね。何かのお祝いですか？」

「ぼくの離婚さ。これで晴れて自由の身だ！」男性客が両腕を広げて左右の連れを叩き、友人たちはさらに浮かれ騒いだ。「客室に移動して、ぼくを祝ってくれないか、キューティー？」

「まあ。そのお誘いにはそそられますが、代わりに今夜の最後の一杯をお出ししましょう」

「そうか。じゃあ、ぼくたちは男らしく結束してボイラーメーカーを飲むことにするよ」

「かしこまりました」

「妻はぼくを去勢しようとしたんだ」男性客の話を聞きながら、モーガンはカクテルを作り始めた。

「男らしくボイラーメーカーを召しあがるということは、彼女の試みは成功しなかったようですね」

「彼女には十二年を捧げた」両脇の友人から肩を叩かれると、男性客はモーガンが置いたアーモンドをつかんだ。

「では、これからの十二年に乾杯しましょう」モーガンはカウンターにボイラーメーカーを置いた。「これはわたしのおごりです」

「ありがとう。キューティー、もしきみと結婚していたら、今も離婚していなかっただろうな」

「今夜そんなすばらしいことを言ってくださった方はほかにいません。どうぞ、お楽しみください」

モーガンはほかの長居する客や寝酒を楽しむ客に対応したあと、カウンターの端の一匹狼に近づいた。

「ラストオーダーの時間です。カベルネをもう一杯召しあがりますか？」

「炭酸抜きの冷たい水を頼む」そう答えて、彼は顔をあげた。「さっきはうまく対処したな」

モーガンは頭が真っ白になった。トラを彷彿とさせる琥珀色《こはくいろ》の目はやや鋭く、こちらをまっすぐ見据えている。一瞬で見て取れたのはそれだけだった。遅れてほかの情報が頭に入ってくる。

彫りの深い顔、挑発的な顎のライン。あと四十五年か五十年ほど歳《とし》を重ね、目の色をブルーにしたら、彼の祖父と瓜ふたつだ。

「ありがとうございます、ミスター・ジェイムソン」

「マイルズでいい。それがここのやり方だ」

マイルズがカウンターの三人組に目を向けると、モーガンは彼のために氷入りの水を用意した。「警備に知らせよう。あの三人が無事に客室までたどり着けるように」

「あの人たちは無害です。彼はただ悲しんでいるだけです」

「そうなのか？」

「自ら望み、そうせざるを得なかったとしても、離婚は悲しみをもたらします」

「彼は明日、ひどい二日酔いとともに目覚め、さらに悲しくなるだろう」

彼の携帯電話から《バッド・トゥ・ザ・ボーン》の前奏が流れだした。

「くそっ」マイルズがカウンターの携帯電話をつかんだので、モーガンは彼を残してその場から離れた。

三人組がふらつきながらバーを出ていくと、マイルズも立ちあがり、二十ドル札を置いて彼らのあとを追った。

モーガンのマネージャーデビューの一週間は、大忙しの土曜日で幕を閉じた――彼女にとっては完璧な締めくくりだった。丸一日休みになる日曜日は、母がパンを焼き、祖母がチキンをローストするのを眺めた。

モーガンに与えられた役目は、ジャガイモを洗って四つにカットするのとニンジンの皮むきだった。

雪のなかで開花したクロッカスについて熱心に語る母の話を聞きながら、彼女はすっかりくつろいだ。

「明日と火曜日は気温が十度まであがるみたいね」

「水曜日はにわか雪が降るそうよ」

オードリーは母親の言葉にため息をついた。「知っているわ。でも、もうすぐ雪解けだと言っているのよ。だってにわか雪でしょう。ヴァーモント州の春は長く待たされた分だけ美しいわ。今週はあのラベンダーのカクテルを出すのよね、モーガン？」

「ええ、だから、ただのにわか雪だと思って、クロッカスに目を向けましょう」

窓の外を見るとまだ雪で覆われているものの、雪が薄い部分もあり、ところどころ大地がのぞいている。低木の雪は振り払われ、落ちた氷柱《つらら》が光っていた。

ほんの一年前、ニーナとパンジーの苗を植えたことを思いだした。彼女との思い出にパンジーの苗を庭に植え、母と祖母を笑顔にしよう。

モーガンはまな板から一歩さがった。「これでいい？」

「ええ、いいわ。今度は、全部ボウルに入れて、オリーヴオイルと和《あ》えて」

「オリーヴオイルはどれくらい？」

「自分の目で判断して」

「ああ、どうしよう」

「そのあと、はちみつを少しと、すりおろしたレモンの皮を加えるの。塩コショウとオレガノも。カクテルの作り方を知っているんだから、なんとかなるはずよ」

モーガンはなんとか和えてクッキングシートに広げ、オーブンに入れた——これで合っていますように。

「お母さんはパン生地を作るときに計量したじゃない」

「パンは別なのよ」

言い返す代わりに、モーガンは話題を変えた。

「言い忘れていたけど、ジェイムソンきょうだいの最後のひとりと会ったわ。たしか、マイルズだったかしら？」

「ミーティングで会ったの？」オードリーが尋ねた。

「いいえ、金曜日の深夜に彼がバーへ来たの。一時間かけて一杯のカベルネをゆっくり飲みながら、携帯電話でメールのやりとりをしていたわ」

「あの子は働き者《ワークホース》なのよ」オリヴィアが断言した。「昔からそうだった」

「お母さんだってそうじゃない」

オリヴィアは娘に向かって肩をすくめると、ワインセラーから白ワインのボトルを選んだ。「品評会用の馬《ショー・ホース》は見た目がいいけど、馬車馬《ワークホース》は物事を成し遂げるわ」

「マイルズは、ほかのきょうだいと違って端整な顔立ちじゃないわね——美形と言うには、いかつすぎるし。でも、すごくかっこいい馬車馬だわ」モーガンはグラスを取りだした。「ジェイムソン一家はみんな、本当に魅力的ね」

「そうね。わたしのおばは――ナッシュ家側のおばは――ジェイムソン家のいとこと結婚したわ。わたしがフラワーガールを務めたのよ。六歳くらいのころに。何から何まで本当に美しい結婚式だったのを覚えているわ」オリヴィアが言った。

「知らなかった」

虹色のピースマークが描かれたグレーのスウェットシャツを着たオリヴィアは、記憶をたどった。

「あなたの曾祖おばと曾祖おじに当たるわね。だから、あなたにはジェイムソン家の遠縁のいとこがそこらじゅうにいるのよ。わたしはピンクのオーガンジーのドレスを着て、髪にピンクの薔薇の蕾を飾った」オリヴィアはモーガンが差しだしたワイングラスを受け取った。「それもよく覚えてる。あと、父と踊って、そのあと兄のウィルと踊ったことも」

ウィル――ウィリアム・ナッシュがベトナムに出征し、現地で戦死したことは、モーガンも知っていた。

「とにかく、両家のつきあいは古く、どちらにもショー・ホースやワークホースがいたわ」

オードリーはオーブンの下段からパンを取りだし、ケーキクーラーにのせると、満足げに肩を揺らした。「マイルズは婚約したんじゃなかった？」

「いいえ。噂《うわさ》によれば、寸前まではいったけど、婚約にはいたらなかったそうよ。リディアは身内のプライベートに関しては口がかたいんだけど、そのことを喜んでいたのはわかったわ」

「言われてみると、ヨガクラスで会ってもドレアから相手の女性の話を聞いたことがないわ。誰だったかしら？　思いだせない。でも、地元の女性じゃなかったわ」

「ブラトルバロの製糖会社のご令嬢よ」オリヴィアは足を休めようとスツールに座った。「エドガー・ワインマンの孫娘はまさしくショー・ホースで、社交欄の花だった。今も社交欄ってあるのかしら？　遠い昔に、『ローリング・ストーン』誌に夢中になって以来、見ていないけど」

「きっとあるわ」モーガンは興味津々で隣に腰かけた。「それで、どうなったの？」

「さあ。でもリディアとミック・ジェイムソンの孫は、物事を成し遂げずに派手に着飾って飛びまわることしかできないショー・ホースを伴侶に選ばないだけの良識があったってことじゃないかしら」

「ふうん。じゃあ、ジェイムソン家について、ひとりひとり説明してもらえる？　リディア・ジェイムソンのことはわかったけど、ほかの人のことを」

「わかったわ。ミックは聡明で先見の明があり、手が汚れても気にしないタイプよ。可能なら一日中屋外で過ごすでしょうね――スティーヴとよく一緒に過ごしていたわ。

生まれながらのスポーツマンで、わたしは十三歳のとき、彼に熱をあげていた」

「嘘でしょう！」

「あなたにとって運がいいことに、その熱はじきに冷めたわ。そうでなければ、あなたはここでそんなふうにワインを飲んでいないはずよ。長男のローリーは法律の道に進み、ファミリービジネスの法務を担当している。自分の法律事務所をかまえ、姪が彼のもとで働いているわ。妹のジェシーは――あなたのお母さんと同年代ね――建築を学び、大学でご主人と出会った。ふたりはニューヨークで事業を営んでいるけど、あなたも〈ザ・リゾート〉で年に何回かは顔を合わせるはずよ。二番目の妹はインテリアデザインが専門で、姉夫婦と一緒に働いているわ」

「家族の結びつきが強いのね」

「ええ。ドレアとのミーティングでもそれを感じたでしょう。ドレアは頭が切れる女性よ」

「それに、優しいの」オードリーがつけ加えた。

「そうね。そのうえ義人ヨブのごとき忍耐強さを備えている。きっとイベントを取り仕切るには忍耐力が必要なのね。もし厄介な問題が持ちあがってアドバイスを求めるなら、ドレアが適任よ。駆け引き上手な外交官だって、きっと学ぶことがあると思うわ。その野菜をかき混ぜてちょうだい、モーガン」

モーガンは立ちあがり、指示にしたがった。「じゃあ、第三世代は?」

「まず末っ子から始めましょうか。リアムはただハンサムなだけじゃないわ、びっくりするほど見た目がいいのは事実だけど。あの子は祖父に似てスポーツマンで、アウトドア派よ。ジェイムソン家は賢明にもその長所を活かせる仕事を彼にまかせた。母親の忍耐強さも受け継いでいるみたい。これまで接した印象では、陽気な若者という感じね」

「わたしも同じ印象を受けたわ」モーガンはふたたび腰をおろした。

「ネルは気骨のある祖母にそっくりよ。信頼できるし、ばかなまねはしない。派手に着飾ることもないし、地元の店を頻繁に訪れるようにしている」

「最後はマイルズね」オリヴィアは考えこむようにワインを飲んだ。「マイルズは、ちょっとつかみどころがないタイプね。今はジェイムソン家の屋敷を引き継いで、ひとり暮らしをしているわ。リディアとミックが自分たちには広すぎると判断して――たしかにものすごく広いのよ――孫息子に譲ったの。たぶんローリーとドレアは自分たちの家に満足しているから、第三世代に引き継がれたのね。リアムは陽気で――わたしが見るかぎり――誰とでもなんでも話せるタイプだけど、兄のほうは寡黙なタイプね。礼儀正しくて上品な印象だけど、ひとりでいることが多いわ。ただ、ミックとリディアがなかば引退し、ローリーには自分の法律事務所があるから、今はマイルズがあの船の舵《かじ》を取っているわ。いずれ、彼の船になるのでしょうね」

「ずいぶん複雑な構造の船ね」

オリヴィアはうなずいた。「規模も大きいし、誇り高き遺産が沈まないよう維持しなければならないわ。〈ザ・リゾート〉で働くのは楽しい、モーガン？」

「ええ、とても楽しいわ。当初の計画とは違うけど、しっかり着地した気分よ。働くのにいい場所だし、それ以上は望めないわ」

「もちろん望めるわよ」オリヴィアはオードリーの手をぽんと叩くと、立ちあがってチキンにソースをかけた。「でも、そこがスタートになるわ」


月に一度――日曜日の三時ちょうどに――ジェイムソン家は家族会議を開く。伝統にのっとって、ミーティングはマイルズの祖父母が半世紀以上の結婚生活を過ごしたヴィクトリア様式の不規則に広がる屋敷で行われる。

マイルズは屋敷を受け継いだ今も、祖父母が家主で家長だと思っていた。子どものころは日曜日の家族会議中、書斎で本を読んだり、裏庭で遊んだり、あとをついてくるネルをいじめたり無視したりし、リアムが誕生すると兄貴風を吹かせたり弟と徒党を組んだりした。

懐かしい思い出だ。

十六歳のとき、誇らしい気持ちで初めてミーティングに参加し、家族だけでなく地元に収益や雇用をもたらすファミリービジネスを運営する責任とやりがいを学んだ。家族会議が数十年にわたって行われ続けているのは、全員でよどみなく議論を交わしながら、ミーティングが円滑にきちんと行われてきた証だろう。

そうでない状態など想像できない。

マイルズはミーティングに備え、東の小塔の二階にあるホームオフィスで、スプレッドシートや元帳、報告書、企画書に目を通した。そこからは前庭や丘、子どものころ木にのぼって物思いにふけったリンゴの果樹園が見渡せた。

マイルズがまったく飼う気のなかった犬が暖炉の前で居眠りをしている——それはこの家にある十二個の暖炉のうちのひとつだ。

最終的にハウルと呼ぶことにしたその遠吠《ハウル》えする犬は、昨年の冬、マイルズやこの屋敷を自分のものにすると決めて住み着いた野良犬で、犬種が不明で風変わりなところがあった。

資料を読み終えると、マイルズはノートパソコンと印刷した書類をつかみ、祖父がガスに切り替えてくれた暖炉のスイッチを消した。ハウルが片目を開け、喉の奥で不満げな声をもらす。

それを無視してマイルズは部屋を出ていき、裏階段からキッチンへおりた。

いつものように犬がついてきた。ふさふさしたグレーの毛皮に長い耳をだらんと垂らしたハウルがしっぽを振りながら見守るなか、マイルズはダイニングテーブルにノートパソコンと書類を置き、ダイニングルームの明かりをつけ、暖炉に火を灯した。

それからキッチンへ引き返し、ガラス張りのフレンチドアを開けた。「出ろ《アウト》」

ハウルは重い足取りでデッキへ出て、階段から庭におりた。そこでリスから敷地を守ったり、溶け残った雪の上を転がったり、風に向かって遠吠《とおぼ》えしたりするのだ。

試行錯誤ののち、マイルズは家に戻りたければマッドルーム（泥で汚れた靴などを脱ぐための小部屋）のドアから入るよう犬をしつけた。そして、ハウルのせいでマッドルームに古いタオルを常備するようになった。さもないと季節によって雪や落ち葉や泥のあとを掃除する羽目になるからだ。

母がハムを持ってきてくれるので、マイルズはミーティング用のコーヒーやソフトドリンク、その後の食事用のワインを用意するだけでよかった。料理を用意するのは当番制で、それにもスプレッドシートやカレンダーを必要としたがうまくいっていた。

マイルズはコーヒーをいれ、何よりも重んじるものを堪能した――沈黙と孤独を。この広大で風変わりな屋敷は大いに気に入っていた。それに、迷路のような部屋も。ただし、キッチンとダイニングルームの境の壁を撤去して、開放的な空間にするという祖父母の決断には感謝していた。すべての暖炉を薪ではなくガスにしたのも合理的だ。

ここへ引っ越してきて以来、マイルズが手を加えることはほとんどなかった。現状がしっくりくるなら、何かを変える必要はない。それに、たいてい変化はひとつにとどまらず、ドミノ倒しのようになる。

ダイニングルームにコーヒーセットやカップを運び、クルミ材のサイドボードに並べた。自分のカップにコーヒーを注ぐと、窓辺にたたずみ、まるで夏の牧草地にでもいるように溶け残った雪の上を転がる犬を眺めた。

だが、木の枝でふくらむ蕾や大地を覆う草も目に入った――まだ元気はないものの、青々としている。近いうちに、除雪車とシャベルではなく芝刈り機と新たな堆肥が屋敷のメンテナンスに必要になるだろう。

きっとハウルはその堆肥の上でも寝転がるに違いない。

やがて、エンレイソウが林のなかやハイキングコースに沿って咲き乱れる。マイルズが生まれるずっと昔、父と祖父がツリーハウスを建てた場所で、葉が広がり、赤い蕾が花開く。

ジェイムソン邸は長持ちするように建てられた屋敷だ。そんなことを思っていると、一番乗りでやってきた両親の話し声と足音が聞こえた。

「春の訪れのにおいがするわ」母のドレアがそう言うと、父であるローリーはキッチンのアイランドカウンターに大皿を置いた。

「ぼくが感じるのはハムのにおいだ」

母はまるでわが家のようにグラタン皿をオーブンに入れてあたためだした。

「たしかにハムもいいにおいだけど、春のにおいのほうが長く楽しめるわ」

「あの犬はどこだ？」ローリーはセコイアほどの太さの犬用ガム《ローハイドボーン》をかかげた。

「外でびしょ濡れになって、泥まみれになっているよ」

「それでこそ犬ってものだ」ローリーはローハイドボーンを置くと、妻のコートを受け取り、自分と妻のコートをマッドルームにつるした。「コーヒーを飲むかい、ベイビー？」

「いいえ、けっこうよ。こんにちは、マイルズ」ドレアがマイルズをぎゅっと抱きしめた。「この一週間、ほとんど見かけなかったわね」

「忙しかったんだ」

「そんなことわかっているわよ」

ドレアが自分のノートパソコンとファイルを置くあいだ、ローリーは外を眺めようとドアに近づいた。両手をポケットに突っこんだ姿は、すらりと背が高く引きしまっている。赤い畝織りシャツは母の見立てだろうと、マイルズは思った。膝が白くなったジーンズは、弁護士のスーツを身につけていないときの定番だ。

豊かなブラウンの髪はこめかみがグレーになり、ところどころ白髪が交じっている。

「あとどれくらいあの犬は外にいるんだ？」父がマイルズに尋ねた。

「そうだな、あと二、三日は。自立させようと思ってね」

ローリーが肩越しににらんでくる。

「十分くらいだよ。それに、あいつは屋外が好きなんだ。ご覧のとおりね」

「あの犬はここも好きだ。わたしがなかに入れて、濡れた体をふいてやることにするよ、ミスター神経質」

「ローリーはコンゴが恋しいのよ」ローリーがマッドルームへ移動して犬に呼びかけると、ドレアがつぶやいた。

「わかっているよ」

もし可能なら、父は年老いたボストンテリアを法廷に連れていっただろう。愛するコンゴをサイレント・パートナーとして、毎日自分の法律事務所にともなったように。

「わたしもコンゴが恋しいわ。十七年は長い年月だし、別れを告げるのはつらかった。あの子は苦しんでいたから、正しいことをしたと思っているわ。でも新たな犬を飼う心の準備が整うまで、ローリーはあなたの犬を溺愛するでしょうね」

父に話しかけられ、犬がうれしそうに吠えるのが聞こえた。

「そうみたいだね」祖父母がやってきた足音も聞こえ、ふたりの習慣をよく知るマイルズは、さらにコーヒーを注ぎに行った。

三時になると、家族はダイニングテーブルを囲み、母はミネラルウォーター、リアムはコーラ、残りの面々はコーヒーを手にしていた。

一同は報告書や企画書に目を通し、古いビジネスを終了し、新たなビジネスの概要をまとめた。リアムが提案する新ビジネスのひとつが、ロープコースだった。

「建設費用や保険料を見積もって、父さんに法務の面から確認してもらった。資料が今みんなのスクリーンに映っているはずだ」

「人気なのは知っているわ」ドレアが口を開いた。「でも、なぜロープをよじのぼったり、ロープでつるされた揺れる丸太に乗ったりしたいのか、正直まったく理解できないの」

「スキーやスノーボードでゲレンデを滑走したいのと同じ理由だよ。楽しいからさ。それに、あたたかい季節のアドベンチャー部門の収益をあげてくれるはずだ」

「昔はハイキングやカヌーやカヤックで充分だったのに」読書用の眼鏡をかけたリディアが企画書をじっと見つめた。

「時代は変わるものさ、ダーリン」

リディアはテーブル越しに夫であるミックをちらりと見た。「そうね」

「五年前に設置したクライミング・ウォールは成功しただろう。夏の週末の予約は完売し、平日の営業時間も四割から七割は埋まった。ジップラインは最高だよ。今シーズンのアドベンチャー・プランにもそのふたつを組みこもうと考えている。ハイキングやサイクリングやカヤックを楽しんだうえに、ボルダリングかジップラインを追加するプランだ。三つのアドベンチャーを制覇したら、〈アウトフィッターズ〉での買い物を十五パーセント引きにする。設置が間に合えば、今季か来季にはロープコースも追加できるだろう」

リディアが指でテーブルをこんこんと叩いた。「マイルズ、まだ賛成とも反対とも意見を口にしていないわね」

「リアムが自分でみんなを説得するべきだし、できたと思っている。ぼくはリアムにどうしてもとせっつかれて、ロープコースを試しに〈ホワイトリバー・リゾート〉まで行ってきた。難しいが、楽しめるし、あれならうまくいくだろう」

「〈ホワイトリバー・リゾート〉の規模はうちの三倍よ」

リアムがにっこり笑った。「小さくてもすごくおもしろいよ、おばあちゃん」

「明らかにリアムは票を投じたようだ」ミックは両手を広げた。「マイルズ、おまえもだろう」

「ああ」

「ネルは？」

「わたしも賛成」

「マイ・ダーリン・ドレアはどうだ？」

ドレアは髪を振り払うと、義父に向かって色っぽく微笑んだ。「マイ・ダーリン・ミック、わざわざお金を払ってロープにぶらさがりたい人がいるなんて理解できないけど、わたしも賛成するわ」

「弁護士もだ」ローリーがつけ加えた。

「そして、わたしも賛成だ。満場一致を望むかい、リディア？」

「変化を受け入れなければ、破滅あるのみよ」リディアは夫を指差した。「ロープをよじのぼろうなんて一秒たりとも思わないことね、アイリッシュ」

「お楽しみに水を差さないでくれよ」

「やった！　来週からデザイナーや建築業者と打ちあわせを始めるよ。ありがとう。兄さんが〈ホワイトリバー・リゾート〉に行ったなんて初耳だった」

　マイルズが肩をすくめた。「去年の秋に行ったんだ。つまらないと思ったとしても、おまえには言わなかっただろう。おまえはちゃんとみんなを説得した」

「ほかに新たなビジネスプランは、リアム？」

「ないよ、おじいちゃん。この勝利を胸に、ぼくは退く」

「ドレアは？」

「イベント部門の季節限定プランにいくつか変更があります。それと、ネルと一緒に夏場に計画しているのが、平日に行うピクニックです。毎週水曜日の夕方、湖畔に設置された長テーブルとふたつのバーカウンターでビュッフェや音楽を楽しむセットメニューです」

「湖畔のピクニックよ」ネルが話を引き継いだ。「今は〈ロッジ・バー〉のシェフとビュッフェの打ちあわせをしているわ――シンプルかつカジュアルで、子どもや菜食主義者やヴィーガン向けのメニューを含むビュッフェにするつもり。基本的には毎週日曜日に開催する〈ロッジ〉のビュッフェ・ナイトと同じだけど、それを週のなかばに屋外で行うの」

「〈ロッジ〉しかなかったころは、湖畔でよくキャンプをしたよ」ミックは費用の見積もりをじっと見つめていたが、やがて眉が跳ねあがった。「このバーベキューコンロは、料理用コンロやキャンプファイヤーで使うフライパンに比べて、とんでもなく値が張るな」

「時代は変わるのよ」リディアが言うと、彼は笑った。

「こいつは一本取られたな。だが、気に入ったよ。長テーブルなら客が一緒に座れるし、仲間気分を味わえる」

「来週までにきっちりと見積もりを出すわ」

「そして、メニューは――必要に応じて変更することになるでしょう」ドレアが言い足した。「ホスピタリティ部門はスパと連携して季節限定スペシャルドリンクを提供します。第一弾はラベンダー風味のマルガリータです」

「いったいどんなカクテルなんだ?」ミックが問いただした。

「〈アプレ〉の新マネージャーのアイデアです。賢いアイデアだと思いました。ネルはまだ半信半疑ですが、わたしは気に入りました」ドレアは続けた。「とりわけ、モーガンが試作品をふるまってくれたので」

「わたしには作ってくれなかったわ」

ドレアはネルに向かって肩をすくめた。「試飲したいと言わなかったからでしょう。モーガンはスパで提供するスクラブやローションに合わせてスペシャルドリンクを用意できると自負していますし、わたしは彼女を信頼しています。それから方針を少し修正し、半年先までのイベント予定表を彼女に渡すことにしました」

「それにはわたしも賛成よ。スタッフをより管理しやすくなるもの。彼女が面接に来たとき、わたしに身分証明書の提示を求めたのよ。いまだに信じられないわ」

「〝身分証明書の提示を求めた〟とはどういうことだ?」ミックが尋ねた。

「彼女がカクテルを作るところを見せてもらおうとしたら、お酒を提供する前にわたしの身分証明書を確認する必要があると言われたの」

ローリーが爆笑した。「ベイビー、それは褒め言葉として受け取らないと」

「そうなの？　彼女、いい度胸をしているわよね」ネルは肩をすくめた。「でも、認めざるを得ないわ。ドンを失ったのは痛手だったけど、モーガンのほうがスタッフの管理が上手よ。オーパルはモーガンが飲み物を作るのが遅いと文句を言っているけれど――」

「オーパルは機嫌が悪いと、水が充分湿ってないとかあり得ないケチだってつけるよ」

「やりかねないわね」ネルはリアムに言った。「それに、実際チップの額は増えているし、当然のことながら〈アプレ〉の収益も――今のところかろうじて上向きよ」

「彼女の仕事は遅くない」マイルズが口を開いた。

今度はリディアが小首を傾げた。「そうなの？」

「金曜日の晩、バーにちょっと行ったんだ。もう真夜中近かったと思う。ぼくが行ったとき、バーテンダーは彼女ひとりだった。客の入りもよく、サービスの早さも充分だった。離婚を祝う男とかなり酔っぱらったふたりの友人にも、そつなく対応していた。その三人はカウンターに座った時点で、かなりの泥酔状態だったのに」

自分で決めたリミットに達したので、マイルズはコーヒーから水に切り替えた。

「彼女は酒を出す前に、三人が〈ザ・リゾート〉のゲストかどうか確認したが、相手を怒らせるような物言いはしなかった。離婚した男に言い寄られたときも、彼がプライドを失わずにいられるよううまく話をそらしていた」

「さすがオリヴィア・ナッシュの孫娘だな」ミックは言った。

「わたしにメールをよこしたとき、〈アプレ〉にいたの？」

「おまえが先にメールをよこしたんだろう」

ネルは口を開いたが、思いとどまった。「そうだったかも」

「ふたりとも、金曜日の深夜くらい仕事以外のことをしなさい」

「ふたりからメールをもらったとき、ぼくは仕事以外のことをしていたよ」

ネルは弟に向き直った。「相手の名前は？」

リアムは黙ってにやりとした。

「さてと、これで家族会議はお開きだ」ミックは孫息子に向かってウインクした。

「さあ、食事にしよう」

10

休日、プレッシャーに屈したモーガンは、スタイリングサロンの椅子に座っていた。スタイリストのレネーは毛先をピンクに染めたブロンドをゴージャスなフィッシュボーンに編んでいる。彼女はモーガンの髪をひと目見るなり、嘆息した。

「お嬢さん、いったい何をしたの？」

「わたしはただ……」モーガンは髪をかきあげた。「はさみでちょこっとカットしただけよ」

「取引しましょう」

「取引？」

「わたしの施術が気に入ったら、もう二度とセルフカットをしないこと」レネーがモーガンの髪を手ぐしでとかした。「健康的ないい髪だわ。お母さん同様、生まれつきのブロンドね。運がいいわ。それで、どんなふうにしたいの？」

「シンプルで、手入れがしやすい髪型がいいわ。以前はもっと短いボブカットだったんです。でも、自分でそんなにカットするのは怖くて」

「ああ、神様、感謝します」レネーは目を細め、鏡に映ったモーガンをしげしげと見つめた。「目鼻立ちがはっきりしていて、きれいなダイヤモンド型で、いい顔立ちだわ。大胆で粋なスタイルにしましょう」

「えっ、でも――」

「わたしを信じて。絶対に気に入るはずよ」すばらしく気持ちのいいシャンプーのあと、モーガンは椅子の背にもたれた。音と香りに包まれたサロンで、レネーがはさみを動かす。

モーガンはサロンでゆったり過ごしたことが一度もなく、だいたい六週間ごとに手早くカットしてもらうだけだった。店にぱっと入り、ぱっと出る感じだ。ここの客はのんびりくつろいで、ペディキュアの椅子やマニキュアのテーブルでおしゃべりをしている。その声にヘアサロンの客の話し声やはさみやシェーバーの音が入り混じった。まるでバーのようだと、モーガンは気づいた。常連客や通りがかりの客、サービスを行うスタッフで一種の世界が形成されている。

「カットはうまくいったわ」レネーは何かを絞りだした両手をこすりあわせた。「あなたの髪はコシがあるから、凝ったアレンジをするのでなければスタイリング剤はたいして必要ないわ。今日はわたしが普段使っているものをつけるわね」ふたたびモーガンの髪を手ぐしでとかし始めた。「こうやってドライヤーで乾かす前につけるの。それか、一回目のシャンプーのあと、水気を切った髪に」

「了解」

レネーは微笑み、ドライヤーとブラシを巧みに使い始めた。「わたしがするのをよく見ていて。この髪型を維持するのは簡単だから。これはレイヤーにちょっとシャギーを入れているの。長い前髪を右から左に流すと、大胆さが出るわ。きちんと整えないほうが、動きのあるスタイルになっていい感じよ」

モーガンは驚きに目をみはりながら、完成するのを見守った。以前のもっさりしたボブカットや、素人が毛先を切りそろえようとしたカットは消え去った。

今はさわやかで陽気な雰囲気で、きっちりしすぎてもいなかった。そもそもモーガンには、きっちりした髪型を維持するための時間もスキルもない。

気軽でカジュアルな新しいヘアスタイルは――モーガンが思うに――大胆で粋だった。

視線をあげ、鏡のなかでレネーと目を合わせる。「もう二度と自分で切ったりしないわ」

「その言葉が聞きたかったのよ」

「またカットが必要なころに予約を入れてもらっていいですか?」

「それはさらに聞きたかった言葉だわ。じゃあ、予約を入れておきましょう」

モーガンは街の境界線から数キロ先のガーデニングショップまで車を走らせ、パンジーや鉢や、苗を植えるのに必要な資材を購入した。

母と祖母が帰宅した声が聞こえると、ワインを注いだ。

「モーガン、パンジーがとってもきれいだわ！　何かすごくいいにおいもするわね。料理をしてくれたの？　今日はあなたの当番じゃないのに――。まあ！」母がぴたりと立ち止まった。「あなたの髪、すごくすてきだわ」

「本当？」

「本当よ。まわってみせて。くるっとターンしてちょうだい。すごく気に入ったわ。お母さん、わが家の娘を見てちょうだい！」

「見たわ。よく似合っているわね。若くて自信に満ちたスタイルだわ。ところで何を作っているの？」

「残り物のチキンを使うレシピを見つけて、簡単そうだったから。もっとも、どのレシピも実際より簡単そうに見えるから、もうだまされないわ。でも、うまくいったの。味見してみたけど、すごくおいしかったわ。チキン・チリよ」

「うれしいサプライズだわ。一度に三つもサプライズがあるなんて。おまけにどれもすばらしいわ」オードリーはワインを手に取った。「さぞ忙しい一日だったんでしょうね」

「でも、気分がいいわ。何もかも最高の気分」

「さあ、しばらく座って」オリヴィアもワイングラスを手に取った。「いい気分に浸るとしましょう」


正午前、ネルが足早にバーに入ってきたとき、モーガンはバーカウンターの背後に立ってグラスや氷を用意していた。

「まず言わせて、最高のヘアカットだわ」

「ありがとうございます。何かご用意しましょうか？」

「まだいいわ。ニックはどこ？」

「歯科医院の椅子に座って根管治療を受けている最中です」

「うっ」ネルはとっさに息を吸いこんだ。

「おかげで、地元で歯科医院を探さないといけないことに気づかされました」

「もしかして、ダブルシフトで働いているの？　誰か別の人にニックの代わりを頼めなかったの？」

「シャーリーンはお子さんが病気だそうです。ロブは今日、授業がふたコマ入っていて近々期末試験も控えているので、呼びだしたくなかったんです。ベックスに頼もうかと思ったんですけど、シャーリーンのお子さんの具合が悪くて、彼女も昨日ダブルシフトだったので。〈ロッジ・バー〉にはプライベートなイベントが入っていますし、わたしが出勤できるのに、向こうのスタッフを借りるのは筋が通らないと思ったんです。大丈夫です。わたしにまかせてください」

「病気の具合は？　休んでいるのはジャック、それともライラ？」

「ジャックです。今朝発熱したんですが、もうよくなりつつあるそうです」ネルがこうして尋ね、シャーリーンの子どもの名前を知っているという事実が重要なのだ。

「わかったわ。このあときょうだいが来るの。ミーティングをしながら、何か食べるつもりよ」ネルは腕時計に目をやった。「いつもわたしは早めに来て、マイルズは時間ぴったりに現れて、リアムは遅刻してくるの」スツールに座ると、一輪挿しのラベンダーの前に置かれたメニュースタンドを突いた。「それで、どう？」

「好調です。スパのパッケージプランを毎年利用しているリピーターの五人組が、お代わりしてくれました。試してみますか？」

「まだいいわ。母によれば、あなたが届けたカクテルはおいしかったそうよ。母の居場所を突き止めてカクテルを届けるなんて、抜け目ないわね。わたしはそういう抜け目のなさを評価するわ」

「ドレアに気に入っていただけてうれしいです」

「ええ、気に入っていたわ。わたしはラテをもらおうかしら」

「ラベンダー・ラテはいかがですか？」

ネルは好奇心と恐怖が入り混じった表情を浮かべた。「冗談でしょう？」

「いいえ。思いきって試してみませんか？」

「もし断ったら、わたしは弱虫ってことね。ますます抜け目ないわ」

「あなたは弱虫じゃありません」モーガンはコーヒーマシンに近づいた。「お口に合わなければ、普通のラテをいれ直します。そういえば、夏の新イベントの噂を耳にしました――〝湖畔のピクニック〟を企画しているって」

「本当？」ネルは体の向きを変え、モーガンの仕事ぶりを見守った。「情報は広まるものね」

「ちゃんと耳を澄ませば情報は入ってきます。すばらしいアイデアですね。あなたの思いつきですか？」

「ブレインストーミングの最中に、母と思いついたの」

「おふたりとも優秀ですね。スタッフはそのイベントにかかわるためなら決闘だって辞さないでしょう。新イベントは、マンネリ化せずに新鮮さを保つにはいい方法です。ラベンダー・ラテのように」モーガンはネルの前に大ぶりなカップを置いた。

「まあ、試してみないとわからないけど。ロープコースの噂も聞いた？」

「いいえ。充分に耳を澄ましていなかったようですね。ロープコースを追加するんですか?」

「リアムのアイデアよ。今日のミーティングはそれがお題なの。まあ、大半はね」ネルは口をつぐみ、恐る恐るラテに口をつけた。そして、もうひと口飲んだ。「いいわね、かなりおいしいわ。いったい誰がこんなことを思いつくの?」

「アジアが発祥だそうですよ」

「場所はどこでもかまわないわ」ネルはふたたびひと口飲んだ。「アシスタントにもうひとつメニュースタンドを作ってもらうわ。その得意げな顔からして、こうなることを期待していたのね」

「これがわたしの得意顔ですか?」モーガンは両手で顔を叩いた。「静かに満足感に浸る表情だと思っていたんですけど。この手の飲み物は〈ネクスト・ラウンド〉では受け入れられませんが、ここの常連客には気に入ってもらえるはずです。今季は通常のラテと同じ価格にしましょう――追加の材料費や手間は微々たるものなので――そして、追々値上げさせてもらいます」

「決定よ。マイルズ」ネルは兄が入ってくると、ふたたび体の向きを変えた。「これを試してみて」

彼はかぶりを振り、モーガンを見た。「ブラックコーヒーを頼む。きみはシフトを日勤に変えたのか?」

「歯の根管治療と」ネルが口を開いた。「病気の子どもと期末試験のせいよ。彼女はダブルシフトで働いているの。ひと口試してみて」

「やれやれ」マイルズはひと口飲むと、心底困惑した顔になった。「花で風味づけしたコーヒー? なぜそんなことをするんだ?」

「マイルズは純粋なコーヒーの信奉者なの。ブラックじゃなければ、コーヒーじゃないのよ」

「でしたら、こちらのコーヒーは気に入っていただけるはずです」

「そうとも。リアムが到着したらコーラを持ってきてくれ」

「チーズフライも添えたほうがいいですか?」

マイルズがモーガンの目をじっと見つめた。やっぱり品評会用の馬ではない。でも、とびきり魅力的な馬車馬だ。

「ああ、おそらく。ぼくたちは奥のボックス席に座るよ」

今回もスーツ姿ではなかった。モーガンは遠ざかるふたりを見送った。黒のパンツにぱりっとしたブルーのシャツ。無愛想な態度同様、さりげなく履いているのは高級そうな靴だった。

モーガンの見立てだとネルは頑固者だけれど、いくらか打ち解けてきた。マイルズは妹を上回る頑固者のようだが、なんとかその殻を打ち破る方法を見つけてみせる。

やがて客が来店し始めた。〈ロッジ・バー〉でプライベートなイベントが行われているため、カジュアルな食事を楽しみたいゲストが〈アプレ〉に来るのだろう。いいことだ。モーガンはさっそく注文の入った飲み物を作った。このまま忙しくしていよう。

リアムがハイキングブーツに黒のセーター、ジーンズという格好で駆けこんでくると、モーガンは奥のボックス席を指した。

「ちょっと遅刻しちゃったよ。まだふたりとも注文していないよね」

「ええ」

「よかった。じゃあ、ぼくは――」

彼女は背の高いグラスに注いで螺旋状のレモンの皮をあしらったコーラを差しだした。

「最高だ、完璧だよ。ぼくの心を見事に読んだね」

リアムは足早にボックス席へ向かった。

あの三男は頑固者ではない。優しいスウィートハートね。モーガンはスツールに腰をおろした女性ふたりに注意を向けた。見るからに姉妹で、ひょっとすると双子かもしれない。

左側の女性がカウンターのメニュースタンドを見て眉をひそめた。「ラベンダー・マルガリータ？」

「おいしいですよ」モーガンが太鼓判を押した。

　そのまま日勤を務めあげ、五時になる前に季節限定のメニュースタンドを設置した。ネルは有言実行の人だ。

　深夜、熱いシャワーとやわらかくてあたたかいベッドを頭に思い浮かべ始めたころ、六つのテーブルと五つのボックス席、八つのスツールのうち五つが埋まっていた。

　マイルズが現れ、カウンターの端のスツールに腰かけると、携帯電話を取りだした。

　あの双子――三日間の姉妹旅行でミドルベリーから来た三十八歳の双子が、高級ディナーのあとの飲み物を楽しもうとやってきて、ラベンダー・マルガリータを注文した。ふたりにカクテルを出してから、マイルズのほうへ向かった。

「カベルネでよろしいですか？」

　彼が無言でうなずいたのでワインを注ぐと、彼とワインをその場に残して遠ざかった。

　四十分後、モーガンは双子におやすみなさいと声をかけた。もし自分に双子の女きょうだいがいたらどんな人生だっただろう。それか双子の男きょうだいか、きょうだいがいたら。

騒々しい六人組のテーブルがお開きになり、彼らが立ち去ると、店はぐっと静かになった。残っているのは、あとふた口でビールを飲み終えるスツールに座ったふたりの男性と、ワインを飲み終えようとしている四人組、二杯目のマティーニを飲むカップルとマイルズだった。

「ラストオーダーのお時間です、お客さま。もう一杯お飲みになりますか?」

男性ふたりは断って支払いをした。それから数分後、四人組も立ち去った。

「三番テーブルの会計はわたしがやるわ、ホリー。もうあがっていいわよ」

「大変な夜でしたね。一時間前から、三番テーブルのカップルが事を始めるんじゃないかと気が気じゃなかったわ」

「マティーニが前戯代わりね」

ホリーが笑ってバックヤードへコートを取りに行くと、モーガンはふたつのグラスに氷を入れ、水を注いだ。そのうちのひとつをマイルズの前に置く。

「ありがとう」彼は顔をあげなかった。「きみはもうラストオーダーを呼びかけた。ミスター&ミセス・マティーニはまだ飲んでいるから、もう注文はできない。きみはホリーにバーの店じまいをまかせられないのか」

「船長は最後に船をおりるものですよ。それに、ミスター・マティーニは既婚者ですが、彼女は奥さんじゃありません」

　マイルズは顔をあげ、トラのような目で興味深そうにじっと見つめた。「どうしてわかったんだ？」

「彼は指輪をしていますが、彼女はしていません」

「サイズ直しをしている可能性もある」

「たしかに。でも違います。彼女は十二歳、いいえ、たぶん十五歳年下です」

「そんなのたいした問題じゃないだろう」

　マイルズが興味を示したのを見て取り、彼のかたい殻に最初のひびが入ったのをモーガンは実感した。

「ええ、そのこと自体は問題ではありません」彼女はカップルをちらっと見ながら水を飲んだ。「あのふたりはやたらと人前でいちゃつき、ミスター・マティーニが何か説明すると、彼女は今まで出会った誰よりも彼が魅力的だと言わんばかりに目を見開いて耳を傾けています。そして彼女が席を立ってお手洗いに行くたび、彼の目はそのヒップに釘付けです。今にもよだれを垂らしそうな勢いで」

「たぶん、今も熱愛中なんだろう」

「彼女がお手洗いに行っているあいだに、彼に電話がかかってきました。かけてきた相手こそミセス・マティーニだと思います。彼はいらだち、手短に終わらせて電話を切りました。ぶっきらぼうな口調で。それからグラスを空けると、不機嫌な顔で結婚指輪をもてあそび始めました。そして、お代わりを注文したんです」

「どれも状況証拠だな」

モーガンはカウンターに身を乗りだした。「あなたは賭けをしますか、マイルズ？」

「しなくはない」

「わたしは、自分が正しいほうにぱりっとした一ドル札を賭けます」

「ぼくは、手持ちにぱりっとした一ドル札がないかもしれない」

「貸しにしてもいいですよ。彼は奥さんに出張だと告げた。でも奥さんは信じず、電話やメールを何度もよこした。彼は新たなお相手に、困難な離婚調停が長引いていると説明した。それを鵜呑《うの》みにしたかどうかはともかく、彼女は高級ホテルに宿泊し、スパでマッサージを受け、プラチナのカフブレスレットも手に入れた。ずっと彼女がいじっているあのブレスレットは、〈ザ・リゾート〉のジュエリーブティックで販売されていた商品です。ショーウィンドーに飾られていました。ゴージャスですよね」

「会計を」ミスター・マティーニが声をかけてきた。

モーガンはフォルダーに請求書をはさんだ。

マイルズは彼女が請求書を届けて会話を交わし、その男がチップを追加して請求書に署名するのを見守った。

「すてきな夜を、ミスター＆ミセス・キャボット」

女性はくすくす笑うと、ミスター・マティーニに身をすり寄せた。「あら、わたしたちは結婚していないわ。今はまだね」

モーガンは空いた食器を持ちあげてテーブルをふくと、パンツのウエストにふきんをはさんだ。

「きみに一ドル貸しができたな」

「そうですね。ぱりっとした一ドル札ですよ」トレイにマティーニのグラスやワイングラス、ウォーターグラス、シェイカー、飾り用のフルーツなどを入れる容器をまとめ、裏の厨房へ運んだ。

バックヤードから出てきたときには、マイルズの姿は消えていた。モーガンは肩をすくめると、アイスバケットの氷を捨て、シンクをふいた。レジを締めて現金を入れる引き出しに鍵をかけ、最後にカウンターとボトルを徹底的にふきあげた。

そこへ黒いコートとマフラーを身につけたマイルズが戻ってきた。

「すみません、バーはもう閉店しました」

「車まで送るよ」

「まあ、ありがとうございます。だけどそこまでしていただかなくても――」

「どうせぼくも自分の車まで歩かないといけないし。さあ、コートを取ってくるんだ」

　モーガンはコートとニット帽、マフラーと手袋を取ってきた。

　マイルズは防寒具をまとった彼女をひと目見るなり言った。「北極にでも寄り道するつもりか？」

「わたしからすれば、ヴァーモント州の夜はまだ寒くて、春とは言えません」

　マイルズが明かりを消すと、モーガンはちらりと振り返り——万事異常なしだ——彼とともにアーチ型の出入口を通り抜けた。

　デスクでペーパーバックを読んでいる夜警しかいない、静かなロビーを横切った。

「おやすみなさい、ウォーター」

「おやすみ、モーガン。おやすみなさい、マイルズ。安全運転を」

　ふたりは凍てつく冷気のなかへ足を踏みだした。一カ月前のような突風は吹いていないものの、それでも顔を平手打ちするような寒さだと、モーガンは思った。

　左折して広い歩道をくだり、フロントガーデンやゲスト用駐車場から遠ざかって従業員用駐車場を目指した。オーナー一家はそれぞれ、コンクリートに名前が記された専用駐車場がある。マイルズの車——頑丈そうな黒のSUV——はそこにぽつんと一台停まっていたが、彼はモーガンとともにその前を通り過ぎた。

「わたしの車はすぐそこです。送っていただき、ありがとうございました」

「もしかして、あれのことか？」マイルズはニーナの車に数歩近づいた。「あれを運転しているなら、きみは一ドルどころかもっと金が必要なはずだ」

それが紛れもない事実でなければ、激怒していただろう。「今、車を探しているところです」もうじき、そうするつもりだ。

「早く見つけたほうがいい。エンジンがちゃんとかかるのを確かめるまで、ぼくはここにいる」

「エンジンならかかります。ありがとうございました。おやすみなさい」

モーガンは車に近づくと、冷気のなかからなぜかさらに寒い車内へと移動した。車がぼやくように咳きこんだ。まぶたを閉じ、祈る。ようやくエンジンがかかったとき、次の休日には真剣に車を探し始めようと心に誓った。

だが、今は家に帰り着けばいいだけだ。バックミラーをちらりと見ると、マイルズがコートのポケットに両手を突っこんで、走り去る彼女を見送っていた。

やはり、あのかたい殻に最初の小さなひびを入れることに成功したようだ。

その週はまたたく間に過ぎた。モーガンは給料と多額のチップを銀行に預けると、月曜日の朝はインターネットで中古車のリサーチをした。信頼できるまともな中古車なら購入できそうだという結論にいたったが、ニーナの車があと一カ月もてば、さらに資金にゆとりができるだろう。

「あと一カ月」

真冬の時期は脱したものの一気に春の陽気にはならず、雪や寒さが続けば、最悪の場合、春の訪れが遠のく恐れもある。

あと一カ月待てば、かなり頭金が増えるのでローン額を減らせる。それに、通勤やときどきする買い出し、カフェの手伝いでダウンタウンに行くときくらいしか車は使わない。

モーガンは車のことはいったん棚上げにし、簡単なレシピのリサーチに切り替えた。

それにも怖じ気づくと、散歩することにした。

ブーツを履きながら考える。頭をすっきりさせて次のステップを見極めないと。永遠に同じ場所で走り続けることはできない。

外に踏みだしながら、わたしには仕事があると自分に言い聞かせた。いい仕事だし、とても気に入っている。それに安全な住まいもあり、母と祖母との暮らしからは学ぶことが多い。

かつての自宅は恋しくなかった。ニーナが亡くなったあと、自宅だと思えなくなっていたからだ。ニーナのことは恋しいし、これからもずっとそうだろう。サムとの友情も。あの街に根づいたときに家族のような存在となった同僚や上司たちも。

モーガンは足を止め、山々の上に広がる驚くほど真っ青な空を見あげた。あそこにこれはなかった。かつての自宅の裏庭には、こんな絵画のような景色はなかった。

ここにも四季がある。春の訪れの兆しが垣間見えるでしょう？　たしかに、空気や光が変化しつつある。

じゃあ、次のステップは？

「車よ、モーガン。やっぱりそうよね。覚悟を決めて、車を探しに行こう」

モーガンにとって、これはお金だけの問題ではなかった。ニーナの最後の欠片を、過去との最後のつながりを手放すということだ。

家のなかへ引き返すと、自分の考えをしっかり持っている女性に見えそうな服に着替えた。そして、書類――ニーナの両親が署名した譲渡証明書と保険書類、銀行口座情報など思いつくかぎりの書類――をつかんだ。

すべてをフォルダーにはさみ、幸運のイヤリングを身につけた。価格を交渉して自動車ローンを組むには、幸運が必要だ。

最低価格になってもかまわないから、なんとか下取りしてもらおう。

「ディーラーは車を売りたいのよね。だったら、向こうもなんとかしようとするはずだわ」

モーガンは髪を整えた――粋で大胆なスタイルに。階下へおり、コートの袖に腕を通す。

　ドアを開けて出発しようとした矢先、柱で支えられた屋根つきポーチにたたずむ特別捜査官のモリソンとベックが目に入った。瞬時に体が凍りついた。

「ミズ・オルブライト、お出かけですか？　だったら、出直しましょう」

　モーガンはモリソンを凝視した。「今からちょっと——。いいえ、重要な用事ではないので、どうぞお入りください」夢のなかに囚われたかのように後ろへさがった。

「コートをお預かりします」

　コートを受け取ると、廊下のクローゼットにきちんとつるした。「コーヒーをいれてきますね」

「お構いなく」ベックが告げた。「ちょっと座りましょうか」

「ええ、そうですね」

　ふたりがリビングルームの椅子にそれぞれ腰をおろしたので、モーガンはソファに座り、膝の上できつく両手を握りしめた。

「あの男が——また罪を犯したんですね、誰か別の相手を見つけて。新たな被害者が出たと伝えに来たんでしょう。彼女は亡くなったんですか？」

「テネシー州ナッシュヴィル郊外に住む独身女性です」ベックは話を続けた。「すらりとしたブロンドで、二十九歳。被害者が電話にもメールにも返事をよこさず、職場にも連絡しなかったため、二日前、自宅を訪ねた妹さんが遺体を発見しました」

「銀行口座の残高はゼロになっていました。被害者の自宅を担保に彼女名義で複数のローンが組まれ、彼女の車も盗まれました。妹さんの証言から、被害者がここ数週間ギャヴィン・ロズウェルとつきあっていたことが判明しています」

「そうですか」だが、モーガンは実際には理解していなかった。到底理解などできない。

「ロズウェルはジョン・バウアーという偽名を名乗っていました」ベックが告げた。

「フリーランスのカメラマンで、書籍にかかわる仕事をしていると語ったそうです。被害者の名前は、ロビン・ピーターズです」

「お気の毒に。こんな日に遭うなんて。ご遺族もお気の毒だわ。でも、なぜわざわざわたしにこのことを伝えに来たんですか？」

「これまでロズウェルが現場に何か残したことはありません。被害者が宝石を身につけていれば、ほかの貴重品とともに持ち去った。ですが、今回の被害者はこれを身につけていたんです」

ベックは写真を取りだすと、モーガンに渡した。

「これは――わたしのロケットペンダントだわ。祖母からもらったロケットペンダントです。かつては母のものでした。なかに写真が入っていました。祖母の両親の写真が。いったいどういうことですか？　ロズウェルは彼女にこのペンダントを渡したあと、こんなことをしたんですか？」

　モリソンはモーガンが目を向けるのを待って、口を開いた。

「われわれはそうではないと考えています。妹さんも、見覚えがないとおっしゃっていました。同僚も、被害者が身につけているのを見たことがないそうです。ロケットペンダントのなかには、あなたが事情聴取の際に語った写真ではなく、これが入っていました」

　モーガンは次の印刷物を受け取ると、自分の顔写真とかつてルーク・ハドソンとして知りあった男の顔写真を凝視した。

第二部　新たな始まり

明日はいざ行かん、緑鮮やかな森へ、新たな牧場へ。

——ジョン・ミルトン

何事も始まりは困難だ。

——ドイツのことわざ

11

モーガンはパニックに陥った。あまりのことに耳鳴りがし、喉が締めつけられる。

「これは何？　いったいどういうことですか？　まさかロズウェルはわたしたちがカップルだと思っているわけじゃないですよね。わたしたちは決して――そんな真剣な関係ではありませんでした、彼を魅力的だと感じていたときでさえ……」

「ロズウェルが普通のつきあいをすることはありません、モーガン」ベックは慎重な口調でこたえた。「われわれは、あなたがロズウェルのターゲットのなかで唯一の生存者だと確信しています。そしてわれわれの知るかぎり、あの男がこんなふうにターゲットから奪った戦利品を次の被害者のもとに残すのは初めてです」

「戦利品」モーガンは繰り返した。

「ロズウェルは、被害者から奪ったものを保管している可能性が高い」モリソンは説明した。「より高価なものは売り払ったり質に入れられたりすることが多く、これまでにいくつも発見されています。一方、それらを捨てたと見られる証拠はいっさいない。おそらくそのなかからひとつかふたつを、手元に残しているのでしょう」

「戦利品として」

もちろん、モーガンだってそういう話を耳にしたことはあった。小説や映画のなかで。だが、そのことで新たな恐怖に襲われた。

「まるで――まるで壁に飾られた鹿の頭の剝製《はくせい》のように。でも、ロズウェルはわたしのロケットペンダントを手元に残さなかった」

「あの男はそれを今回の殺害現場に残した。われわれがあなたのものだと気づくのを承知で――たとえ写真が入っていなかったとしても、われわれはミズ・ラモスが殺害された日に持ち去られたもののひとつだと突き止めたはずです」

「彼はいったいどうしてそんなことを？」だが、モーガンにはわかった。すでに答えは出ている。「わたしを怯《おび》えさせるためね」ふたりの捜査官が口を開く前に言った。

「わたしのことを忘れていないと知らしめるため。そして――わたしたちはつながっていると暗にほのめかすため。ニーナを、わたしの一番の親友を殺したのに。わたしからすべてを奪ったのに。わたしは、今まで努力して手に入れたすべてを失った。自宅も含めて」

「でも、あなたは生き延びました」ベックが端的に述べた。

「ニーナは亡くなったわ」

「ロズウェルが狙っていたのはニーナではありません。必要に駆られて手にかけただけで、彼女に対して殺意はなかった。あの男は初めてミスを犯したんです。やりそこなった結果、あなたは生き延びました」ベックは先ほどの言葉を繰り返した。「そして、あなたは人生を立て直しつつある」

一歩ずつだけど、とモーガンは胸のうちでつぶやいた。苦労しながらも、少しずつ立て直しつつある。

でも、これからどうなるのだろう？

「つまり、あなたがたの考えでは――あるいは、ロズウェルの考えでは――まだわたしから手を引いたわけではないということですね。あの男がまたわたしを狙う可能性があると、あなたがたはおっしゃりたいんですね。わたしはいったいどうすればいいんですか？」モーガンは立ちあがるなり自分の体を抱きしめ、部屋のなかを行ったり来たりし始めた。「また引っ越して身をひそめ、名前を変える？　そんなことをして何かメリットがありますか？　ロズウェルがその気になれば、きっとわたしを見つけるのなんて簡単なはずよ」

「あの男の狙いはあなたを怯えさせることだ」モリソンがこたえた。「あなたの頭のなかに居座りたいんですよ。やつの頭にあなたが住み着いているので。ロズウェルはそのことが我慢ならないんです、モーガン。自尊心を傷つけられ、耐えがたい思いを味わったせいで、やつは重大なミスを犯した。おかげで、われわれもあなたも前もって警戒できる」

「わたしにとって、それがなんのメリットになるんですか？」モーガンはふたたび座った。「今後は毎日、背後をうかがいながら、いつロズウェルが襲ってくるかと待ちかまえることになる。わたしの母や祖母はどうなるんですか？」

「警報装置の設置をお勧めします」

「すでに設置済みです」モーガンは疲れた声でこたえた。「使ったことはないけど」

「だったら、使ってください」モリソンが言い放った。「モーガン」彼が身を乗りだす。「何も心配はいらないと言うつもりはありません。ですが、あなたには有利な点があります」

「では、それを読みあげてもらえますか。わたしにはとてもそんなふうに思えないので」

「あなたはロズウェルの容姿を知っている。あの男は風貌を変えてくるでしょう――髪の色やひげの有無、カラーコンタクト、眼鏡やなんかを使って。だが、あなたはやつを知っている。だから、ロズウェルはあなたに対して通常の手口は使えません。別の手を考える必要がある。あそこにバリケードを設置するといいでしょう。警報装置が最優先事項ですが」

「あなたの仕事は夜勤ですよね」ベックが話を引き継いだ。「防犯ブザーを購入し、職場を出るときは鍵と防犯ブザーを手に持ってください。そして、警備員か同僚に車まで送ってもらうこと。車を発進させる前にタイヤの空気圧とガソリンメーターを確認すること。決して鍵をかけずに車を放置しないこと、車に乗りこむ前に後部座席を確認すること」

「すでに地元警察にはロズウェルの写真を渡してあります。勤め先のセキュリティー部門や、ご家族が経営している店のスタッフにも渡してください。ロズウェルはあなたに危害を加えるために接近する必要がある。だから、あの男が接近しづらいようにするんです」

「遠くからわたしの頭を撃つことも可能ですよね」

「ロズウェルはそういうやり方では満足しません」ベックがさらりと答えたので、モーガンは噴きだして喉を詰まらせた。

「そうですか」

「ロズウェルにとって、被害者への接近は欠かせません。私的な犯罪なので、直接手をくださなければ気がすまないんです。あの男はただ、われわれをばかにして、あなたを怯えさせるために、あんなことをしただけかもしれません。ですが、さっきお話ししたような防犯対策を取るよう強く推奨します」

「携帯電話は常に充電した状態で持ち歩いてください」モリソンがつけ加えた。「もしロズウェルが接触しようとしてきたら、われわれか地元警察に知らせるように。何か不審に感じただけでもかまわないので、連絡をください。基本的な護身術のレッスンを受けるのもいいと思います。まあ、これは誰に対しても言えることだが」

「ロズウェルに対抗するあなたの最大の武器は、自分らしく生きることです」

「これだけ用心しながらですか?」

ベックの口調がほんの少しやわらぐ。

「ほとんどは一般常識ですよ。あなたは分別のある女性です、モーガン。どうかその分別を失わないでください。こんな知らせをもたらすことになり、残念です。いまだロズウェルを逮捕できなくて申し訳ありません。あの男はあなたを取り逃がしたことに動揺して、この一年身をひそめていました。ですが、こうして姿を現し、ミスも犯しました」

「ロケットペンダントですね」

「それ以外にも」

ベックがパートナーに目をやると、モリソンはかまわないと言うように小さくうなずいた。

「われわれがつかんだ証拠によれば、ロズウェルは今回の被害者を殺害する前に、彼女の自宅で二十四時間以上監禁しています。あの男がそんなリスクを冒したのは、これが初めてです。被害者の妹が合い鍵を持っていることも承知していたようです。つまり、妹さんがいつ入ってきてもおかしくない状況でした。そのうえ被害者の監禁中、ロズウェルは隣人と言葉を交わしています――わざわざ外に出て話しかけたんです。隣人によれば、そのときの会話やロズウェルの表情に違和感を覚え、いつも熱心なガーデニング好きの被害者が外に出てこないことを不審に思ったそうです。彼女は通報しませんでしたが、されていてもおかしくない状況だったんです。失敗を犯し、長いあいだ犯罪から遠ざかっていたロズウェルは、きっと自尊心をくすぐるためにそんなリスクを冒したのだと思います」

「それでも、その女性は亡くなったんですね」

「ええ。彼女はロズウェルのことを知らなかったので、事前に警戒することができませんでした。でも、あなたは違います」

ベックはモーガンの前のテーブルに封筒を置いた。「このなかにはロズウェルの写真が数枚と、判明している彼の癖や習慣に関する資料が入っています。わたしとパートナーの名刺も同封しました。すでに地元警察には事情を説明済みです。この封筒はあなたの雇用主やご家族に渡してください。もしそれが困難で気まずければ、われわれが代わりにやります」

「いいえ、自分で渡します」

「いつでも連絡をください、われわれは昼でも夜でもかまいません」モリソンが立ちあがった。「くれぐれも用心してください、モーガン」

もちろんそうするわ。モーガンは空っぽになった家に立ちつくした。ほかに選択肢はないでしょう。

まずは警報装置からだ。祖父が亡くなってすぐに祖母が設置したけれど、誰も使っていない。

祖母のファイルから取扱説明書と暗証番号を見つけ、この封筒を持って出発する前に警報装置をセットしよう。

家の外へ出たとき、彼女の鼓動はいやになるほど激しく打っていた。鍵をかけずに停めていた車まで歩き、後部座席を確認するあいだ、みぞおちが震えた。

ガソリンメーターは残り四分の三を指しているのでまだ大丈夫だが、タイヤの空気圧はどうやって確認すればいいのかわからない。

あとで調べることにしよう。

ウェストリッジまでの短いドライブですら、執拗《しつよう》にバックミラーを確認し、対向車が近づくたびに緊張している自分に気づいた。

〈クラフティ・アーツ〉の裏の駐車場に車を停めて鍵をかけると、あたたかくて心地よい店内へ足を踏み入れた。

スーは昔馴染みの友人同士のように客と笑いあっていた。もしかしたら、実際そうなのかもしれない。母はショーケースのそばに立ち、別の客がペンダントを試すのを見守っていた。

オードリーはモーガンに微笑みながら、客に話しかけた。「とってもお似合いだわ、あなたの服の色合いにも合っているし。わたしは、それとこのイヤリングの組みあわせも好きよ。うまく調和するけど、似通っているわけじゃないの」

「あなたは悪魔ね、オードリー」そう言いながらも、女性客はイヤリングの片方を左耳に当てた。

「つけてみて。そうしたいのはわかっているわ。実際につけ心地を試すといいわ。どう思う、モーガン？ アイリーン、わたしの娘のモーガンよ」

「あなたがモーガンなのね」アイリーンが振り返ると、つけていた自分のイヤリングの片方を外してオードリーに手渡した。「オードリーからあなたの話をしょっちゅう聞いているわ。娘は美人だとあなたが自慢するのも当然ね、オードリー。彼女はあなたにそっくりだわ。ああ、もう、このイヤリングもすごく気に入ったわ」

「とてもお似合いですよ」モーガンはなんとか言葉を発した。「それに、ペンダントも本当にすてき」

「あなたの言うとおりだわ。オーケー、オードリー、すべて会計してちょうだい。わたしはクレジットカードが燃えあがる前に、とっととこの店を出るわ」

「おばあちゃんは？」モーガンはきいた。

「さっき二階にあがったところよ」

「お母さんも仕事がひと段落したら、二階に来られる？　ちょっとでいいんだけど」

「もちろん」

モーガンはカフェを――紅茶を飲む客でテーブルが三つ埋まっている――横切り、カウンターにいる給仕係に向かって作り笑顔を浮かべ、バックヤードに入って階段をのぼった。

キッチンからオフィスに向かう途中、しばし階段に座りこみ、心を落ち着かせた。さっさとすませよう。そう自分に言い聞かせ、立ちあがる。

オフィスに足を踏み入れる前に、祖母の声が聞こえた。オリヴィアはデスクの向こうに座り、コンピューター画面をじっと見つめながら電話で話していた。

「来週配達してもらえるなら、それぞれふたつずつで六個発注するわ。音の響きには手を抜かないでね、アル。工芸品というだけじゃなく、響きも重要だから。あなたを信じるわ。火曜日に届くのね。じゃあ、またそのときに」

オリヴィアが電話を切った。「ウィンドチャイムよ。六個発注したわ。それと、ハチドリの餌台と園芸支柱、小鳥の巣箱が来週届くわ。春の訪れのたしかな証ね」

オリヴィアは紅茶のカップに手を伸ばし、モーガンの顔をまじまじと見た。「どうしたの？ 何かあった？」

「実はちょっと――」

言いかけたところへオードリーが駆けこんできたので、モーガンは口をつぐんだ。

「何があったの？ どうしたの？ あなたの目を見れば何かあったとわかるわ」

「ふたりとも座りなさい」オリヴィアが命じた。「息を吸って、モーガン、さあ、話してちょうだい」

「ロズウェルがまた殺したの、今度はテネシー州の女性ですって。ああ、どうしよう。FBIの捜査官がそれを伝えに家まで来たの」

「オードリー、この子に水を持ってきてあげて」

「わたしなら大丈夫、大丈夫よ」母の手をつかんで引き留めた。「あの男はわたしのロケットペンダントを――おばあちゃんのロケットペンダントを――遺体と一緒に残したの。なかの写真は、わたしとロズウェルの写真に交換されていたそうよ。捜査官たちは、ロズウェルがミスを犯したと言っていたけど……」

モーガンは殺人事件や被害者の妹や隣人について、聞いたことを伝えた。

「いったい何があったら、そんな怪物になるのかしら？」オリヴィアがつぶやく。

「生まれつき？　それとも、自らそうなることを選んだの？　そのいずれかでも、両方でもあり得るわね」

オードリーは立ちあがって常備しているボトルからグラスに水を注ぎ、モーガンに渡した。「ゆっくり飲んで。この街を離れようとか、どこか遠くへ引っ越さないとかは思わなくていいわ。あなたの考えていることはお見通しよ」

「もしもそんな考えが頭に浮かんでいるなら、さっさと締めだしなさい。今回わたしたちナッシュ家の女性《ナッシュ・ウーマン》は、一致団結して立ち向かうわ。それは決定事項よ」オリヴィアが片手で宙を切り裂き、その議論に終止符を打つ。

「ロズウェルがニーナを殺したのは、彼女がそこにいたからよ。もし——」

「そんなの仮定の話でしょう」オリヴィアが両手を振りあげた。「その男が明日トラックに轢《ひ》かれる可能性だってあるのよ。よく聞きなさい。ここを離れて、あなたのお母さんやわたしを心配させるようなまねはさせないわ。わたしたちをあの家に残して去り、あなたの身を案じさせるようなまねは。わたしたちは一致団結し、そんなろくでなしに引き裂かれたりしない。この話はこれで終わりよ、モーガン。あの忌々しい警報装置を使い始めるとしましょう」

「家を出る前にセットしてきたわ。捜査官にそうしたほうがいいと言われたから。あと、防犯ブザーも手に入れる予定よ。ふたりも持ち歩いて」

「わかったわ」オードリーが手を伸ばしてモーガンの腕をさすった。「警察署長とも話しましょう、ジェイクとも」

「FBIの捜査官がすでに話したそうよ。それと、お母さんたちにもロズウェルの顔写真と捜査官の名刺を渡すようにって」

モーガンから手渡された写真をじっと見たのち、オリヴィアはうなずいた。「この写真を店内に貼って、カフェにもう一枚貼るわ。みんながこの殺人鬼の顔を見られるように」

「ああ、おばあちゃん」

「コピーを取ってちょうだい、オードリー。そしてほかの店にも貼ってもらいましょう。ウェストリッジ中にこの男の顔をさらしてやるわ。来られるものなら来ればいい。どんなくそ野郎にも絶対に孫娘には手出しさせるものですか」

「お母さん！」

「わたしはここぞというときにだけ罵り言葉を使うのよ。これを〈ザ・リゾート〉にも渡すようFBI捜査官に言われたんでしょう」

「ええ」

「ほかになんて言われたかは知らないけれど、至極真っ当なアドバイスね。わたしからもひとつ言いたいことがあるわ。あなたが今乗ってるおんぼろ車を手放して、新車を買いなさい。信頼できる、安全な新車を。わたしが融資するから」

「おばあちゃん」

「おばあちゃんの話をさえぎらないで」オードリーが言い放った。

「利息もきちんと請求するから、ローン会社にするみたいに月々返済して。返済スケジュールを立てましょう。そうすればオードリーとわたしは心の平安を得られるし、あなたはプライドを保てる。どちらも大事なことよ」

「わたしは中古車を探していて――」

「新車よ」オリヴィアがまた片手で宙を切った。「信頼できる、安全な、ヴァーモント州の冬にも対応可能な新車。わたしが今の車とその前の車を購入したときの営業担当の女性の名前を教えてあげる。彼女ならいくらか値引きしてくれるはずよ。彼女が今後もわたしとの取引を望むなら、あなたにも同様のサービスをしてくれるわ」

「賢明になりなさい、モーガン。そして、ありがとうって言えばいいの」

「心から感謝しているわ、おばあちゃん。ふたりともありがとう」こみあげる感謝の念に、モーガンは喉も心もみぞおちも熱くなった。「でも、この件をジェイムソン家に伝えたら、職を失うかもしれない」

「取り越し苦労はやめなさい」オリヴィアが助言した。「さあ、やるべきことをやって。そのあと、自動車ディーラーに行ってちょうだい。営業担当者の名刺ならわたしが持っているわ」

祖母はレンガ並みに分厚い名刺フォルダーを、ぱらぱらとめくりだした。「ほら、あった。彼女に電話して、あなたが新車を探していることと、わたしがどんな車を希望しているか伝えておくわね」

次に、オリヴィアは小切手帳を取りだした。「ちゃんとした車を買わずに帰ってこないように」自動車ディーラー宛に日付と署名を記入し、金額は空欄のまま小切手を切った。「あなたが帰宅したあと、返済について話しあいましょう」

「あなたが帰るころには、わたしたちは家にいるわ」モーガンの手をつかむと、オードリーは自分の頬に押し当てた。

「だけど、忌々しい暗証番号がわからなければ家に入れないわ。いったい何番だったかしら？」

モーガンは覚えていたことに驚き、笑い声に喉を詰まらせつつ、暗証番号を伝えた。ニーナの車はあえぐような音をたてながら〈ザ・リゾート〉へ続く私道に入ったが、モーガンはまだ新車のことは考えないようにした。失業して〈ザ・リゾート〉をあとにする可能性もあるし、そうなれば新車を買う意味はなくなる。

従業員用駐車場で車に鍵をかけ、歩道に向かった。ホテルに足を踏み入れると、ロビーには新しいフラワーアレンジメントが飾られ、すっかり春の雰囲気に包まれていた。それを目にしたとたん、ここで働くのがどんなに好きかを痛感した。

人々も雰囲気もエネルギーも自分の職務も、すべてが魅力的だ。

今やそのすべてをギャヴィン・ロズウェルが奪い去る恐れがある。あまりにも多くのものを、またしても奪い去られるかもしれない。

モーガンは月曜日はシフトに入っていないものの、全員のスケジュールは把握していた。直属の上司であるネルは、近々行われるウエディングのメニューの最終打ちあわせ中だ。

それを邪魔するのも、会議の終了を待つのも無意味に思えた。この件は直接トップに伝えるべきだ。

それに、リディア・ジェイムソンなら毎週月曜日は自分のオフィスで働いている。オフィスフロアへ直行すると、リディアの部屋のドアは開け放たれ、彼女はデスクの席に座っていた。

「またダブルシフトで働いているの？」

「いいえ。あの、少しお時間をいただけますか？」

リディアが手招きする。モーガンはなかに入って扉を閉めた。

同じころ、警察署長のジェイク・ドゥーリはマイルズのオフィスで座っていた。ふたりは中学校時代からの友人で、ジェイクは自分のことのようにマイルズを理解しているため、単刀直入にすべて話した。

マイルズは耳を傾けつつ、ジェイクから手渡されたロズウェルの写真をじっと眺めた。

「話はわかった。おまえの解釈を聞かせてくれ。FBI特別捜査官じゃなく、おまえの意見を」

「そいつはばかなリスクを冒した――わざわざ隣人に話しかけたり、妹が合い鍵を持っているのに被害者を二日も生かしておいたりして。これまでの捜査資料を見るかぎり、やつがその手のリスクを冒したことは一度もない」

ジェイクは体の向きを変えて身を乗りだし、人差し指で写真を叩いた。

「こいつは捕まりたいと思うようなタイプじゃないんだ、マイルズ。それどころか、犯罪行為を謳歌している。ただのサイコパスじゃなくサディストで、甘やかされ、傲慢だ。そして、今まではとても用心深かった。だがロケットペンダントを被害者の遺体とともに残しただけでなく、なかの写真まで交換した。自分とモーガンの顔写真に。そのメッセージは明白だ」

「モーガンの供述では、恋人としてつきあってはいなかったようだが」

「ああ、恋人じゃない。だが、こいつの頭のなかには彼女がいて、今も執着している。

モーガンはこいつの運を変えた原因だ。だから、まだあきらめていないと知らせることで、彼女を怯えさせたいのさ」

「もしこれで怯えないとしたら彼女はまぬけだが、そういうタイプには見えない。あとでセキュリティー部門と話をするよ、家族や、モーガン本人とも」

「それがいい。彼女と話したら、いつでもぼくに連絡してもらってかまわないと必ず伝えてくれ。質問があれば、できるだけ回答すると。たしか、彼女たちの家には警報装置があるはずだが、もし使っていないなら今すぐ使うべきだな」

「その件はまかせてくれ」

「じゃあ、ネルを探しに行くとしよう」ジェイクが立ちあがった。「彼女がモーガンの直属の上司なんだよな。ネルにもこのことを説明したい」

「わかった。モーガンと話したら、なんて言われたか知らせるよ」

マイルズはひとりになったあともしばしロズウェルの写真を眺めていたが、やがて立ちあがった。まずは祖母だ。そのあとほかのみんなにも知らせよう。

「問題を抱えていると顔中に書いてあるわ」リディアがモーガンに告げた。「〈アプレ〉がらみの問題？」

「いいえ、個人的なことです」

「じゃあ、座って。話を聞かせてちょうだい」

「あなたもご存じですよね、以前――わたしが――」

「焦らなくていいわ」モーガンが口ごもると、リディアは言った。「これはあなたの友人を殺して、あなたになりすました詐欺師がらみの問題ね」

「ええ。その男が数日前に別の女性を殺害したと、担当捜査官が知らせに来ました」

みぞおちがきりきり痛むのに耐えながら、モーガンは一気に打ち明けた。

「その封筒に犯人の写真が入っているの？」

「はい」

「見せてちょうだい」

モーガンは手探りし、ようやく両手で写真を一枚取りだすと、立ちあがってデスク越しに手渡した。

「ミセス・ジェイムソン、もし〈ザ・リゾート〉や、スタッフやゲストやご家族をこの問題に巻きこみたくないと思われたとしても、そのお気持ちは理解できます」

「ハンサムね。でも、如才のないタイプに見えるわ。その手のタイプは昔から好みじゃないの」リディアは写真を置いて両手を組むと、モーガンを見あげた。「あなたがここで働きだしてから約一カ月になるわ」

「はい」

「あなたはのみこみが早い人だと思っているわ——それもあなたを雇った理由のひとつよ。でも、こんなことであなたを手放すほどジェイムソン家が弱腰で軽率だと思っているなら、あなたに対する認識を改めざるを得ないわ」

津波のように、感情やストレスや安堵感が一気にモーガンの胸に押し寄せた。わっと泣きだしてふたたび椅子に座り、両手で顔を覆った。

すばやいノックの音が一回響き、マイルズがぱっとドアを開けた。「おばあちゃん、ちょっと——うわっ、なんだ」

「この子にハンカチを貸してあげなさい」

「持っていない」

「だったら、なかに入ってドアを閉めて」

「ぼくは出直したほうが——」

「言うとおりにしなさい！」リディアは引き出しを開け、ティッシュの箱を取りだした。「彼女にティッシュを渡したら、水を持ってきてあげて。ぐずぐずしないで」

「ごめんなさい。わたしはただ——」

「思う存分泣けばいいわ。泣いて当然よ。あのろくでなしの殺人鬼がまたテネシー州の女性を殺したんだもの」

リディアはモーガンよりも理路整然とマイルズに詳細を語った。彼はすでに知っていたが、そのことは黙っていた。

「モーガンはこの件で解雇されるんじゃないかと思っていたの」

「だとしたら、彼女はまぬけだな」

「彼女はまぬけじゃない、ただ動揺しているだけよ。分別があれば誰だってそうだとわかるわ」

「申し訳ありません」モーガンは必死に平静を取り戻そうとしつつ、涙をふいた。

「申し訳ありません」

「なぜ謝る必要があるの？」

モーガンは涙で濡れた瞳をリディアに向けた。「わかりません。わたしにはわかりません。理解できればいいんですけど」またティッシュを引きだした。「すっかり取り乱してしまいました。それに関しては、謝罪してもかまわないですよね」

「ええ、許してあげる。ね、マイルズ」

「もちろんぼくも許すよ。ジェイクから――警察署長から」モーガンが知らないかもしれないと思い、マイルズはつけ加えた。「すでに話は聞いている。写真のコピーを作って、セキュリティー部門に配布するつもりだ。リザベーション部門やフロントデスク、レストラン、バーのマネージャーたちにも。おばあちゃん、モーガンに社用車を貸したほうがいい。彼女の運転している車ときたら、ひどいおんぼろなんだ。ここからナッシュ家にたどり着くあいだに、いつ故障してもおかしくない」

「このあと新車を購入する予定です。今日、行きます。断ろうとしたんですけど、祖母が聞き入れてくれなかったので」

「オリヴィア・ナッシュは分別のある女性よ。彼女の孫娘にも同じことを期待するわ。あなたはもうジェイムソン・ファミリーの一員なの。そしてわたしたちは、家族の面倒を見るわ。わかった？」

「はい。心から感謝します」

「今までどおり、しっかり働いてちょうだい。お礼はそれで充分よ。マイルズ、彼女を車まで送ってあげて」

モーガンは立ちあがった。「一生懸命働きます、そのうえで感謝します。ありがとうございました」

「こっちから行こう」

マイルズはモーガンを導き、オフィスをいくつか通り過ぎて、洗面所の前で立ち止まった。「なかに入って、顔をどうにかしてくるんだ」

「そんなにひどい？」

「ああ、かなり」

モーガンは洗面所に入り、マイルズが嘘をついていなかったことに気づくと、精いっぱい化粧直しをした。

「よくなったかしら?」洗面所を出たとたん尋ねた。

「まずまずだな。バーの閉店後は、毎晩セキュリティー部門のスタッフに車まで送らせる。きみたちの家には警報装置があるとジェイクが言っていたが、それをちゃんと使うべきだ。それから、またおんぼろ車を買ったりするなよ。きみに必要なのは、四輪駆動車か全輪駆動車だ」

ぶっきらぼうで、戯言は許さない口調だが、なぜか不思議と心が慰められた。「わかっているわ」

「これまでに車を購入したことは?」

「あるわ。以前はすてきなプリウスに乗っていたの。あの男に盗まれたけど」

「疲れて頭痛がするからって、定価で購入するんじゃないぞ」

モーガンは調子が悪く、ぼうっとして、まぬけになった気分だった。「疲れているし、たしかに頭痛もするわ」

「定価で購入したり、ついあれこれオプションをつけたりしないように」マイルズはモーガンが車のロックを解除するのを待った。

彼女は黙ってうなずき、車に乗りこんだ。

マイルズは車のドアを押さえ、彼女を見おろした。

「モーガン、自分に非があるときはきちんと責任を取れ、そうしないのはまぬけだ。だが、自分に非がないのに責任を取るのは愚かだ。今回の件に関しては、きみにはいっさい非がない。さあ、車を買いに行ってこい」マイルズはドアを閉めた。

マイルズは今回もポケットに両手を突っこんで、モーガンが走り去るのを見送った。それから、緊急の家族会議を予定すべくホテルへ戻った。

そのほうが時間の節約になる。

モーガンは車を購入した。ディーラーに足を踏み入れたときも、あとにしたときも、前回のような純然たる喜びは感じなかったものの、とにかく車を買った。それに、定価では購入しなかった。だが、それは自分の交渉能力というより、祖母がそのディーラーのお得意さまだったからだろう。

とにかく、これでまた冬がめぐってきても対応できるコンパクトなSUVの新車が手に入った。モーガンの価値観に合った経済的で環境に優しいハイブリッド車で、あえいだり咳きこんだり、がたがた音をたてたりしない。

営業担当者に憐《あわ》れみとしか言いようのないまなざしを向けられながら、ニーナの車を下取りに出せたのも、ありがたかった。

約束どおり、母と祖母は先に帰宅して待ちかまえていたらしく、モーガンが私道に車を停めると、そろって家から出てきた。

「まあ、なんてキュートなの！」オードリーは両手を叩いた。「きれいなブルーね」

「頑丈そうね」オリヴィアは承認するようにうなずき、車のまわりをまわった。「それに安全だわ」

「頑丈で安全、おまけにキュートだなんて、いい買い物をしたわね、モーガン」

「ハイブリッド車なの。わたしはあまり運転しないし、〈ザ・リゾート〉には充電スタンドがいくつか設置されているから合理的でしょう」

「すべての条件を満たしているわね」オードリーがモーガンの腰に腕をまわした。「すっかり疲れ果てているようね、ベイビー。なかに入りましょう、何か食べさせてあげる。おばあちゃんがお得意のスモークトマトスープを作ってくれたの。わたしはそれに合うグリルドチーズ・サンドイッチを作るわ」

「最高ね、ありがとう」家に入ると、モーガンがする前にオードリーが娘のコートをつるした。「ジェイムソン一家はわたしをクビにしたり、辞めてほしいと頼んだりしなかったわ」

「当然ね。紅茶も飲む？　ケトルを火にかけてもらえる、お母さん？」

「強いお酒でも飲めば血色もよくなるだろうけど、今は紅茶にしましょう。さあ、座って、モーガン。よく乗りきったわね、乗りきること自体が重要なのよ」

モーガンはカウンターに座り、指先をまぶたに押し当てた。「わたし、泣いてしまったの。よりによってミセス・ジェイムソンのオフィスで、こらえきれずに感情が爆発してしまった」

ケトルを置いてガスコンロの火をつけると、オリヴィアは振り向いた。「リディアがオフィスで涙を目にしたのは、初めてじゃないはずよ」

「そのあとマイルズが入ってきたときも、わたしは号泣していたの。彼にまぬけだと言われたわ」

スライスしたサワードウブレッドにバターを塗っていたオードリーが手を止め、怒った目つきになった。「泣いていたから?」

「いいえ、そうじゃなくて、わたしが解雇されると思っていたからよ。そのうち自分でもまぬけに思えてきて、ほっとしたわ。ふたりともとても優しかった。いたって冷静で優しかったから、それでますます自分がまぬけに思えてほっとしたの」

モーガンは両手をおろした。「マイルズはわたしの車がおんぼろだから、社用車を貸したほうがいいとまで言ってくれたのよ」

「まあ、おんぼろっていうのは事実ね」オードリーはパンにチェダーチーズをたっぷりのせた。「ニーナや、彼女のご家族を悪く言うつもりはないけど」

「ニーナもあれがおんぼろだとわかっていたわ。ふたりに、おばあちゃんから今日中に新車を購入するよう命じられたと伝えたら、ミセス・ジェイムソンがわたしを車まで送るようマイルズに告げたの。彼にひどい状態だから化粧直しするように言われて見ると、たしかにかなりひどかったわ、号泣したあとだったから。それからマイルズに〝車を定価で購入するな〟と何度も釘を刺されたわ」

「それが男性ってものよ」オリヴィアがモーガンの前に紅茶を置いた。「女性にはいい取引を行える頭脳がないと思いこんでいるのね」

「どちらかというと、わたしの見た目がひどかったからそう言ったんだと思うわ。玄関ドアを開けてFBI捜査官を目にした瞬間から、頭にかすみがかかっていたから。きっとそれが顔に出ていたのね」

疲労困憊し、モーガンはまぶたをこすった。「わたしがしくじらないように、マイルズがついてきて営業担当者と交渉するんじゃないかと思ったわ。でも彼は、自分に非があるときに責任を取るのはまぬけじゃない証拠だけど、自分に非がないのに責任を取るのは愚かだと言ったの。たしか、そんなようなことを」

「それで、あなたはへまをしたの？」フライパンで焼かれたサンドイッチが音をたてるなか、オリヴィアが尋ねた。

「していないと思うわ」

「あなたはあの怪物がしたことに責任がある？」

「いいえ」

「じゃあ、〝でも〟なんて言わないで。答えはノーなんだから」

あまりにも疲れすぎて反論できず、モーガンはうなずいた。「書類は全部、車のなかよ。下取り額を差し引いた合計金額もそこに書いてある」

「話しあうのは明日でいいわ」オリヴィアがボウルにスープをよそい、オードリーはフライパンのサンドイッチを裏返した。「返済スケジュールだけど、初回は五月十五日に払ってもらえばいいわ。その後は毎月十五日に」

「了解。あの車は安全のための機能がいろいろ備わっているの」

「それにキュートよ」オードリーはサンドイッチを皿にのせて斜めにカットし、スープの脇に置くと、布のテーブルナプキンを添えた。

「たしかにキュートよね。この頭のかすみが晴れたら、すごく気に入るはずよ」モーガンはスープをすくい、あたたかい液体が喉を滑り落ち、疲れきった体に染み渡るのを感じた。「ああ、すごくおいしい」吐息をもらし、グリルドチーズ・サンドイッチをひと口食べた。「絶品だわ」

オードリーが娘の髪を撫でると、モーガンは母親の肩に顔を埋《うず》めた。

「大丈夫よ、ベイビー」オードリーは娘の頭越しに母親と目を合わせた。「何もかもうまくいくから」

12

ジェイムソン一家は小会議室のテーブルを囲んだ。なかなかスケジュールが合わず、一同が集まれたときには七時近くなっていたので、マイルズはルームサービスでサンドイッチとサイドディッシュのサラダを注文した。今回は呼びだした彼が上座についた。

「事件を担当する捜査官と話したから、みんなに送ったメール内容を更新するよ。モーガンを雇う前に把握していた事実や、今日の午後、彼女がおばあちゃんに語ったことにつけ加えるべき情報はほとんどなかった。FBIは、ギャヴィン・ロズウェルが十人の女性の殺害に関与していると考えているらしい。そのなかには数日前に殺されたテネシー州の被害者も含まれる」

「十人も」ミックがつぶやいた。「なんてことだ」

「十三年のあいだの犯行だ。FBIのプロファイリングの結果、サイコパス、悪質なナルシスト、罪悪感や悔恨の念を抱くことができない社会病質者という特徴があげられている。ジェイクは、それに加えてサディスティックで強欲だと言っていたが、彼は間違っていないと思う」

「この男は被害者を経済的に破綻させているわ」ネルはマイルズが配ったロズウェルの写真をじっと見つめた。「そのうえで殺害している。そうね、わたしもジェイクの解釈は間違っていないと思うわ」

「ロズウェルが狙うのは――」マイルズは話を続けた。「というか、この四年間で特にターゲットにしてきたのは、細身でブロンド、独身、中性的な名前で、自宅や車やトラックを所有する女性だ。プロファイリングによれば、彼女たちはロズウェルの母親を象徴しているらしい。ちなみに、その母親が十人のうち一番最初の被害者だ」

「こいつは自分の母親を殺したのか？」ショックと嫌悪感に、リアムがぱっとサンドイッチを皿に戻した。「信じられない」

「ロズウェルの父親は日常的に母親を虐待した挙げ句、姿をくらましているわ――自宅を担保に借金をし、銀行預金を全額引きだし、母親の車を奪って」ネルが語った。「わたしもジェイクから少し話を聞いたの。つまり、ロズウェルは父親役を演じ、被害者の女性たちを利用して何度も母親を罰してるのよ」

「ロズウェルは頭が切れるうえに、極めて腕の立つハッカーだ」マイルズがつけ加えた。「相手に好印象を与え、ターゲットに合わせてさまざまな風貌や人格を使い分ける。ＦＢＩによれば、ロズウェルはターゲットを選ぶ前に綿密なリサーチを行う一方、被害者の生活に入りこんで、なりすまし詐欺によって全財産を奪い、殺害するまで、たいてい二週間から四週間しかかけないらしい」

「つまり、被害者を経済的に破綻させるだけでは満足できないわけだな」法廷用のスーツ姿のまま、ローリーが報告書にじっと目を通した。「まず被害者を破滅させて、金を手に入れる――この男のライフスタイルを支えてくれる金を。さらに、相手の信頼を裏切るだけでは飽き足らず、女性たちを絞め殺すなんて――極めて私的な犯行だな」

「でも、彼はモーガンを手にかけなかった」ドレアが締めくくった。

「だが、彼女の友人は殺しただろう」リアムが指摘した。

「だけどモーガンじゃないわ。彼が時間と労力を費やしたのはモーガンよ」

「そのとおり」マイルズは母親に向かってうなずいた。「捜査官の知るかぎり、彼女は唯一の生存者らしい」

「そして、ナルシストは失敗しない」ネルはサラダをつついた。「というより、失敗しても認めることができない。だから、ロケットペンダントを使った。それを現場に残すことでモーガンをもてあそび、知らしめたのよ、失敗を成功で塗り替えるつもりだと。自分の好きなタイミングでそうすると」

「ＦＢＩとジェイクも、その解釈に同意するだろう。そして、ぼくは――」マイルズは言い添えた。「こちらもできるかぎり彼らに協力することにした。セキュリティー部門にはロズウェルの写真を渡し、重要な情報もすべて共有する。残りの全部門のマネージャーも同様だ。それから客室サービス、ドアマン、駐車係、バトラーといったスタッフも含める。バーの閉店後は、セキュリティーチームの誰かがモーガンを車まで送り、彼女には正面のゲスト用駐車場に駐車してもらうつもりだ」

「そのほうがいい」ミックも同意した。「従業員用駐車場にも防犯灯は設置してあるが、ゲスト用駐車場なら正面玄関から見える」

「モーガンの携帯電話の短縮ダイヤルにセキュリティー部門の番号を登録する」

「モーガンはひとりで〈アプレ〉の店じまいをすることが多いわ」ネルが言った。「誰か一緒にいてもらったほうがいいわよね」

「いい指摘だわ」ドレアはタブレットにメモを取り続けた。「誰かがそばにいたら、さすがの狂人もモーガンを襲撃しようとは思わないでしょう。いろいろな特徴があるけれど、ロズウェルは臆病者でもあるようだから」

「モーガンのシフトを日勤にすることも可能よ。彼女のせっかくのスキルが無駄にはなるけど、シフトの変更はできるわ」

「きっと彼女がいやがるだろう」マイルズは妹に向かってかぶりを振った。「ぼくもそれは検討したが、モーガンに反発される可能性が高いうえ、人は夜のほうが用心深くなるものだ。彼女は軽率じゃないし、危険を冒すタイプには見えない」

「モーガンは分別のある女性よ」リディアが初めて口を開いた。「わたしたちはゲストやスタッフの安全を確保するための方針や制度をすでに実施しているわ。それをさらに強化して、今回の状況に対応しましょう。それに関して、みんなの意見は満場一致かしら？」

「ああ、もちろんだ」ミックは妻の手をぽんと叩いた。「モーガンは〈ザ・リゾート〉ファミリーの一員だし、われわれは家族の面倒を見る。それに、もうひとつつけ加えると、個人的にバーテンダーとしての彼女を買っている。彼女は立ちふるまいがなめらかだ。ラベンダーとテキーラを組みあわせるなんて理解できないが、彼女は動きがよどみない」

「ラベンダー・マルガリータね。今こそ飲みたい気分だわ」

「会議が終わったらおごってあげようか？」

ドレアは夫に微笑んだ。「いいわね」

「今、わかっていることは以上だ。担当捜査官やジェイクとは今後も連絡を取りあいながら、状況に応じて自分たちの仕事を調整しよう。ネル、モーガンに駐車場の件をメールしておいてくれるか？」

「ええ、いいわ。この件について少し話すために、明日は三十分早く出勤するよう頼むつもりよ。それに、なぜわたしじゃなくおばあちゃんのところへ行ったのかも知りたいし」

「彼女は解雇されると思ったのよ」

リアムは目を丸くして祖母を見た。「信じられない。彼女がそんなばかなことを考えるなんて」

「今はもうちゃんとわかっているよ」マイルズが言った。

「だとしても。とにかく、明日の朝アドベンチャー部門のマネージャーたちと話すから、そっちはまかせてくれ。これで会議終了なら、ぼくは失礼するよ。デートの約束があるんだ」

「リアム・ジェイムソンがデートだなんて」姉がショックを受けたふりをする。「マスコミに知らせないと！」

「姉さんはただ妬《ねた》んでるだけだろう」

「ちょっぴりね」

リアムは立ちあがって姉を小突いた。「選《え》り好みさえしなければ、姉さんだってデートできるのに」

「あなたはもっと人を見る目が肥えていれば、デートの数が減るでしょうね」

「そうかもね。でも、そうなったらひとりで映画鑑賞に行くことになるな。じゃあ、みんなおやすみ」

「やれやれ、あれでもうすぐ二十五歳か」ミックがため息をついた。

「あなたは二十五歳のとき、すでにわたしと婚約していたわね」

彼はリディアの手をつかんで、キスをした。「そのとおりだ。お酒をおごってあげようか、マイ・ダーリン？」

「そうしてもらえる？」

「マイルズ、ネル、第一、第二世代と酒を飲みに行かないか？」

「そうしたいところだが、たまった仕事を片づけないといけないんだ」マイルズは書類をかき集めた。

「わたしはつきあうわ」ネルがこたえた。「ちょっと遅れて合流するわね」

ふたりきりになると、マイルズは妹を見た。「なんだ？」

「ロズウェルはここに現れると思う？」

「あの男がモーガンを狙うなら、ここより彼女の家や通勤途中で狙う可能性のほうがはるかに高いんじゃないか」

「同感よ。その場合、わたしたちにできることは何もないわ。でも、ここでなら防犯対策を講じることができる」ネルは立ちあがってブリーフケースを肩からさげた。

「わたしはモーガンを気に入っているの」

「彼女は人に好かれるタイプだ」マイルズは手つかずだったサンドイッチをテーブルナプキンでくるんだ。

「そのナプキンはちゃんと返してね」

「わかったよ。仕事は自宅で片づける」

「ルームサービスに連絡して片づけてもらうわ」

「半分残ったサンドイッチを持ち帰らないのか?」

「ええ、おじいちゃんにバーの料理をごちそうしてもらうから」

彼はもう一枚テーブルナプキンをつかみ、妹が手をつけなかったサンドイッチの半分をくるんだ。「ぼくが両方持って帰るよ。ネル、みんなが帰るときに一緒に店を出るんだぞ」

「わたしはロズウェルのタイプじゃないわ」ネルはブラウンの髪を引っ張った。

「いいから、ひとりで車まで歩くようなまねはしないでくれ。頼む」

「わかった、兄さんの頼みなら聞いてあげる」

マイルズは満足し、妹とともに小会議室を出ると、途中で別れて帰途に就いた。

初めて新車で出勤する日、モーガンはかすかな喜びを感じていた。新車は走りがとてもなめらかで、ほとんど音はたてないし、とてもいいにおいがした。カーナビも大いに気に入り、暇を見つけたら真っ先に自宅と職場と〈クラフティ・アーツ〉を登録しようと心に決めた。

おもしろ半分で。

ゲスト用駐車場の使用を命じられたのはうれしくなかったものの、反論せずにしたがった。ジェイムソン家は、そんなことをする必要などないのに、全面的にサポートしてくれるという。モーガンにできるせめてものことは、文句を言わずに指示にしたがうことくらいだ。

ホテルに入って手を振ったとき、ドアマンの目にある感情がよぎった。噂が広まったようだ。それに対しても不満はもらさず、注目の的になって気分が悪くても気にせず仕事をするつもりだ。

ネルのオフィスへ向かう途中、さらに注目を浴びても、それはいたって当然のことだと自分に言い聞かせた。みんな心配しているか、興味津々なのだろう、あるいはその両方かもしれない。

オフィスのドアは開け放たれていた。エネルギーに満ちあふれたネルが、部屋のなかを歩きまわりながらヘッドセットで話している。今日は髪を結いあげ、ブラウンのパンツにVネックのノースリーブシャツというでたちだ。クリーム色のレザージャケットがデスクの椅子の背にかけられていた。

「細部にいたるまで、すべて完璧にご用意しています。ええ、ホスピタリティ部門のスタッフがご要望のお品を午後二時に新婦さまの控え室に、午後二時半に新郎さまの控え室にお届けいたします」

ネルはぱっとモーガンのほうを向くと、その目をぐるりとまわし、椅子を指した。

「母とは今朝話したばかりです。母はテーブルセッティングに必要なものをすべてそろえています。ええ、プチギフトも。それに関して、わざわざ母にご確認いただく必要はございません。美しいウエディングになりますよ、ミセス・フィスク。わたしたちにすべておまかせください。ええ、わたしたちも楽しみにしております。では、土曜日に」

ネルは電話を切ると、椅子にすとんと座った。「新婦の母親よ」

「そうだろうなと思いました」

「彼女が今日の営業時間内にまたわたしか母か、その両方に電話してくるほうに百万ドル賭けるわ」

「たとえ百万ドルを持っていたとしても、その賭けには乗りません。それに、あなたの仕事の代わりも務まりません」

「よかった。実は、けっこうこの仕事が気に入っているの。頭がどうかしているのかもしれないけど、好きなのよ。それはそうと、ありとあらゆる防犯対策を講じたと、あなたに伝えておくわ」

「ありがとうございます、心から感謝します。時間や労力の面でさらに負担をおかけしたと思います」

「どちらもほぼ変わりないわ。うちは、もともと防犯体制がしっかり整っているから。ただ、今は特定の状況を想定しているだけ。ひとつききたいんだけど、なぜこういう事態になったときに、わたしのところへ来なかったの、モーガン？　わたしが祖母ほど同情的でも協力的でもないと思った？」

「いいえ、とんでもない。そうじゃありません。わたしが来たとき、あなたは土曜日のウエディングのミーティング中でした」

「ああ、またしてもミセス・フィスクね」ネルは髪に指を差し入れた。「あの時間に来ていたなんて気づかなかったわ。そうでなければ、わたしのところに来た？」

「ええ」

即答したモーガンに、ネルはうなずいた。「だったらいいわ。何かあれば、わたしのところに来てほしいと伝えたかったの。本当よ」ネルは念押しした。「ただ悩みを打ち明けるためでもかまわないわ。もしわたしがあなたの立場だったら、正直途方に暮れるでしょうね。そんな状況に対処できるかもわからない」

「きっとあなたなら上司たちの前で泣き崩れたりしないはずです」

「上司たち？」

「感情のダムが決壊した直後、マイルズが入ってきたんです」

ネルは思わず頬をゆるめ、脚を伸ばした。「あなたのことで笑っているんじゃないの、兄の反応が頭に浮かんだのよ。たぶん、〝うわっ〟とか口走ったんじゃない？」

「ええ、たしかにそのようなことを言っていました。わたしはあのとき思いきりぶちまけたので、もう大丈夫です」

「本当に？」

「そうでなければ、どうするんです？　わたしは生きて、働かなければなりません。実家の警報装置も使い始めました。車を動かす前には必ずガソリンメーターとタイヤの空気圧を確認し、車は停めたらロックして、それでも乗る前に後部座席を確認するようにしています。アドバイスにしたがって防犯ブザーも注文しました。それと、護身術のコースを探すつもりです」

「最後の件に関しては、探す必要はないわ」

「まさか、あなたが？」

「いいえ、でも……わたしが自分で自分の身を守れないタイプに見える？」ネルは右腕を曲げ、筋肉を収縮させた。

「以前なら〝イエス〟と答えたでしょうね。でも、今は〝わお〟のひと言です」

「筋肉がついたのはジェンのおかげよ。わたしのパーソナルトレーナーで、フィットネスセンターのマネージャーなの。〈ザ・リゾート〉の福利厚生には、フィットネスセンターの利用も含まれるわ。あなたはパーソナルトレーニングを割引価格で利用できるし、ジェンは毎シーズン、ウェストリッジ高校のジムで三カ月間の護身術コースを教えているの。春のコースはつい先日始まってしまったけど、ぜひジェンに会いにフィットネスセンターへ行ってみるといいわ」

ネルは腕時計に目をやった。「まだ二十五分あるから、今すぐ会いに行って」

「今からですか？」

「ためらう理由なんかないじゃない。彼女にメールして、あなたが今から行くと伝えておくわ」

上司に口答えするべきではないと、モーガンは自分に言い聞かせ、小走りでフィットネスセンターへ向かった。

十五分足らずで、翌日の初回トレーニングの予約が完了した。

ヨガパンツならある。ちゃんとヨガをやったことはないけれど、ヨガパンツはある。スポーツはしないが、スポーツブラも持っている。とりあえず、それで充分だろう。週に一度ならトレーニングを予定に組みこめそうだし、護身術のスキルが多少身につくまでそれを続けるだけだ。

社員割引のおかげで、レッスン代はモーガンの切り詰めた予算内におさまった。そのうえ、ジェンは——恐ろしいほど健康そうな女性は——ニックの妹だと判明した。きっとジェンとも親しくなり、気軽なトレーニングになるだろう。

モーガンは指示されたとおり、レッスンの十五分前に到着し、体をあたためるためにトレッドミルか、クロストレーナーか、フィットネスバイクを選ぶことにした。自転車は好きだが、フィットネスバイクは変なふうに傾斜しているし、クロストレーナーは複雑そうだ。ウォーキングがもっとも無難な選択肢だろう。

彼女以外にも数人が点々と散らばって、恐ろしげなマシンを使ったり、ウェイトトレーニングを行ったり、マットで痛そうなストレッチをしたりしていた。

モーガンはトレッドミルに乗って、ざっと使い方を確認すると、中程度の傾斜とスピードに設定し、十五分間歩き始めた。音楽をイヤフォンで聴きながら歩いていると、正しいことをしている気分になった。

窓の外に広がる起伏に富んだ地形を見渡しているとき、春を迎えて目覚めようとしている低木や、勇敢にもかたい蕾をつけたラッパ水仙やチューリップが目に留まった。

心地いい。これならできるし、むしろ楽しめそうだ。ルーティーンが確立すると、平日に自転車を漕いでいた日々が懐かしくなった。もちろんこれは同じじゃない、きびきび歩いているだけで同じ場所にとどまっているのだから。夏までに状態のいい中古自転車を見つけて、坂道を走ってみよう。ときどき街まで自転車で出かけてもいい。引っ越し前に比べ、今のほうが時間にゆとりがある。ただ、検討していたパートタイムの副業は無理だった。必要に応じて〈アプレ〉の日勤に入ったり、母と祖母に頼まれてカフェを手伝ったりすることができなくなるからだ。

それでも、自動車ローンの返済をしながらでも、ふたたび少しずつ貯金できるようになった。

まずは半年だ。半年経ったら、また長期的な目標を立て始めよう。

難なくあっという間に十五分が過ぎたことに、モーガンは驚いた。頭のなかで頑張った自分をねぎらうと、トレッドミルからおりた。

引きしまった体に赤いフィットネス用タンクトップと赤と黒の渦巻き模様のタイツを身につけたジェンを目にしたとたん、古びた黒いヨガパンツをはいた自分がみすぼらしく、不健康に思えた。

ジェンはウェイトトレーニングエリアの一画にたたずみ、ダンベルカールを行っている男性に話しかけていた。モーガンの目はたくましく長い脚から黒いジム用ショートパンツ、汗染みができているグレーのタンクトップ、筋骨隆々の体をたどったのち、顔に目を凝らした。

どうして世の中には、汗をかくだけでとびきりセクシーに見える人がいるのだろう。そんな考えが真っ先に浮かび、びくりとした。

まさかマイルズがあんな体をしているなんて。

おまけに、こっちが古いヨガパンツに伸びきったスポーツブラと年代物のＴシャツという格好のときに、なぜ彼はジムで汗を流しているの？

あそこに行くのは論外なので、自分が何をすべきかわかっているふりをしようと周囲を見まわした。

大半のマシンは拷問道具のようだという結論に達したとき、ジェンに呼びかけられた。

「モーガン！」ジェンが片手をあげ、手招きをする。

仕方ない。モーガンはふたりのもとへと歩きだした。マイルズはダンベルをもう片方の手に持ち替え、ダンベルカールを続けている。

「ごめんなさい、マイルズにちょっと質問があったから」

「大丈夫です。気にしないでください」

「十五分のウォームアップはやった？」

「ええ」

「距離は？」

「距離? ええと、一キロ半くらいかしら」

「次回はもう少し距離を増やしましょう。さあ、始めるわよ。ありがとう、マイルズ」

「ああ」彼はダンベルカールを続けた。

「ジムが混みあっているときは、この部屋をフィジカルトレーニングに使うの。それか、ヨガのプライベートレッスンに」

その小部屋は一方の壁が鏡張りで、バランスボールやメディシン・ボール(筋力トレーニング用の重いボール)、エクササイズバンド、マットの収納棚があった。隅のラックにはフリーウエイトが置かれている。

「もし襲撃されたら、あなたならどうする?」

「顔を殴るとか?」

「喉のほうがいいわ」

「本当に?」

「でも、実際に巨漢のろくでなしが襲ってきたとき、あなたはとっさにどんな行動を取る?」

モーガンは肩をすくめた。「悲鳴をあげて逃げるわ」

「そのとおり。悲鳴をあげて逃げられるなら、悲鳴をあげて逃げて。それができなければ、隠れてちょうだい。状況によって、そのいずれかが最善の対応になるわ。どちらもできないときは戦うしかないけれど」

モーガンは片方の手で拳を作った。「喉を殴るのよね」

ジェンはひらりと移動して、背後からモーガンをつかんだ。「どうやって？　あなたには拳を使うゆとりがないわ」

「やっぱり悲鳴をあげるとか？」

「できるだけ大声をあげて、同時に自分の身も守ってちょうだい。基本のＳＩＮＧから始めるわね」

「それなら聞いたことがある」

「みぞおち《ソーラー・プレクサス》」ジェンがモーガンのみぞおちを突いた。「足の甲《インステップ》」さらに続ける。「鼻《ノーズ》、睾丸《ゴウナッズ》――上流社会では〝股間《グロイン》〟と呼んでいるけど。背後から近づいてわたしに腕をまわして、鏡で動きを確認して。あなたにけがはさせないから」

モーガンがジェンに両腕を巻きつけると、相手は前屈《まえかが》みになった。「体重を前に移動すると、ゆとりが生まれるわ。いい？」みぞおちをジェンの肘で軽く突かれた。

「肘は最強の武器なの。拳よりも強力だからぜひ使ってみて、それも本気で。目的は襲撃者を痛めつけることだけじゃなく、相手の手をゆるませ、ゆとりを生むことよ。足の甲は急所だから、思いきり踏みつけて」ジェンがモーガンの足の甲にそっと踵をおろす。「この二箇所を攻撃されたら、たいていの相手は手をゆるめるから、あなたは体の向きを変えられるようになるわ。そして、これよ」

ジェンは片手をあげ、手の付け根を突きだし、反対の手の付け根とぶつけた。「鼻孔から上に向かって、力をこめて一気に突きあげたら、さっと飛び退《の》いて。続いて、かたく尖《とが》った膝で睾丸《こうがん》を蹴りあげるの。こんなふうに。肘、踵、手の付け根、膝。どこも強くてかたい部分よ。だから相手にダメージを与えられる」

「そうすれば、悲鳴をあげて逃げられる」

「そのとおりよ、もしその選択肢があればね。じゃあ、この四つのステップから始めましょう」

まるでダンスのようで爽快だった。アクション映画みたいだ。

「いいわね、その調子よ。考える必要はないわ、ただSINGを攻撃して。来週はパッド入りのボディスーツを着たボランティアを用意しましょう。本気でぶっ飛ばせるわよ」

「やってみたいわ。まさか、このわたしが誰かを殴りたいと思う日が来るなんて」

「でも、壁に背中を押しつけられたらどうする?」ジェンはモーガンを壁に押しやり、ぎゅっと押しつけた。「そして、首に両手を巻きつけられたら?」

ジェンは両手を持ちあげたが、ぱっとおろして後ろにさがった。「ごめんなさい。

何も考えていなくて」

「大丈夫よ。あなたも警戒するように言われたんでしょう。わたしがここに来たのもそのためよ。だから、教えて」

「壁に押しつけられて、膝を蹴りあげることも肘を曲げることもできないとしたら、ほとんどの人は気道をふさぐ両手をとっさに引っかこうとする。だけど、そんなことはしなくていい。この状況下で襲撃者の急所はどこ？　目よ。目を狙うの。どの指でもいいけれど、親指が一番ね。相手の後頭部まで押しだすつもりで、親指で眼球を突いて」

「〝うえっ〟って言ってもいい？」

「ええ、逃げきったあとでなら。親指で目を潰された襲撃者は、一千個の太陽に焼かれたような激痛を味わい、手をゆるめるわ。もしあなたがこんなふうにまっすぐ立っていたら、睾丸に思いきり膝蹴りを食らわせ、みぞおちを肘で突いて。もしパンチもできそうだったら――」

ジェンはモーガンの片手をつかんで拳を握らせ、自分の喉へ導いた。「ここか、ここを狙って」次にモーガンの拳を自分の鼻に引き寄せた。「拳でも手の付け根でもいいから、すばやく攻撃してさっと飛び退くの。さあ、それもやってみましょう」

ふたりは五、六回練習を繰り返した。

「よくやったわ、上出来よ」ジェンはモーガンの肩を親しげに軽くパンチした。「のみこみが早いわね」

「まだ考えないと動けないし、あなたがわたしに危害を加えないとわかっているから、パニックに陥ることもないのよ」

「護身術は本能的に動けるようにならないとだめなの。パニックに陥っても本能は働くから。わたしを信じて。わたしも同じような目に遭ったことがあるの」

「それは大変だったわね」

「いつかラベンダー・マルガリータとやらを飲みながら、お互いの苦労話を語りあいましょう。でも、まだ二十分残っているわ。別のことに注意を向けましょう。健康維持のための運動習慣があるかどうか尋ねたとき、あなたは何もやっていないと認めたわね。以前は天気がいい日に一日十六キロ、自転車を漕いでたんでしょう。だから、脚力が強いのね」

「引っ越したときに自転車は売ってしまったけど、夏までにはまた手に入れようと思っているわ」

「いいことよ。サイクリングが好きなら、ぜひそうして。それまでは」ジェンは微笑みながらモーガンの二頭筋をぎゅっと握った。「上半身を鍛えて強化しましょう」

ジェンがフリーウェイトのラックに近づくのを見て、モーガンは身を守るように両腕を交差させた。「本当に？」

「女性を襲撃する男の多くは、女性を弱い被害者と見なしているわ。あなたよりも強く大柄な襲撃者に対して使える手段や、防御の仕方について説明したけど、だからといってあなた自身がもっと強くなれないわけじゃない。あなたが強くなれば、そういう手段や防御がもっと効力を発揮するわ」

ジェンはフリーウェイトをふたつ持ってくると、モーガンに手渡してまた微笑んだ。

「さあ、あなたをもっと強く鍛えるとしましょう」

それから二十分間、モーガンはダンベルを持って腕を曲げたり伸ばしたり、仰向けになって持ちあげたりするだけでなく、呼吸法や立ち方——どちらもすでに知っていると思っていたが——筋肉が燃えるように熱くなるまでストレッチする方法を学んだ。

「いいわ、上出来よ。ちゃんと汗もかいたわね」

「ええ、そうみたい」

「じゃあ、来週も同じ時刻に。次回までに、手始めに週三回は来てちょうだい」

抗議の声をあげる腕をさすりながら、モーガンはしょげそうになるのをぐっとこらえた。「この部屋に来るの？」

「週二日は個室じゃない場所で。有酸素運動を十五分、一キロ半かそれ以上になるように増やして。上半身のトレーニングを十五分、下半身を十五分、コアトレーニングを――手始めに五分、ストレッチを十分。もしわたしが見当たらなければ、ケンかアディに下半身トレーニングやコアトレーニングのお手本を見せてもらって」

「必ずしも毎回一時間も行えるとは限らない――」

「とりあえず、週に三時間よ。やる気を出して時間を作ってちょうだい。運動しない日もはさみながら」ジェンはモーガンにミネラルウォーターのボトルを手渡した。

「水分補給をしてね。じゃあ、また明後日」

「ありがとう、と言うべきかしら」

ジェンは笑って部屋をあとにした。

水をがぶ飲みしたあと、モーガンは鏡に向き直って筋肉を収縮させた。痛みが走り、二頭筋をさすった。「週三日？　週三日やれば、弱くなるのよね」

わかったわ、やってみる。とりあえず一カ月。一カ月だけ。

モーガンはその場をあとにしかけて立ち止まり、ふたたび鏡のほうを向いた。

「週三日、一カ月もこんなものは着られない。どう見てもまぬけだもの」

〈アウトフィッターズ〉に行こう。割引価格で購入すれば、それほど高くつかないはずだ。いや、きっと高くつくだろうと思いながら部屋を出ると、人々がダンベルを持ちあげ、汗をかき、走っていた――自らの意志で。

一カ月だけだと自分自身に約束し、まぬけに見えないように購入するトレーニングウェアは、自分の強さや健康や自尊心に対する投資だと考えることにした。

それにしても、割引されても高かったし、想像以上に大きい買い物になった。

その日の夕方に出勤したとき、モーガンは腕が筋肉痛でお尻も痛かった——忌々しいスクワットリフトのせいだ。脚も筋肉痛で、もう長いこと一キロ半も早歩きしていなかったことを痛感した。

ニックが彼女を見て満面の笑みを浮かべた。「きみはよくやったと、ジェンが言っていたよ」

「あなたの妹さんはモンスターよ」

「ああ、みんなにそう言われる。ちょっと痛むかい？」

「あなたはどう思う？」テーブルやボックス席にさっと目を走らせてから、バックヤードに移動して、そちらもチェックした。

「そのうち慣れるさ」ニックはバックヤードから出てきたモーガンに言った。

「あんなことに慣れるとは思えないけど」

「それはそうと……今日のハッピーアワーは盛況だった。スペシャルカクテルも好調だったよ」

「そう聞いてうれしいわ。カウンターの端の男性客に声をかけたら、あがってちょうだい。注文はわたしが受けるから」

「了解。今日は母に赤ん坊を預けて、夫婦で映画を観に行く予定なんだ。娘のことは心から愛しているけど、ぼくのスウィートハートと出かけられるのは最高だよ」

ニックはカウンターの客のために生ビールをジョッキに注ぎ、その隣に白ワインのグラスを置いた。「彼は奥さんを待っていて、つけ払いで飲んでる。部屋は305号室だ。じゃあ、ぼくは帰るよ」

「楽しんでね」

モーガンはグラスに酒を注ぎ、ジョッキにビールを注ぎ、カウンターをふき、給仕し、薄れることのない悲しみを忘れかけた。

完全に忘れることはできないけれど。

真夜中近くなったころ、マイルズがスツールに腰かけた。

モーガンは彼の前にカベルネのグラスを置いた。「いつもいらっしゃる晩じゃないですね」

「ぼくはいつも決まった晩に来ると？」

「金曜日の晩です」

マイルズが肩をすくめた。「ちょっと仕事があったんだ。ところで、今まできみをジムで見かけたことはなかったが」モーガンがその場に彼とグラスを残して遠ざかろうとした矢先、彼が言った。

「今日が初めてです。あのジムに行くのも、スポーツジムに行くこと自体も」

まるでパズルを解こうとするかのように、琥珀色の目でモーガンをじっと見つめた。

「きみは一度もジムに行ったことがなかったのか？　ただの一度も？」

「スポーツジム以外に優先事項がいろいろとあったので」

「じゃあ、自宅でエクササイズ動画を見ているのか？」

「いいえ」どうして羞恥心に駆られるのかしら？　「みんながみんな、そういうことをするわけじゃないし……わたしたちのなかには……。でも、自転車に乗っていました。昼の仕事へ行くときはたいてい自転車で通っていたんです」

「なるほど」だが、彼は携帯電話を手に取らずに、ワイングラスをつかんだ。「それ以外は？」

「わたしは自転車に乗っていました」彼女は繰り返した。「往復約十六キロの道のりでした。あとは、その他もろもろ」

「その他もろもろっていうのは？」

「ええと……ごく普通のことです」

マイルズの目に笑みが浮かんだ。モーガンがその表情を目にするのは初めてだった。

そのまま微笑んでいてほしいと願ったが、すぐにいらだちへと変わった。

「ジェンに鍛えられたのか？」

「護身術のレッスンのはずだったし、最初はそうでした。それが〝このフリーウェイトを持って。あと五回繰り返して〟に変わって」

「そのせいで筋肉痛なのか？」

「ええ、そうなんです。あの拷問部屋に週三日は通わないとだめだと、ジェンに言われました。もし行かなかったら、彼女はわたしを見つけだして報いを受けさせるんじゃないかしら」

「きみはジムに行く、でもそれはジェンに怯えているからじゃない」

「ほかにどんな理由があるんですか？」

「きみはすぐにあきらめるタイプじゃないからだ」

その言葉をどう受け取ればいいかわからず、モーガンはカウンターを移動して注文に応じた。ちらりと振り返ると、マイルズは親指で忙しそうにメールを打っていたので、邪魔しないことにした。

ラストオーダーの時刻になり、モーガンは炭酸抜きの水のグラスをカウンターに置いた。「もしかしてバーにいるのは、わたしを見張るため？」

「仕事があったし、カベルネも飲みたかった」

「ゆうべ閉店時刻にセキュリティー部門のルーがやってきて、わたしの仕事が終わるまで一緒にいてくれました。あなたもそれと同じことをしているんですか？」

「ぼくはこのグラスを飲み干し、今日の仕事を終えようとしている。ただ、ちょうどここにいるから、きみが店の戸締まりをしたら車まで送るよ」

「わたしにはそこまでの価値がないと、いつかあなたのご家族に見切りをつけられるんじゃないかと不安だわ」

マイルズは携帯電話を置いた。「第一に、ぼくたちはそんなことはしない。第二に、自分にそこまでの価値がないと思うなら、きみは自尊心を高めるべきだ」

「今日、ジムでまさに自尊心を高めたと思ったのに、ちょっとがっかりね」

「きみなら乗り越えられるさ。最後のテーブルの客が帰ろうとしているぞ」

「ええ、わたしも気づきました」

マイルズはモーガンとともに外へ出ると、彼女の車のまわりをぐるりとまわった。

「飛躍的な改善だな」

「でしょう。乗りこむ前に後部座席を確認し、ガソリンメーターとタイヤの空気圧もチェックしています。この車は空気圧が低くなると知らせてくれるんですよ。どうしたらそんなことができるのかわからないけれど、そうなんです」

「いい防犯対策だ」

「あなたもしていますか?」

「いや」

それを聞いてモーガンはため息をつき、後部座席を確認した。「あの忌々しいジムにはちゃんと通います。でも、それはジェンが怖いからじゃありません——本当は少し怖いけれど。それに、すぐあきらめるタイプじゃないからでもありません。ジムに通うのは、弱いままでいたくないからです」

「根本は同じことだろう」

「そうかもしれませんね。ありがとうございました」モーガンはスマートキーを操作してドアロックを解除した。「おやすみなさい」

彼女はガソリンメーターをチェックしてから走り去った。今回も、マイルズはその場にたたずんで彼女を見送っていた。

モーガンはそのことに慣れつつあった。

13

ようやく春がやってきた。花が咲いて葉が広がり、モーガンは感謝の念とともに防寒着をしまった。

家賃は受け取ろうとしない祖母も、花なら決して断らないはずだ。ガーデニングショップへ向かう道中、ニーナとの思い出が胸にあふれて切なくなった。だが店内を見てまわって苗を選んでいると、耳の奥で友人のささやく声が聞こえ、彼女の心は慰められた。

その日は一日中、選んだ苗を購入して車で運んだり、ガーデニング用具入れの小屋から引っ張りだした鉢でどんな寄せ植えを作るか考えたり、色とりどりの一年草を多年草と一緒に花壇に植えたりして、楽しく過ごした。

携帯電話のアラームが鳴ると、道具をしまい、家に入って汚れを洗い流し、出勤するために着替えた。生産的ないい一日だった。何かすることを探すのではなく、すべきことがあって。

階下におりたとたん、興奮した母と祖母の声が聞こえてきて、ますますうれしい日となった。

「まあ、あの色とりどりの花を見て！　それに、あんなふうに鉢をまとめて高さを変えるなんて。まるで展示見本みたい」

「ねえ、オードリー、わたしはあの壊れそうな古い台を処分するつもりだったのよ。それなのに、見てちょうだい」

「ペンキをスプレーして、ネジを新しいものに交換したの」モーガンは裏のパティオに出た。「気に入ってもらえた？」

「すばらしいわ」オードリーは身を乗りだし、キダチルリソウの香りをかいだ。「帰宅したら、こんなすてきなサプライズが待っているなんて。家の正面に植えてくれた花もすごくきれいだった。丸一日かかったでしょう」

「楽しかったわ。でも、まだ全部終わっていないの」モーガンは苗が入った平箱を指した。「きっとふたりもガーデニングを楽しみたいだろうと思って」

「ガーデニングショップを買い占めたんじゃない？」オリヴィアがきいた。

「とんでもない。あの店は相当な品数だったもの。パティオ用の家具も出して掃除したかったんだけど時間がなかったから、明日やるつもり」

「ありがとう、モーガン。本当にありがとう」

顔を輝かせたまま、オードリーはあたりを見まわした。「あなたにこんなことができるなんて全然知らなかった」

「ニーナからガーデニングを教わったの。それに、お金に余裕がないと刷毛《はけ》やサンドペーパーやペンキといったＤＩＹ用品が一番の友だちになるのよ。それじゃ、わたしはもう行くわ。また明日ね」

「あの子、とても幸せそうだわ」オードリーがつぶやいた。

「ええ。うまくいってるみたいね。あの子はやるべきことが必要なタイプだし、それを見事にやっているわ」

オードリーは鉢のひとつからこぼれるように伸びるスイートアリッサムを撫でた。

「全然知らなかったわ。モーガンにこんなことが、こんなすばらしいことができるなんて」

「でも、もう知っているでしょう」

オードリーは母親の手をつかみ、一瞬ぎゅっと握った。「お母さんがわたしについて知らなかったこともたくさんあるんでしょうね」

「娘は成長したら、自分自身の生活を築くものよ。というか、そうあるべきだわ」

「もしここに戻ってきて自分の生活を築くことができなかったら、今ごろはどこにいたかわからない」

「あなたは戻ってきたし、ちゃんと自分の生活を築いたわ」

「モーガンはここにとどまらないかもしれないとわかっているけど……ここで一緒に過ごす時間が、わたしたちの距離を埋めてくれることを願うわ。距離ができたのは、わたしのせいだから」

「やめなさい」

「事実よ」オードリーは言い張った。「わたしがもっとちゃんとすべきだった。わたしにはさまざまな選択肢があったけど、モーガンにはなかった。それに今回だって、もしほかに選択肢があれば、あの子はここへ、わたしのもとへは戻ってこなかったはずよ」

「リヴァプール出身の若者たちが言っていたでしょう、〝愛こそがすべて《オール・ユー・ニード・イズ・ラヴ》〟よ。わたしならそこに、履き心地のいい靴と長い一日のあとに楽しむ大人向けの飲み物を追加するけれど、何より大事なのは愛なの。あの子はあなたを愛しているわ、オードリー」

「そうね。あの子に愛してもらえて、わたしはとても幸運だわ。モーガンとわたしは、まったく異なる人間になってしまった。でもあの子が植えた花のように、こうしてお互い成長する時間を持つことができた。その一分一秒を大事にするわ」

「わたしもよ。ディナーの前に小屋をのぞいて、捨てるつもりだったがらくたのなかにモーガンが使えそうなものがほかにもあるか見てみましょう。あの子はそういうことが楽しいみたいだから」

〈ザ・リゾート〉から直接自宅へ向かう代わりに、マイルズはジェイクの家に寄り道した。町の外れにある友人宅は、小さな屋根つきのフロントポーチを備えた、二階建てのこぢんまりとした木造家屋だ。

マイルズがジェイクを手伝って裏のデッキを――そこを覆う傾斜屋根も――作ったおかげで、ジェイクは一年中バーベキューを楽しめるようになった。テイクアウトやデリバリーを利用しないときは、バーベキューをするのがジェイクの主義だ。

車を停めると同時に、ポーチの手すりの上につるされたふたつの鉢と、そこから垂れさがる色鮮やかな花が目に入った。ジェイクの母親がどこかの時点でここに立ち寄った証だ。

ジェイクは母親に対する義務感から――そして、母親の逆鱗《げきりん》を恐れて――ちゃんと水やりをするだろう。

どこよりもくつろげる場所なので、マイルズは玄関ドアまであがるとそのまま友人宅に入った。

そこから奥のキッチンまで見通すと、ジェイクがカウンターの前に立ち、挽肉《ひきにく》を叩いてハンバーグを成形していた。

「やあ。ビールでも飲むか？」

「そう言われたら、飲みたくなったな」

マイルズが冷蔵庫を開けると、なかにはビールと牛乳とコーラ、ジェイクが妙に気に入っているマンゴージュースが入った水差し、そしてバターが一本だけ入っていた。

「耕されたばかりのアン・ヴィンセントの花壇で発見された犬の糞《ふん》をめぐる口論の仲裁をして、ついさっき帰宅したところだ。おまえは彼女を知っているか？」

「いや」

「できることなら、かかわらないほうがいい。花壇にあった糞が隣人のポメラニアン――ジジのものだと確信したミズ・ヴィンセントは、シャベルですくって隣人のフロントポーチの階段に落とした。目撃者としてその証言をしたのは、隣人の八歳の息子、チャーリー・ポッターだ」

「その子も知らない」

「チャーリーはそのことを母親に――ケイト・ポッターに知らせた」

マイルズはカウンターの席に座ってビールを飲んだ。「誰のことも知らないな」

「その結果、激しい口論が勃発し、怒鳴ったり、口汚く罵ったり、小突きあったりし、怯えた幼いチャーリーが警察に通報した」

「そこでおまえの出番というわけか」

「ぼくは帰宅中で、現場はその途中にあったからな」マイルズが来たので、ジェイクはふたつ目のハンバーグに取りかかった。「女性たちはふたりとも――古めかしい言葉で言うと――大層ご立腹だった。命の危険を感じたとまでは言わないが、女性ふたりを逮捕する羽目になるんじゃないかと思ったよ」

「その息子と犬は言うまでもなく」

「ああ。ケイト・ポッターによれば、去年の秋に一度だけジジが柵をすり抜けて隣人の菊を掘り起こして以来、散歩紐《ひも》をつけずに愛犬が敷地を離れたことはないらしい。そして、ミズ・ヴィンセントが犬の吠える声や糞について文句を並べたてていたところへ、チャーリーが容疑をかけられた犬を連れてきた。マイルズ、ハンバーガー用のパンとポテトチップスの袋を持ってきてくれ」

ジェイクはスライド窓とデッキのほうを指すと、ハンバーグのタネをのせた皿を持って、すでに煙が立ちのぼり始めているバーベキューコンロへ向かった。

「ぼくはこの手の戯言に精通している自負がある――そうでなければ警察署長までのぼり詰められなかっただろう。ただ、犬の糞の専門家は名乗れない。とはいえ、その犬や糞の大きさをひと目見ただけでジジは潔白だと結論が出た」

ハンバーグが焼き網にのせられたとたん、じゅうじゅう音をたてた。

「そう指摘してやったのか？」

「ああ、もっと礼儀正しく、プロフェッショナルな物言いでね。さらなる捜査によって——チャーリーの手を少しだけ借りて——近所にもっと大きな犬が数頭いることが判明した。そのなかには、通り沿いの家からしょっちゅう脱走して、そこらへんに糞をするのが好きなスチューというゴールデンレトリーバーが含まれると、チャーリーが証言した」

ジェイクはハンバーグをひっくり返した。

「最終的に、アン・ヴィンセントには糞を分析して犬種を特定する検査費用を出すというなら、ぼくが糞を片づけると伝えた。もちろん、そんなのは戯言だ。さもなければ、ケイト・ポッターに告訴を思いとどまってもらえるよう、彼女自身が糞を片づけて階段を掃除すべきだと話し、もう二度とこんなまねはしないよう助言しておいたよ。ミズ・ヴィンセントはぎゃあぎゃあわめき、長々と文句を垂れたのち、もし隣人の犬が庭に現れたら今度は撃つと言いだした」

「信じられない」

「だよな。だから、できることなら、かかわらないほうがいい。アン・ヴィンセントには、もしそんなことをしたら即座に留置場に放りこまれると言ってやったよ。そうしたい気分だったから、有無を言わせぬ顔つきで言ったんだ。そうしたら、彼女はあわてて撤回したよ」

ジェイクはハンバーグを皿にのせた。

親友のことをよく知るマイルズは、すでに調味料と紙皿をバーベキューコンロの下の戸棚から取りだしていた。

ふたりはジェイクが高校の木工場で作ったテーブルにつき、ハンバーガー用のパンに具材をはさみ、ポテトチップスの袋を開けた。

「それで、おまえのほうは今日はどうだった？」

「そこまで緊迫した一日じゃなかったな」

「モーガンはどうしている？」

「なんとか頑張っているようだ。おまえがロズウェルのことを話しに来た日、祖母のオフィスに行ったら彼女がいたんだ。泣いていたよ」

「まあ、途方もないことだからな」

「たしかに、途方もない。このあいだ、運動しようとフィットネスセンターに行ったら、彼女がトレッドミルを使っていたんだ。ぶらぶら歩いていた。ぶらぶら歩くだけなら、トレッドミルを使う意味があるか？」

マイルズは肩をすくめ、ハンバーガーを食べた。

「でもそのあと、モーガンがジェンに護身術のパーソナルトレーニングを受けていることが判明した」

「ジェン・ザ・デストロイヤーに？」

マイルズはそのニックネームににやりとし、また肩をすくめた。「その晩、バーに立ち寄ったら、あちこち筋肉痛になっていたよ。そういえば、彼女はまともな車を購入していたぞ」

「メーカーと車種、年式、色は？　目を光らせるためにも把握しておきたい」

マイルズが教えると、ジェイクはメモを取った。マイルズを眺めながら、ジェイクはポテトチップスをばりばりと音をたてて食べた。「おまえも目を離さないようにしているようだな」

「警備員がちゃんと対応している」マイルズが口を開いた。

「それは間違いない。ぼくが言っているのは、おまえのことだよ。個人的に見守っているだろう」

「彼女はうちの従業員だ」

「それを言うなら、ウェストリッジの大半の住民がそうじゃないか。ぼくはおまえが誰かを好きになるとわかるんだ」

「好きになんかなっていない。それに、そうでなくても彼女は手いっぱいのはずだ」

「モーガンに関しては、たしかにそうだな。もう一杯ビールを飲むか？」

「いや、遠慮しておく。持ち帰りの仕事があるし、帰って犬に餌をやらないと」だが、マイルズはすぐに立ちあがらず、残りのビールをちびちび飲んだ。「状況が複雑なんだよ」

「ああ、まったくだ」

ジムに行っても楽しくはなかったものの、モーガンはやめなかった。たぶんジェンに怯えているからだと、トライセプスキックバックで上腕三頭筋を鍛えながら、内心認めた。それと、ほんの少しだけれど強くなった気がするからだろう。

週に三時間はやるべきことがあり、それが活動的かつ生産的だという理由も大きい。プラス、汗まみれになる。

護身術のトレーニングは楽しめるようになった。自分がさらに強く賢くなり、より意識が研ぎ澄まされるのを実感できるからだ。正直、パッド入りのボディスーツを着たドアマンのリッチーを殴るのも無性に楽しかった。

ただ、ウェイトリフティングやランジ、いじわるなマシン、ジェンがモーガンのために考案した拷問メニューはどれも楽しめなかった。とはいえ、ジェンの鷹《たか》のように鋭い目がいつ自分に向けられるかわからないため、威嚇的なインストラクターが女神のポーズ——どこが女神なのかわからないが——と呼ぶスクワットを行い、二頭筋が燃えるように熱くなるダンベルカールに取りかかった。

「ずっとあなたにメールしていたのよ」

モーガンが歯をむきだしてうなりそうになりながら顔をあげると、そこにはネルがいた。結いあげたつややかな髪もメイクも完璧で、汗染みなどない春のワンピースにきれいなピンクのスリングバックヒールという装いだ。

「わたしはトレーニングの真っ最中で、両手がふさがっていたんです」

「そのようね。トレイシーからあなたをここで見かけたと聞いたのよ」ネルはホームベースの背後のキャッチャーさながらに、さっとしゃがみこんだ。「頼みがあるの」

「わたしに？」なんとしてもやり遂げる決意で、モーガンはダンベルを反対の手に持ち替え、残り半分に取りかかった。「もし引き受けたら、このあとのコアトレーニングを代わりにやってもらえますか？」

「それはあなたのためにならないわ。今夜のジャンソン家のウエディングだけど、〈ロッジ・バー〉のローレンと〈アプレ〉のトリシアに担当を依頼したでしょう」

「ええ、知っています。股って裂けるのかしら？」モーガンはあえいだ。「股が裂けそう。どうしてジェンはわたしを殺そうとするの？」

「ローレンが指を脱臼したの」

「トレーニングでもしていたんですか？」

「バスケットボールよ。右手の薬指ですって。折れてはいないものの、固定されてしばらく外せないそうよ」

「それはお気の毒に。痛いでしょうね。たぶん、股が裂けるのと同じくらい。もっと痛いかも。明らかに、今夜のジャンソン家のウエディングでバーテンダーを務めるのは無理ですね。わたしのチームから助《すけ》っ人《と》が必要ですか？」

「あなたが必要なの」

「もう、何回やったかわからなくなっちゃった。でも、十五回だったはず」モーガンはゆっくりと体を起こした。「このセットはもう終わり。やり終えてもまだ生きているわ。体中がどこもかしこも熱いけど」

「それがしかるべき状態よ。ねえ――」

「あなたがそう言うのは簡単でしょうね。『ターミネーター2』のリンダ・ハミルトンみたいな腕をしているんだから」

「ありがとう。モーガン――」

「はい、わかりました」モーガンはすとんとベンチに座った。「ただ、そのウエディングが――二百名前後が列席するウエディングが行われても、金曜日の夜は一週間でもっとも〈アプレ〉がにぎわいます」

「午後七時から深夜までは、それほどお客さまは多くないはずよ。今週末の客室予約の三十五パーセントはこのウエディングの列席者が占めているから。ニックはダブルシフトで働くことに同意してくれたわ。あなたに連絡がつかなかったから」モーガンが汗をぬぐってじっと見つめると、ネルは続けた。「もしあなたがイベントを担当したら、あなたの代わりを務めてもらえないかとニックに尋ねて、了承を得たわ」

「ニックならイベントを担当できるはずです」

「ええ、そうね。〈アプレ〉で平日の日勤担当のトリシアにしたのは、とびきり優秀だからよ。そしてローレンは、〈ロッジ・バー〉でもっとも経験豊富なバーテンダー。ニックも優秀だけど、丸一日働いたあと、このイベントまで担当させるのは気が進まないわ、そうせざるを得なければ話は別だけど。新婦のアリエル・ジャンソンは、ミセス・フィスクを――ミセス・フィスクのことは覚えているわよね――さらにパワーアップさせた感じなの。花嫁《ブライド》とゴジラを組みあわせた〝ブライドジラ〟と呼んでいるわ。わたしは、なんとしてもこのウエディングを完璧に執り行わなければならないの。母もぜひあなたに頼みたいと言っているわ」

「わたしにお給料を払っているのは、あなたがたです。ただ〝やれ〟と命じることもできるでしょう」

「それはわたしたちの流儀に反するわ。だから、お願いしているの」

　モーガンはベンチからジム用のタオルをつかみ、顔をふいた。「わたしが最後にいつこんなに汗をかいたか知ってます？」

「いいえ」

「一度もありません。用意するのはワインとビールだけ、それともあらゆるお酒《フルバー》ですか？」

「フルバーよ。フルバーを二箇所に設置するの、ボールルームの北東の角と南西の角に。新婦は二種類のスペシャルカクテルをリクエストしているわ。彼女のテーマカラーがラベンダーとピーチだから、桃を使った〝すてき《イッツ・ピーチー》〟なベリーニと、フライングハイ——別名アヴィエーションを。こちらはラベンダー色だからよ。アヴィエーションのレシピはあるわ」

「アヴィエーションの作り方なら知っています」

「本当に？　わたしはこれまで耳にしたことすらなかったわ。ローレンやトリシアも知らなかった——ふたりとも試飲のときに作って合格点はもらったけど。だから、わたしたちにはあなたが必要なのよ。あなただってもう知っているくせに」

「わかりました。やります。それじゃ——」

「よかった。恩に着るわ。あとで詳細をメールするけど、六時までに出勤して最終打ちあわせに参加してちょうだい。誓いの儀式は七時からで、フルコースディナーが七時半、そのあとのバンド演奏つきのダンスパーティーは八時から深夜までよ。深夜をまわったら追加料金が発生するけど、きっと午前零時じゃ終わらないと母は見ているわ。午前一時ごろまでのつもりでいてちょうだい」

「わかりました。本当に代わりにコアトレーニングをやってくれないんですか？」

「いい休憩の機会を与えてあげたでしょう。それに、ジェンはあなたがマシンみたいだって言っていたわ」

モーガンは元気を取り戻しかけた。「本当ですか？」

「あちこちにちょこちょこ油を差す必要があるマシンよ。でもマシンはマシンでしょう」ネルは手を伸ばして、モーガンの二頭筋をつまんだ。「効果が現れているわね。もう行かないと。あとでメールするわ」

モーガンはベンチに座ったまま筋肉を収縮させ、腕をつまんだ。もしかしたら、少しは筋肉がついてきたかもしれない。

さあ、お次は恐怖のクランチとバイシクルクランチ、レッグリフトをやらないと。それが終わったらニックの準備が整っているかどうか確認し、家に帰ってシャワーを浴びて、残りの一日のスケジュールを調整しよう。

モーガンは以前にもウエディングの仕事をしたことはあったが、これほどフォーマルで凝った演出の――綿密に管理された式にかかわるのは初めてだった。

春の庭園に生まれ変わったボールルームは、クリスタルやキャンドルの炎で輝いている。モーガンが受け持つバーカウンターにも、ピーチ色の薔薇を活けた銀の細い花瓶が置いてあった。

バンド演奏が行われるステージの両側にも、巨大なフラワーアレンジメントが飾られていた。今は白いカーテンがそのステージとボールルームを仕切っている。

新婦の要望で。

花嫁が入場するボールルームの入り口の両側にも花があしらわれている。

テーブルにはラベンダー色のテーブルクロスとピーチ色のテーブルランナーがかけられ、その上に置かれたフラワーアレンジメントはフェアリーライトできらめいていた。椅子も布で覆われ、背もたれの後ろのリボンには小さな花束が挿してあった。

白く細長いカーペットの突き当たりにあるのは、あふれんばかりの花で覆われた東屋《あずまや》だ。その左側の隅で、演奏家たちが弦楽四重奏を奏でる。それは式の前から始まり、八名の花嫁付添人とフラワーガール、リングボーイの一行が進むあいだも続く。

その後、花嫁が選んだ曲を結婚式やフルコースディナーのあいだずっと、演奏し続けるのだ。

花婿付添人が割り当てられたテーブルまで列席者をエスコートし、スタッフが飲み物の注文を受ける——式前は、シャンパンか、スペシャルカクテルか、ノンアルコールに限られる。七時ちょうどに花婿と花婿付添人がボールルームの脇のドアから入場してくるまで、バーテンダーは飲み物の注文にこたえなければならない。

七時以降に到着したゲストは、花嫁と花嫁の父親が東屋にたどり着くまでボールルームの外で待ってもらう。

花嫁の命令で、例外は認めない。

「式は十五分間の予定よ」ドレアが続けた。「新郎新婦の誓いの儀式が終わったら、ゲストは自由にテーブルで飲み物を注文したり、スタッフが東屋や白いカーペットを撤去するあいだ、バーカウンターに行ったりできるようになる。カメラマンたちが儀式の写真やビデオを撮影するけど、さらに十五分から三十分ほどかけて写真撮影が行われる予定よ。新婦の意向で、ディナーは七時三十分からサラダでスタートするわ。続いて、列席者一同に新郎新婦の付添人や、花婿の両親、花嫁の両親、そして新郎新婦が紹介される。彼らが着席したら次の料理が給仕され、バーカウンターが再開する。八時半にカーテンが取り払われ、バンド演奏が始まる」

ドレアはさまざまな儀式やそのスケジュールについて——新郎新婦のファーストダンス、母親と息子、父親と娘のダンス、ケーキカット、ブーケトスについて——ひととおり説明した。

六時半にモーガンが持ち場につくと、じきに列席者が入ってきた。

この場にふさわしいタキシードに黒の蝶ネクタイや優雅なドレスといった装いだ。当然のごとく、ボールルームを目にした彼らの口から驚きや称賛の声があがった。

モーガンはピーチ色やラベンダー色のカクテルを作ったり、スパークリングウォーターをグラスに注いだりするので忙しくなった。

過度な要求をする花嫁のせいか、ドレアの手腕のおかげかは不明だが、七時ちょうどに音楽が変わると、すべてが滞りなく執り行われた。まず、ラベンダー色のドレスに身を包み、ピーチ色の薔薇の蕾の花冠をのせた花嫁付添人たちが白いカーペットの上を進んだ。

リングボーイとフラワーガールは、みんなを笑顔にした――男の子は小さなタキシードにラベンダー色のベスト、女の子はピーチ色のふわふわしたドレス姿だった。

ドラマティックな間とともに、父親と腕を組んだ花嫁が入り口に現れた。

モーガンはかろうじて感嘆の声を押し殺した。

花嫁がまとっていたのは、おとぎ話のプリンセスを彷彿とさせるドレスだった。純白の生地、長く伸びたトレーン、明かりに照らされて光り輝くストラップレスのぴったりした胴着《ボディス》。漆黒の髪は結いあげられ、少しだけ垂らした髪が美しく顔を縁取っている。

花嫁も花冠をかぶっていたが、付添人のものより華やかで、そこから薄い雲のようなヴェールが背中に垂れていた。

　彼女は厄介な顧客だったかもしれないが、東屋の下で待つ新郎に向けたまなざしや、新婦を見つめる彼の瞳は、〝ふたりの愛〟を物語っていた。

　音もなく入ってきてモーガンの隣に立ったドレアがささやいた。「やれやれだわ」

「圧巻ですね、信じられないくらいすばらしいわ」

「それが花嫁の望みだったの。それに、ほら」ドレアは誓いを交わす新郎新婦のほうに向かってうなずいた。「あんなふうにリラックスして幸せそうな彼女を見たのは、数週間ぶりよ」

　ドレアはそう言うと、またすっと立ち去った。

　モーガンが見守るなか、新郎新婦は口づけを交わし、ふたりそろって列席者のほうを向くと、花婿が花嫁の手を持ちあげて唇へと引き寄せた。

　あんなふうにプリンセスに変身するのはどんな気持ちだろう。

　だが、それより花嫁を見つめるあの花婿のような目で、誰かに見つめられたらどんな気分になるだろう。新郎は今まで望んだものも、今後望むものもすべて新婦の瞳に宿っているかのように見つめている。

　やがて新郎新婦がカーペットを引き返してボールルームをあとにすると、モーガンはまたたく間に忙しくなった。

バンドの演奏は最高だった。三世代にわたる聴衆のため、往年のスタンダード・ナンバーに最近のヒット曲のカバーを織り交ぜながら、クラシック・ロックもたっぷり演奏した。ダンスフロアはずっと大混雑で、巨大な四段重ねのウエディングケーキをカットするような儀式のときだけスペースが空いた。モーガンの見積もりでは、真夜中までに列席者の約半数が立ち去った。だが、残りの半分は今も盛りあがっている。

花嫁の父親が一時間の延長に同意したと聞いても驚かなかった。モーガンはシェイカーに酒を注ぎ、かき混ぜてシェイクしながら、音楽やショーを楽しんだ。

だが、マイルズが入ってきたときには驚いた。おまけに、カジュアルなシャツにジーンズという格好にもかかわらず、タキシードやドレス姿の人々のなかでも場違いに見えないのだ。

きっと見えないスーツを着ているせいに違いない。

「申し訳ありません、これはプライベートなイベントなので」

マイルズは彼女の背後に目をやり、氷が入ったシルバーのアイスバケットで冷やしている残りのシャンパンを確認した。

「何本開けた？」

「テーブルにお出ししたボトルも含めると、ざっと百本です。スペシャルドリンクのベリーニとシャンパンが人気でした。わたしの見積もりでは、アヴィエーションがシャンパンとビールに大差をつけられての三位です」

「サングラスか、それともパイロットのことか？」

「アヴィエーションはカクテルです、マイルズ」

そのとき、花婿付添人が――ジャケットとベストを脱ぎ、蝶ネクタイを外した格好で――バーカウンターにやってきた。

「やあ、調子はどうだい、モーガン？」

「絶好調です、トレヴァー。あなたとダーシーのお代わりですか？」

「ああ、そうとも。これは今までで最高のパーティーだ。今度は店へ飲みに行くよ。さあ、踊らないと！」

「知りあいなのか？」マイルズが尋ねた。

「今では知りあいです。彼と新郎は――あれが新郎のハンクです、花冠をかぶっているのが――ふたりは小学校からの友人だそうです」

モーガンは脚つきグラスとマティーニグラスに氷を入れて冷やしてから、シェイカーを取りだした。「トレヴァーとダーシーはカップルになって約十カ月で、真剣な関係だそうです」シェイカーに氷を加えた。

「アヴィエーションは――」彼女は話を続けた。「二種類のスペシャルカクテルのうちのひとつで、別名フライングハイ。ジン、レモンジュース、マラスキーノ・リキュール、クレーム・ド・ヴァイオレットを組みあわせたカクテルです」

シェイカーを振り、アイスバケットからシャンパンのボトルをつかんだ。シルバーのボトルストッパーを外し、脚つきグラスに入っていた氷を捨てた。

マイルズが見守るなか、彼女は慎重にシャンパンを注ぎ、マティーニグラスにカクテルを漉《こ》し入れた。シャンパンにピーチネクターを加え、それぞれのグラスにカクテルナプキンを添えたところで、トレヴァーが戻ってきた。

「ありがとう！」彼はポケットからマネークリップを取りだした。「おっと、もう二十ドル札しか残っていないや」

「それなら、チップはけっこうですよ」モーガンはそうこたえた。

「そんなわけにいかない。まあ、きみにはこれだけの価値があるから、問題ないよ」彼はチップ用の広口瓶に二十ドル札を押しこんだ。「やあ、彼女はきみのガールフレンドかい？」マイルズに尋ねた。

「いや」

「そいつはもったいない。彼女は世界で一番優秀なバーテンダーだぞ。それに、セクシーだ。あっ、最後のひと言はダーシーには内緒にしてくれ」

「決して口外しません」モーガンは断言した。「大いに楽しんでちょうだい《フライ・ハイ》、トレヴァー」

「もちろんだとも！」トレヴァーはアヴィエーションをぐいっと飲むと、ふたつのグラスを手にダンスフロアへ向かった。

「紫だったな。どうしてあの酒は紫色なんだ？」

「これはすみれ色《ヴァイオレット》です」モーガンが訂正した。「それと、クレーム・ド・ヴァイオレットを入れたからです」

「それはわかるが、紫色にする理由がわからない。まだ、ええと、十五分ほどあるのか？」

「ええ、だいたいそのくらいです」

「じゃあ、またあとで来る」

午前一時十五分には、ボールルームで働くスタッフと、楽器を片づけるバンドしか残っていなかった。モーガンはケータリング・スタッフを手伝ってアルコール類をしまい、空き瓶を入れた最後の袋の口を縛ろうとしていた。

「それはケータリング・スタッフがごみ箱まで運ぶ」マイルズはモーガンにそう言う

と、あたりを見まわした。「きみはもうあがれ」

「〈ザ・リゾート〉のイベントで仕事をするのは初めてだったけど、あなたたちはイベントの取り仕切り方を熟知していますね」

「明日、ここでもうひとつイベントの予約が入っている。だから、テーブルクロスや椅子の布は一部をのぞいて外すことになる」

「ローレンは担当できないし、代わりの人が必要ですか？」

「いや。明日は二度目の集まりだし、もっとこぢんまりして、ここまで凝った演出じゃない。きみはもうあがっていい」マイルズが彼女の腕をつかんだ。「車まで送ろう」

「その前にちょっと〈アプレ〉に立ち寄りたいんです」

「もう閉店しているぞ」

「わかっています。ニックが優秀なことも。彼は仕事が徹底していて責任感もありますが、店じまいには慣れていません、特に週末の夜の店じまいには。わたしは〈アプレ〉の責任者なので、念のため確認したいんです」

マイルズは肩をすくめ、先に立って歩きだし、ロビーにたどり着くとアーチ型の入り口をくぐった。彼が明かりをつけると、モーガンは店内を見まわした。

テーブルもボックス席も椅子も清潔そうだ。それに、毎朝ハウスキーパーが床を掃除し、毎週窓もふいてくれる。

「満足か？」

彼を無視して店内に入り、バーカウンターの背後にまわった。そこも清潔で、バーカウンターの背後の棚は整然とし、アイスバケットやトレイもきれいに洗って水を切り、シンクもふきあげられていた。

「どうしてきみは疲れた顔をしていないんだ？」モーガンがいつもの確認を行っていると、彼がつぶやいた。

「わたしが夜の生き物だからよ」上の空でこたえた。

「フクロウか、吸血鬼なのか？」

「夜によります。ウエディングが行われたにもかかわらず、〈アプレ〉もかなりにぎわったようね」

「ぼくも在庫をチェックしよう」

マイルズはバーカウンターの背後にまわり、ラックからカベルネのボトルをつかんだ。「これを飲むことにするよ」彼はコルクを抜きながら、彼女に目をやった。「きみもどうだい？　もう勤務中じゃないだろう」

「えっ……じゃあ、いただきます」モーガンはカウンターに赤ワインのグラスをふたつ置き、彼がワインを注いだあと、ワインキーパーでボトルに蓋をした。

「ボックス席だ」彼はそちらを指して移動し、腰をおろした。

彼女もあとを追い、ボックス席に座ると、ため息をもらした。「ちゃんと座り方を覚えていたわ。しばらく座っていなかったのに」

「きみはイベント中も休憩を取る権利がある」

「ええ、トリシアと交代で取りました」でも、ただ座っていられるのは、すごく気持ちがよかった。モーガンはワインを飲むと、また吐息をもらした。「しょっちゅうこんなことをしているんですか？　空っぽのバーに座って」

「いいや。きみは？」

「実は、しています。カベルネは飲まないけれど――特にこの銘柄のカベルネは。でも空っぽのバーには独自の個性があるんです。〈アプレ〉は静かな心地よさと、どこか優雅さも感じられて、本当にいいバーだわ」

質問なんかするんじゃない。世間話なんか好きじゃないくせに。そう思いながらも、マイルズは答えを知りたくて尋ねた。

「なぜバーテンダーに？」

「バーで過ごせるから――それも素面《しらふ》のまま。わたしはバーが好きなの。それに、人も。人が好きでなければ、人をもてなす仕事は務まらないでしょう」

「ぼくはホテル業に携わっているが、特に人が好きなわけじゃない」

モーガンはワインを飲みながら、マイルズをしげしげと眺めた。彼はその気になれば、じっと見つめることもできるのね。「そんなのおかしいわ。毎日仕事で人と接しているのに」

「たしかに、きみの言い分には一理ある」

「とにかく、わたしは人が好きなの。バーカウンターの背後で働くのはせわしないけれど、たいていは明るい気分になれる。お客さまがバーにやってくるのは、リラックスしたり、お祝いしたりしたいからなの。ただ誰かと話したい孤独なお客さまもいる。そんな人には話し相手になってあげられる。どうして人嫌いなのに金曜日の晩にバーへ来るの？　とりわけバーがにぎわう金曜日の晩に？」

「混雑したバーで飲んでいれば、誰にも話しかけられない可能性が高い。それならワインを一杯飲みながら仕事を片づけつつ、リラックスもできる。すいているときに来たら、誰かが話しかけようとするだろう。〝すばらしい天気だね〟とか〝シカゴ・カブスの成績はどうなんだ？〟とか」

なるほど、わかったわ。

「あなたは携帯電話をフォース・フィールド代わりにしているのね」

彼の口元がほころんだ。「携帯電話は仕事に使っているんだ。でも、そうだな、フォース・フィールドとしての機能も兼ね備えている。ぼくが知りたいのは、きみがどういう経緯でバーテンダーになり、彼の言うような――たしか、トレヴァーだったな

――世界一優秀なバーテンダーにまでのぼり詰めたのかだ」

「トレヴァーは酔っぱらっていたのよ」モーガンは思いださせるように言った。「きみの仕事ぶりは見てきたし、母やネルが今夜みたいな特に要求の厳しい仕事にきみを起用したがるのもわかる」

「大学時代はウエイトレスのアルバイトをしていたの。あれは本当にきつかった」

空っぽのバーのおかげか、カベルネのおかげか、それとも話し相手のおかげかわからなかったが、モーガンはすっかりくつろいでいた。

「ウエイトレスはやりがいのある仕事かもしれないけれど、お客さまのなかには料理が気に入らないと給仕係に八つ当たりするタイプもいたわ――たいていはさまざまな理由があって状況も人それぞれなんだけど。それでわたしは、ウエイトレスで生計を立てるのも、レストランを経営するのもごめんだと思ったの」

モーガンは椅子の背にもたれ、またワインを飲んだ。「レストランの利益率なんて微々たるものよ。でも、バーならお金を稼げる。そんな極めて皮肉な理由で、バーテンダーのレッスンを受けたら楽しかったの。あまりにも気に入ったから、二十一歳になると同時にウエイトレスを辞めてバーテンダーになり、ますます好きになったわ」

気楽さを感じながら、一瞬まぶたを閉じる。「しっかり稼いで経験を積み、充分なお金が貯まったら自分の店を持つのがわたしの目標だった。居心地のいい、小さな親しみやすいバーを。入念に見積もった結果、あと三年ほどで実現する見込みだった。それが……」

彼女は肩をすくめ、またひと口飲んだ。

「あなたのことは容易に想像できるわ。ホテルを経営する一族の第三世代で、三人きょうだいの長男だもの。何かほかのことをしようと考えたことはある？」

「もちろんさ」

「たとえば？」

「インディ・ジョーンズだ。自己流のインディ・ジョーンズ、一匹狼の冒険家兼人類学者になりたかった」

「あの映画シリーズを観た子どもは、みんなインディになりたがるわ」

「去年の話だよ」

モーガンは笑って、かぶりを振った。「じゃあ、帽子が必要ね。あの帽子がなければ、誰もインディにはなれないもの。だとしたら、これは――」彼女は腕を広げて〈ザ・リゾート〉全体を示した。「そしてこれにともなう職務は、あなたが望んだものなの？　あなたたち家族は仕事に大いに力を注いでいるけど」

「ほかの選択肢はどれも頭に残らなかった。だから、そうだ、これはぼくが望んだものだ。ぼくたちが仕事に大いに力を注ぐのは、ぼくたち全員がここで働くことを望んでいるからだ」

「それはほかのみんなにも当てはまるわ。ここの従業員は仕事や職場環境を気に入っている。だから優秀なのよ。〈ザ・リゾート〉のトップからもたらされる影響ね。わたしが以前働いていた昼間の勤め先も家族経営だった。もちろん、ここに比べたらずっと小規模だけど、ファミリービジネスという点では同じよ。それに、最後に勤めたバーもマネジメントがよかったの。大学四年生のときに働いた店はそうじゃなかったから、おかげでマネジメントが重要だという教訓を得たわ」

モーガンは空になったグラスを置いた。「もう少し飲みたいならお代わりを注ぐけど、わたしはもう帰らないと」

「いや、一杯で充分だ」

彼女はふたつのグラスを厨房にさげた。最後にもう一度バーカウンターのなかを見まわしてから、明かりを消した。

「ニックは貴重な人材だわ」

「ぼくたちもそれは承知している」

「彼の妹さんもね。地獄からやってきた悪魔みたいな女性だけど、貴重な人材よ」

「ジェンはだてに〝デストロイヤー〟と呼ばれているわけじゃない。ジャケットを持っていないのか？」

「必要になった場合に備えて、車内にあるわ」花の香りが漂う涼しい屋外へと踏みだした。「でも必要ないみたい。貴重な人材といえば、施設管理のスタッフもそうね」

蛇行する川のように赤や白や淡いピンクの花が咲き乱れる一画を迂回《うかい》しながら、駐車場を横切った。

車にたどり着くと、モーガンはロックを解除する前に後部座席をチェックした。

「飲み物とエスコートをありがとう」

「どういたしまして」

彼女は車に乗りこみ、ガソリンメーターを確認した。もちろん、マイルズはたたずんだまま、彼女が走り去るのを見送った。

その場から遠ざかりながら、モーガンは思った。ちょっと風変わりだけど、さっきのは一種のデートじゃない？

そのことをどう考えればいいかわからないし、きっとマイルズはそんなふうには感じなかったはずだ。でも、もし彼があれを風変わりなデートと見なしたとしても、かまわないと思っている自分に気づいた。

14

土曜日の朝、寝坊したモーガンがコーヒーを飲みにようやく階下へおりると、祖母がアイスティーのグラスを手にパティオで座っていた。

モーガンはマフィンを――誰かが焼いてくれたマフィンをつかみ、コーヒーを持って外に出た。「ああ、なんてさわやかなの！　暑くも寒くもなくて、最高ね」彼女は陽気をすっかり気に入り、腰をおろしてマフィンを食べた。「お母さんは？」

「二、三時間だけ出勤したわ。工芸家が新作ジュエリーを持ってくるから、値をつけて陳列したいんですって。だから、わたしはこう言ったの。どうぞご自由に、わたしはここに座って孫娘の労働の成果を楽しむわって」

「おばあちゃんとお母さんだって庭の手入れをしているじゃない。あのウィンドチャイムもすごく気に入ったわ」

「ゆうべはどうだった？」

「あんな豪華絢爛《けんらん》なウエディングは初めてよ。わたしたちが植えた花や、その前におばあちゃんたちが植えた多年草を全部かき集めて二倍にしても、ボールルームに飾られた花の数には及ばないわ。本当に息をのむほど美しかった。何もかもが。男性はみなタキシードに黒の蝶ネクタイ、女性はイブニングドレスで着飾っていて。でも、花嫁のドレスには——思わず目を奪われたわ」

「ウエディングドレスはそうであるべきよ」

「花嫁は光り輝いて、おとぎ話のプリンセスみたいにきらきらしていたわ。何カ月もドレアとネルを悩ませたけど、昨日はリラックスして幸せそうだった。とてもロマンティックだったわ。花も音楽もキャンドルの光も。自分の望みを明確に把握していた花嫁と、彼女の望みをきっちりかなえたジェイムソン家のお手柄ね」

「そして、その費用を支払った花嫁の父親のおかげよ」

「途方もない額だったはずよ。わたしはチップで三千ドル以上稼いだわ」

「なんですって？」

モーガンは笑って両腕を突きあげた。「わたし個人に対するチップが三千二百六十六ドル。以前ウエディングの仕事をしたときもけっこうな額をもらったけど、ここまで稼いだのは初めてよ」

「わたしは職業の選択を間違えたかもしれない」

「パーティーに行ってお給料をもらうようなものだものね。でもお客さまからの注文でかなり忙しいから、厳密には違うわ。とはいえ、それだけの価値はある。間違いなく」

「どうやら、あなたはすばらしい働きをしたようね」

「そうだったらいいんだけど。ウエディングで飲み物を無料でふるまうバーは、吉と出るか凶と出るかわからないの。飲み物が無料だからチップを弾んでくれるゲストもいれば、無料の飲み物にわざわざチップを払わない人もいる。ゆうべは、気前のいいゲストが多くてありがたかったわ」

モーガンはまたマフィンを食べた。「もうすぐお開きになるころ、マイルズが来たの。彼はどうやら、金曜日の晩にわたしを車まで送る担当みたい」身じろぎをした。「おばあちゃんは彼のことを昔から知っているんでしょう。マイルズはほとんどスーツを着ないけど、いつも着ているって気づいてた？」

「何が言いたいのか、よくわからないわ」

「ええと、たとえるなら……私服の下に変身用のスーツを身につけている――ばかみたいだけど――スーパーマンみたいな感じね。もっとも、スーパーマンは人目につかないように普段の服の下に変身用のスーツを身につけているけど、マイルズの場合は逆なの。彼の場合、目に見えないビジネススーツを普段の服の上に着ているの。貫禄《かんろく》みたいなものよ、おばあちゃん。スーパーマンが人に気づかれないように服の下にスーツを着るように、マイルズは服の上にスーツを身につけているけど、透明だから誰にも見えないの。貫禄として漂わせてはいるけど」

「わたしは気づかなかったわ」

「マイルズはつかみどころのない人よね」

モーガンは彼が初めてバーカウンターの端に座ったときから、ずっと理解したいと思っていたことを認めた。

「ジェイムソン家のほかの人たちのことはだいぶ理解できたと思うけど、マイルズのことはまだよくわからない。ゆうべイベントのあと、わたしは〈アプレ〉を確認しに行ったの。ニックが店じまいや金曜日の夜に慣れていないから」

「なんて責任感の強い孫娘だこと」

「そうよ、わたしは責任感が強いの。だから彼と一緒にバーへ行き、頭のなかでチェックリストを確認したわ。そうしたらマイルズが、ワインボトルをつかんで一杯飲まないかって誘ってきたの。断る理由もないから、ボックス席に座って、ワインを飲みながらふたりでちゃんとした会話をしたわ。そのあと、帰宅する車のなかで思ったの。あれはちょっとした――風変わりな――デートみたいだったと。おばあちゃんはどう思う?」

「その場にいなかったから、なんとも言いがたいけれど」明らかに興味をそそられた様子で、オリヴィアが椅子をやや近づけた。「マイルズに口説かれたの？」

「いいえ、とんでもない。そんなんじゃないわ。ただお酒を飲んで、おしゃべりしただけよ。でもさっきも言ったけど、ちゃんと会話をしたの、それ自体がいつもの彼とは違うわ。バーテンダーになった理由をきかれて、わたしも家業以外のことをしたいと思ったことがあるかどうか尋ねたわ。それって最初のデートでお互いのことを探るときに交わす会話でしょう」

「わたしが最初のデートをしたのは数十年前よ、でも覚えているわ」

「ただ仕事終わりにおしゃべりしただけなのに、何かを感じたの」

「マイルズはとても魅力的な若者よね」

「そうね。ジェイムソン家の人たちはみんな魅力的よ」

「それで、あなたは彼に惹かれているの？」

「肉体的に？　わたしは異性愛者の女性だもの、ゴージャスな男性にはもちろん惹かれるわ。マイルズは無愛想で気分屋の一面もあるから、普通ならあまり魅力を感じないんだけど、彼にはそれを埋めあわせる何かがある。優しさかしら。彼はただわたしを車まで送ってくれるだけじゃない――それだって、たとえ自分がそばにいても別の誰かにやらせればすむことでしょう。でも、マイルズはわたしが走り去るまで待っているの。そうやってその場にとどまるのは、思いやりの証よね」

「マイルズは、自分のために働く人々に敬意を払い、その価値を認められる紳士になるように育てられたの。ときどきミックと出かけてきて、スティーヴの工房で過ごすこともあったわ」

オリヴィアは敷地の奥の林に囲まれた工房のほうを見た。すでに夫の服は寄付し、夫が使っていたホームオフィスも模様替えをしたが、あの工房を空にすることはできなかった。

「知らなかった」

「昔からマイルズはすごく大人びた印象だった。きっと、あの目の何かがそう思わせるのね」

「とてもすてきな目よね」

「ええ。もしマイルズにその気があれば、あなたも彼に関心を持つ？」

モーガンは胸のうちで〝イエス〟とつぶやいたが、答えを修正した。「たぶん、つきあうのは賢明じゃないわよね。職場の上司だもの。直属の上司ではないものの、幹部のひとりよ。でも、興味深い魅力的な男性と座ってお酒を飲むだけなら問題ないでしょう。こういうことは本当に久しぶりなの」

「あなたはもっと出かけて、同世代の人たちにたくさん会ったほうがいいわ」

「おばあちゃん、わたしはしょっちゅう人に会っているわ。それがつきものの仕事だし。ただ、腰をおろして一緒にお酒を飲みたいと思う人に出会わないだけ。でも、今はそれでかまわないの。ようやく自分らしさを取り戻したところだから。あんなことがあったうえ、毎晩タイヤの空気圧をいちいちチェックしないといけないけれど、また自分らしくいられるようになったわ」

ギャヴィン・ロズウェルは、フレンチ・クォーターを散歩していた。今はチャールズ・P・ブライトンと名乗っている。そこではナイトライフやまぬけな観光客、滑稽な酔っぱらい、宿泊しているホテルの豪華なスイートルームから歩いていける店やレストランやライブが楽しめた。

そして、ロズウェルのような男はいとも簡単に雑踏にまぎれこむことができた。ひげはふたたびすっきりとそり落とし、かなり伸びた髪はそのままにしていた。髪を真っ赤に染めたのは、そうすれば赤毛だけが目につき、それ以外の特徴が人の記憶に残らないと、経験上知っているからだ。

ニューオーリンズに来た理由を誰かに問われたら、小説のためのリサーチとニューオーリンズの文化や雰囲気に浸るためだと答えた。

チャールズ・P・ブライトンは尊大なろくでなしで、ロズウェルが楽しんで演じる別人のひとりだ。

だが、ヴュー・カレ（フレンチ・クォーターの別名）を堪能し、莫大《ばくだい》な信託基金がある尊大なろくでなしの役を楽しむ一方――チャールズが口にしそうな台詞を借りれば――このうえなく物憂げな気分だった。

最後の殺しに――ロビンよ、安らかに眠れ――不可解な不満が残ったせいだ。

彼女は完璧なカモだった。感じがよく、人を信じやすく、すぐ言いなりになるタイプだった。おまけに、ロビンの自宅を担保に複数のローンを組み、彼女の銀行口座にもアクセスし、よく走るヒョンデの新車をせしめた結果、七万ドルちょっとの儲けになった。

何もかも、いとも簡単だった。

今振り返ると、あまりにもたやすかった。ロズウェルはテイクアウトしたラムパンチを手に、通りをぶらついた。あんなにいそいそとつきあいたがる女が相手だと、手応えも何もあったものじゃない。それに、ロビンには親友がいなかった。姉妹はいたが、同居はしていなかった。

ロビンはロズウェルのスキルを活かすのに最高のカモだったが、やがて失望のタネとなった。

ロズウェルから関心を向けられて喜ぶ彼女は、頭がおかしくなりそうなほど退屈だった。彼女を――ついに――殺したときはうれしかったが、盛りあがりや快感が欠落していた。

これは単なる金目当ての犯行ではない。金は自分にふさわしい、望みどおりのライフスタイルをかなえるために必要なものだ。だが、殺しは？　殺しがもたらすのは熱狂とスリル。それから数週間、時には数カ月、浸ることができる栄光だ。

だが、ロビンの場合はそれがなかった。

モーガン・オルブライトのまぬけな同居人を殺したときも。

ロズウェルには熱狂やスリルや盛りあがりが必要だった。

自分はそのすべてを得て当然だ。

そのとき、ふたりの女性とすれ違った。左側の若い女は彼の好みからすると、やや尻が大きすぎた。ぴちぴちのショートパンツにショート丈のタンクトップ――まさに自らトラブルを招いている。おまけに、酔っぱらって笑っていた。

ふたりとも殺すのは可能だし、とても簡単だろう。あとをつけて隣のバーに入り、話しかけて酒をおごればいい。

ふたりを視界にとらえたまま、彼はそのアイデアにほくそ笑んだ。たいして手間もかからない。ホテルのスイートルームへ誘うだけでいい。ひとりじゃなければ安全だと女たちは思うはずだ。こちらがその気になれば、ふたりに薬を盛ることなど簡単にできるのに。もしくは、でかいケツ《ファット・アス》の女だけ身動きできなくさせてから、黒髪の女をしばらくもてあそぼうか。

想像するだけで無性に求めていた高揚感がこみあげ、ラムパンチを飲み干すと、ふたりに続いてちっぽけな薄汚いバーへ足を踏み入れた。

店内は冷えたビールとホットなザディコ音楽を楽しむ客でごった返していた。狭苦しいダンスフロアで人々は尻をすりあわせ、女は胸を揺らしている。

女たちがバーカウンターから二列目にたたずんでいるおかげで、じっくり観察することができた。

でかいケツのほうが顔がいいし、髪の根本が黒いことに目をつぶれば、とりあえずブロンドだ。だが、黒髪の女のほうが自分好みのすらりとした長身だった。

女たちはジンフィズを頼んでいた。あのふたりを押しつぶしてかき混ぜれば、好みの女ができあがりそうだ。ハウスキーパーがショックを受けるだろうが。

ロズウェルはふたりの背後に近づいた。ぼくの分も頼んでくれ！　そう声をかけよう。

いや、どんなに退屈だからといって、うかつなまねをする言い訳にはならない。ふたりを殺すことはできる——ああ、具体的にどうやって殺すかも思い浮かべられる。だが、そんなことをすれば、荷造りしてホテルもニューオーリンズもあとにしなければならない。しかも、稼ぎはあのあばずれのポケットに入っている金だけだ。

それはロズウェルのゲームの流儀ではない。

店を出たものの、さっきのアイデアが頭から離れず、そこで彼は立ち止まって野球帽とニューオーリンズ・セインツのTシャツとダサいサングラスを買った。

新たな趣向のゲームをすれば、気分も晴れるかもしれない。

野球帽をかぶってTシャツを重ね着し、サングラスをかけ、さっきの薄汚いバーへと引き返した。

でかいケツの女はダンスフロアで尻を振り、黒髪の女は大学生らしきふたり組を相手にバーカウンターでくすくす笑っている。

ビールを注文して、好機が訪れるかどうか様子を見るとしよう。

だがその矢先、絶好のチャンスを知らせるベルが高らかに鳴り響いた。でかいケツの女が店の奥へ向かったのだ。

たぶん用を足すか、吐きに行くのだろう。いずれにしろ、ターゲットがひとりになったところを仕留めるチャンスだ。

十まで数えてから、女のあとを追った。

ダンスフロアもバーカウンターもテーブルも大勢の人で埋めつくされ、音楽が壁に反響している。

女子トイレに別の誰かがいる場合を想定し、頭のなかで、〝おっと、間違えた〟とろれつがまわらない口調で言う練習をした。

女子トイレに入る音は、音楽がかき消してくれた。洗面台の前には誰もいなかった。ふたつしかない個室の下から、一対の足だけがのぞいている。

ふたたび絶好のチャンスを知らせるベルが高らかに鳴り響いた。

それに気づかないふりをするのは無意味だ。

ロズウェルは入り口のドアに鍵をかけた。

危険だ、間違いなくリスキーだ。だが、あの熱狂やスリルをどうしても味わいたい。

個室の鍵が開く音がしたとたん、彼は動いた。

いきなり押し入られて、彼女が驚きに目を見開いた。顔を殴りつけると、美しいと言ってもいいくらい大きなブラウンの瞳がぼうっとなった。

ほとんど声をあげることなく、女はしゃがみこんだ。ロズウェルも腰を落とし、女の首を両手で絞めつけた。

「こっちを見ろ、ファット・アス。その目から光が消えるのを見たい」

すっかり酔っぱらっていたうえに、殴られて呆然となった女は反撃するどころではなく、両手で弱々しく彼を叩きながら、ごぼごぼと音をたてた。そのあいだもケージャン・アコーディオンの扇情的なリフがトイレの壁越しに響いていた。

ロズウェルは女が死ぬのを見届け、熱狂的な興奮がわきあがってくるのを待った。

だが、かすかな満足感しか得られず、また彼女を殴った。

「あばずれめ」女の頭を個室の壁に叩きつけ、小さな斜めがけバッグを奪う。

それをパンツの後ろにはさみ、個室の床に倒れた女を置き去りにした。トイレを出ると、今も音楽が鳴り響き、客は踊り続け、黒髪の女は大学生風の青年が言ったことにきゃっきゃっと笑っていた。

彼女も殺したかった。ただそこにいるというだけの理由で、体つきは好みなのに髪の色が間違っているというだけの理由で。

サングラスを投げ捨てたあと、一ブロック進んでから帽子を脱ぎ、誰かが拾いそうな歩道に落とした。

歩きながら、あの薄汚いバーのトイレに次に足を踏み入れた女性が悲鳴をあげ、店が混乱状態になるところを想像した。少なくとも、その考えは彼に小さな満足感をもたらした。それに、黒髪の女は罪悪感を覚えるんじゃないか？　バーで酔っぱらいに色目を使っているあいだに友人が殺されたんだから。

さらに満足感がこみあげる。

結果的に、労力は無駄にならなかった。新たなことを試すのは決して悪いことではない。公共の場で人を殺したのだから、これは成果だ。

どうやら別のターゲットを選ぶときが来たようだ。ほかの選択肢もあったのに、そのなかで退屈なロビンを選んだせいで、前回は満足感を得られなかった。モーガンなら話は別だし、そのことに疑念の余地はない。

だが、今は時期尚早だ。ロズウェルはホテルへと引き返した。

ふたたび彼女の番がめぐってきた暁には、とびきり特別な手口で殺さなければならないのだから。

花が咲き乱れる五月、モーガンの予算のスプレッドシートは以前より前途有望だった。生活全般も、より前途有望な気がする。いい仕事に就き、たっぷりチップを稼げるおかげで、この十年で楽しんだ余暇より多くの自由な時間を得られた。

それを有効活用することにした。

母と祖母が洗面所のリフォームについて話すのを耳にしたので、自分でやる方法を調べてみたのだ。あちこち寸法を測って、ホームセンターに行き、何時間か費やせばなんとかなりそうだった。

母と祖母が帰宅したときには、ほぼ仕上げの段階に入っていた。

「モーガン、ただいま！　今日は最高だったのよ」オードリーが続けた。「ディナーを食べながらワインを飲んだような一日だったわ」

モーガンは壁にかけたアートフレームをまっすぐにしてから後ずさり、工具箱代わりのガーデニング用バケツをつかんだ。

「あなたは出勤前に食事をする時間が――」洗面所の入り口を通り過ぎようとしたオードリーがぱっと足を止め、目を見開いて、甲高い声を小さくもらした。「えっ。いったいどうやって――。信じられない、お母さん、これを見てちょうだい」

「見るって何を？　この忌々しい靴を脱ぎたいんだけど」

そして、オリヴィアも入り口で立ち止まった。ゆっくりと目をしばたたいたのち、両腕を組んだ。「おやまあ」

「お母さんたちが知りあいの便利屋に電話をかけて、新しいシンクを選び、設備を一新して、ペンキを塗り、あれこれするつもりだったのは知っているわ。でも、たいした手間じゃないし、それにこのシンクは最高よ」

モーガンは昔ながらの白い磁器のシンクに手を滑らせた。

「洗面台のクロムメッキの脚は時代遅れで、蛇口なんかもそうよね。だから、洗面台の脚につや消しの黒いペンキを塗って、新品の蛇口も同じように仕上げ、際立たせることにしたの。壁に薄紅色のペンキを塗って、新しい照明と屋根裏部屋で見つけたこの古い鏡を取りつけたから、女の子っぽい雰囲気になったでしょう。ここの屋根裏部屋にはすばらしいお宝が山ほどあるわ」

「わたしがその鏡を買ったのは、オードリーが生まれる前よ」オリヴィアがつぶやいた。

「とてもすてきな鏡だし、汚れを落とすだけでよかったわ。それに、フレームを黒く塗ったら統一感が出たでしょう。新品の黒いバーにはおろしたてのゲスト用タオルを二枚かけ、庭のセントポーリアをひとつ拝借して窓台に飾り、新しいランプシェードを購入したわ。フリンジがゴージャスでしょう。きれいな石鹸《せっけん》と二枚のアートフレームは〈クラフティ・アーツ〉で手に入れたの。小さなラグはフリーマーケットの商品だけど、その色褪せた風合いがいいアクセントになると思って」

少しやりすぎたかもしれないと不安になり、モーガンはガーデニング用バケツを持ち替えた。「もし気に入らないなら、やっぱり便利屋に電話してもいいわよ」

「すごく気に入ったわ。お母さん、あのアートフレームの花にもピンクと黒が使われているわ。なんてすてきなの。上品で、ちょっと女の子らしい雰囲気で、うっとりするわ。蛇口の取りつけ方なんでどこで学んだの？」

「メリーランド州にいたころに、昼間勤めていた建設会社で多くを学ばせてもらったわ」

「この鏡は屋根裏部屋にあったのね」腕組みをしたまま、オリヴィアはしげしげと壁を眺めた。「おじいちゃんからもらったものなの。想像とは仕上がりが違うし、もうあのシンクは役目を終えたと思っていたわ」

「これはすばらしいシンクよ」

「今はそうね。こんなふうになるなんて想像していなかった。これはわたしの想像を上回るわ。じゃあ、このすべてにいくらかかったのか教えて」

「わたしもこの家で暮らしているし、この洗面所を使うわ。それに、ここをリフォームするのも楽しかった」

「これは贈り物よ、お母さん」オードリーが母親の肩を抱いた。「誰かさんがいつも言っているでしょう。贈り物をもらったときは感謝するようにと」

「自分の言葉に一本取られたわ。ありがとう、モーガン。おじいちゃんの工具箱が工房にあるから、それを使ってちょうだい」

「ええ、そうするわ」

「今度から、何かを修理しようと思ったら真っ先にあなたに相談するわ。さあ、何か料理を作らないとね。それと、あなたが言ったとおり、ワインを飲みましょう、オードリー」

「ワインは遠慮して、わたしは料理をいただくわ。おなかがぺこぺこなの。道具をしまって、出勤用の服に着替えてくるわ」

モーガンが足早に立ち去ると、オードリーはもう一度洗面所を眺めた。「庭のときと同じね。あの子にこんなことができるなんて全然知らなかった」

「でも、そのことに驚いた？」

「いいえ、驚いていないわ。あの子は本当にうれしそうだった」オードリーは母親とともにキッチンに向かった。「わたしたちの反応だけじゃなく、自ら考えてリフォームをしたことがうれしかったのね。モーガンはどうしてもおばあちゃんに恩を返したいのよ、お母さん。だから、それを受け入れてあげて」

「ええ、わかってる。ちょっと引っかかるけど、わかっているわ。献立はチキンライスとおいしいサラダでどう？」

「いいわね」オードリーは米を取りにパントリーへ向かった。「わたしは母親なのに、娘のことをよくわかっていないわ」

「わたしも母親のくせに娘のことをわかっていなかった時期があった。でも、ふたりで解決したでしょう。だから、今回もあなたは解決できるわよ」

「そう願っているわ。今はモーガンがここにいて、幸せに暮らしているだけで充分よ。このあいだのヨガクラスのあと、ドレアから感謝されたの、あんなに賢くて有能なお嬢さんを育ててくれてありがとうって。わたしはほとんど貢献していないのに、としか思えなかった」

「そんなふうに思うのは間違いよ、オードリー。解決したら、あなたにもわかるわ」

暦が五月から六月に変わったことにともない、モーガンはテーマをラベンダーからアプリコットに切り替え、アプリコット・コラーダとホットかアイスのアプリコットティーの提供を始めた。すでに見習い期間を終えた彼女は、テラス席を開放した〈アプレ〉でより深く業務に携わるようになっていた。

じっくりアイデアを練ったあと、モーガンはネルのもとへ向かった。

上司はちょうどオフィスを出るところだった。

「今、お時間はなさそうですね」

「一緒に歩きながら話せるなら、数分あるわ。プレジデンシャルスイートのイベント準備ができているか確認しないといけないの」

「五十人のカクテルパーティーで、ローレンがバーテンダーを務め、マリソルとケヴィンが接客担当ですよね」

「ちゃんと把握しているわね。ワインとビール、ソフトドリンク、温菜と冷菜のオードブル、種類豊富なミニデザートを出すわ」ネルはエレベーターのボタンを押すと、どうぞお先にとモーガンを促してから乗りこみ、〈クラブ・レベル〉にアクセスすべくIDカードを端末にタッチした。「それで、どうしたの？」

「今季雇ったスタッフがよく働いてくれています。オーパルが新人の給仕係をあっという間に鍛えあげてくれました」

「彼女ならそうでしょうね」

「オーパルをボーナスの支給対象に推薦します。新人研修に多くの時間と労力を割いててくれて、それが結果に表れています。詳細な報告書を用意したので、のちほど送りいます」

「ええ、そうして」ネルはエレベーターからおりると、左に曲がった。

「わたしはここが大好きです。飾り気のない優雅さがあって。高い天井や梁《はり》、あたたかみのある色合い、骨董品《こっとうひん》や絵画。非常に居心地のいいラウンジ。暖炉や花、どうぞおかけになってしばらくおくつろぎくださいと言わんばかりの調度品」

「わたしたちもよ」廊下の突き当たりで、ネルはフレンチドアの端末にIDカードをタッチした。

「わあ、すごい。ここに来たのは初めてです。さすが、プレジデンシャルスイートですね」

鮮やかなブルーの壁紙が貼られたゆったりとした玄関ホールには、素朴なベンチが置かれていた。花やキャンドルが飾られた背の高いサイドボードと、その両脇に背の高い椅子がある。右手のベッドルームをのぞくと、ふわふわした白い羽根布団で覆われたベッドや、上品なゴールドの布張りのヘッドボード、そこに並ぶ枕が見えた。

玄関ホールから続くリビングルームは、対のソファセットや細長いダイニングテーブルを置くだけの広さがあった。白いテーブルクロスで覆われたダイニングテーブルには、ビュッフェ用の保温器がいくつも並んでいる。部屋の隅には、ポータブルバーカウンターがすでに用意されていた。

だが、このスイートルームの目玉は、テラスに面したガラス張りのドアから見渡せる絶景だ。

緑の丘陵や丸い頂の山々を背に、青く輝く湖にはカヤックやカヌーがぽつぽつと浮かんでいた。

「インターネットで写真を見たことはありましたけど、このすばらしさは写真にはおさまりきりませんね」

「ベッドルームがふた部屋、バスルームがふたつと化粧室。バトラー用パントリーと見なす小部屋には、ゲストの要望に応じてスナックや飲み物を補充するわ。今回のようにパーティー会場として予約が入ったときは、ケータリング・スタッフがその小部屋を食器やトレイの置き場所として使うの」

「美しいスイートルームだけど、あまり堅苦しさは感じないわ」

「自分たちの思いどおりにするために、インテリアデザイナーとやりあって、わたしたちが勝利したの。ほかにあなたの用件は？」

「すみません、つい目を奪われてぼうっとしてしまいました。実は、新人スタッフのひとりにバーテンダー研修を受けさせたいんです。ベイリー・メイヤーソンは地元出身で、働きながら大学院に通っています。彼女は優秀な給仕係で、研修にも興味を示しています。これからの季節はテラス席が増えた分、必要に応じていつでもどこでも働けるスタッフがいるとありがたいです」

オーパルにはきいてみたの？」

「まずは、あなたの意見を聞きたかったんです」

「そしてこの件に関しても、詳細な要望書を書きあげているんでしょうね」

「はい」

「それも送ってちょうだい。検討するから、

「わかりました。最後に、ニックをアシスタントマネージャーに昇進させ、適切な昇給を行いたいのですが。彼は、ニックはそれだけ貴重な人材です。これは残業をしてもらうための提案ではありません。すでに彼はわたしがいないときにアシスタントマネージャーを務め、毎回日勤と夜勤の交代時には問題や在庫発注に関して逐一報告してくれますし、必要なときはいつでも快くピンチヒッターを名乗り出てくれます」

「四半期の人事評価で、ドンはニックのことを、非常に高い職業倫理を備えたチームプレーヤーでそつなく職務を全うする一方、マネジメントのスキルや能力には欠ける

と話していたわ」

「わたしはそうは思いません」

「同感よ。だから、以前ニックにあなたの仕事をオファーしたの。なぜ彼が今回はこの昇進を受け入れると思うの？」

「わたしがアシスタントマネージャーに求めるすべての業務を、すでにニックが行っているからです。もしわたしがもっと多くを要求すれば、彼はこたえてくれるでしょう。ニックに欠けているのは、肩書きと給与等級です」

「時給制ではなく月給制になるわよ」

「もし適切な補正がなされれば——あなたなら必ずそうすると信じていますが——ニックの賃金はあがるはずです。彼はその働きに見あう額を得られるようになります」

「報告書を送ってちょうだい。それはバトラー用パントリーへ運んで」ネルは、ワインや氷で冷やされたビールをのせたテーブルを運んできたケータリング・スタッフに指示した。「ニックにきいてみて。彼にはあなたの仕事をオファーしたことがあるし、彼が昇進を望むなら、もちろんわたしたちは承認するわ。ニックにきいて、もし彼に受け入れる気があるなら、話しあえるようにわたしに連絡してほしいと伝えて」

「ありがとうございます。準備に人手が必要なら、わたしはシフトまであと十五分くらいありますけど」

「大丈夫よ」ネルがそうこたえるなか、グラス類をのせたテーブルが運びこまれた。「ここはわたしにまかせて。グラスの半分はバーカウンターの背後に、残り半分はバトラー用パントリーよ」

モーガンは満ち足りた思いで〈アプレ〉に向かいながら、携帯電話を使って書類を送信した。

ニックがいつもの笑顔で彼女を出迎えた。「やあ！　テラス席が大盛況だよ。こんな日に外に座りたがらない人はいないよね。そして、ぼくたちのアプリコット・コラーダはカクテルリストで一番人気だ」

「本当に？」

「ピューレを追加発注したほうがいい」

ニックがさらに注文に応じるあいだ、モーガンはバーカウンターの背後にまわり、夜勤のスケジュール表と在庫を確認した。

そして、仕事がひと段落するのを待ってから言った。「ジェイムソン一家が、あなたにアシスタントマネージャーへの昇格とそれに見あう給与をオファーしているわ」

「なんだって？　ちょっと待ってくれ。マネージャーなら、もうきみがいるじゃないか」

「ジェイムソン一家はあなたもマネージャーに加わってほしいのよ、あなたの価値をわかっているから。それに、あなたはすでにアシスタントマネージャーの業務をこなしてくれているわ、ニック。もうその見返りを得ていいころよ。勤務時間が増えるわけじゃないけれど、時給じゃなく月給になる。あなたの経験や能力を踏まえた給与と、ほかのマネージャーが与えられているものをあなたにも与えるよう進言したわ」

モーガンはそう告げると、ニックが次のゲストに飲み物を出し終えるまで口をつぐんだ。

「ぼくがもうやっていることに、なぜジェイムソン一家はそんなにも多くを与えてくれるんだ？」

「それは、あなたが長年ここで働いてきた理由と同じよ。さあ、家に帰って考えてみて、コリーンとも話しあって。もし引き受けることにしたら、ネルに連絡して雇用条件や詳細について話しあってちょうだい」

「きみはわざわざこの話をしにネルのところへ行ったのかい？」

「それもわたしの職務のうちよ。もしわたしが何か見逃していたら伝えるのが、あなたの職務であるように」

彼はモーガンに歩み寄って頰にキスをした。「ありがとう、心から感謝しているよ。ぼくたちがどう決断するにせよ、心から感謝している」

ニックが仕事を終えて帰ると、モーガンは確信した。きっと彼は引き受けるに違いない。奥さんとは会ったことがあるし——ふたりのかわいい赤ちゃんにも——コリーンが賢明な女性であることは知っている。

モーガンはこのタスクに終了のチェックマークをつけ、今度はフロアのオーパルに目を向けた。どうか次のタスクもあまり反対されることなく、無事に達成できますように。

15

次に客足が途切れたとき――プレジデンシャルスイートのパーティーと夕食どきが重なったせいだろう――モーガンはベテランの給仕係のひとりに声をかけた。

「わたしは休憩に入るわ」

「休憩なんて取ったことありませんよね」

「でも、これから休憩なの。バーをお願い、自分の担当のテーブルにも目を光らせておいて。十分で戻るわ。今はちょうど注文もひと段落しているから」

フロアへ出てオーパルの肩を叩いた。「二、三分いいかしら？」

「わたしにそんな暇があるように見える？」

「ええ。スザンヌ、オーパルのテーブルをカバーしてちょうだい。十分でいいわ」

モーガンのあとから外へ出ていきながら、オーパルはぶつぶつと文句を並べていた。

「新人に目を配らなきゃいけないのよ。テラスは満席なんだから」

「そうね。だけどフロアとバーはすいているわ」モーガンは建物の外へ出ると、人目が届かず、立ち聞きされる心配のない場所まで行った。「ベイリーのことで話をしたいの」

オーパルはたちどころに身構えて腰に両手を当て、まっすぐ切りそろえた前髪の下の目に怒りの炎が灯った。

「ベイリーはうまくやっているわ。何か問題があるなら――」

「ええ、彼女はすごくうまくやっている。だからバーの仕事を教えたいの」

「給仕係の仕事を覚えさせたばかりよ。彼女に抜けられると困るわ。マネジメントの心得があるなら、それくらいわかっているべきね」

「マネジメントの心得ならあるし、わたしに対する不満は別の機会に聞くわ」

不満があるのは明白なのだから話しあう必要がある、とモーガンは考えた。

「いつでもあなたの都合がいい日にシフトの前に来るから、話をしましょう。話を戻すけど、補助で入れるバーテンダーがひとりほしいの。ベイリーなら必要なときにバーとテーブルの両方を担当できる能力とエネルギーがあるわ。彼女も少しだけど昇給するし、経験が増える。ネルがあなたの意見も聞きたいそうよ」

腰に当てられたオーパルの両手が握りしめられた。「わたしの頭越しに話をつけたの？」

「違うわ。自分の直属の上司のところへ行ってこの提案をしただけ。それがわたしの仕事だから。フロアの責任者はあなただから、わたしたちの上司は次にあなたの意見を求めているの。ベイリーは学びたがっているわ。わたしはその機会を与えたい。スタッフをバーにまわしている余裕はないとあなたが判断し、彼女には仕事を覚える意志があるなら、彼女が休みの日にわたしが教えるわ。みんなでスケジュールを調整しましょう」

「ベイリーだって予定があるかもしれない」

「時間が取れないなら、断ってもらってかまわないわ。あなたが彼女に確かめてちょうだい」

オーパルは今や腕組みをしている。「ベイリーが断ったら、〝非協力的で向上心に欠ける〟と彼女の人事評価に書くんでしょう」

「わたしがなんのためにそんなことをするの？　ふざけたことを言《ジーザス・クライスト》わないで、オーパル」

「不敬な言葉を吐かないで」

くだらないとモーガンは思った。そんなことはどうでもいいわ。

「わたしがスタッフの誰かをけなすようなまねをするなんて言いがかりをつけるのはやめてもらえるかしら。ベイリーにバーテンダーの仕事を覚える意志がないんだったら、〝けっこうです〟と言ってくれればそれでこの話は終了よ。決定権は彼女にあるわ。わたしの邪魔をしたいなら、好きなだけどうぞ。だけど、勝手なことは言わないでちょうだい。シフトの前に三十分時間を設けるから、好きな日を選んで。ふたりで話をつける必要があるでしょう」

「わたしは自分の仕事をやっているわ」

「そうね。もし決着がつかなくても、お互いにぎすぎすしながら自分の仕事をやっていけばいい。わたしはそれでかまわない。とにかく、ベイリーの件についてネルにあなたの意見を忘れずに伝えて」

モーガンはなかへ入ってバーに戻り、かっかしないように努めた。

十分ほどすると、ベイリーがバーに近づいてきた。

「今はフロアの手が足りているから、こちらの仕事を教えてもらうようオーパルに言われて来ました」

「ちょうどよかったわ」オーパルに邪魔をされなかったことに満足し、モーガンはバーカウンターのなかへ入るよう身振りで示した。「フロアに呼ばれるまでバーに入って。アシスタントとしてね」モーガンは説明した。「氷を常に満タンにしておくことと、おつまみの用意、ボトルの整頓、きれいなグラスの補充をお願い。今はカウンターは空いているから、テーブルに目を配って。いいバーテンダーには給仕係とのコミユニケーションが欠かせないわ」

「わかりました」

「バーカウンターの内側は清潔で、衛生的で、整頓され、落ち着いていなければならない——たとえ注文が多くて追いつけなくても、落ち着いて。常に整頓されていれば、落ち着くのはそう難しくないわ。ボトルを使ったあとは、もとの場所へ戻す。めったに出ない銘酒でも、よく使うお酒やシロップやジュースでも毎回よ」

モーガンはバーの下を示した。「ブランドやラベル、特定のミキサーの指示がないかぎりは、ここにあるものを使用するわ。今、ふたり連れの女性客が入ってきたでしょう？　彼女たちは古くからの友人同士で二、三日の休暇中なの。カウンター席に座るわよ」

ふたりがそのとおりにすると、モーガンは声をかけに行った。「マッサージはいかがでした？」

「極楽よ」五十がらみで赤い縁の眼鏡をかけ、ブロンドを後ろでざっくりと結んでいる女性がため息をついた。「ふたりともまっすぐ座っていられるのがびっくりなくらい」

波打つふさふさのブルネットに眠たげな茶色い目をした、彼女の連れが大笑いする。

「でも、しゃんとしなきゃね。あのおいしいアプリコット・コラーダで最後を飾るんだから」

「ご用意しますね。お支払いは部屋づけでよろしいですか？」

「そうしてちょうだい」

おつまみの小皿を手渡してきたベイリーに、モーガンはうなずきかけた。「使うのはブランデー用のスニフターグラスよ」ミキサーに氷を入れながらベイリーに説明する。「材料をすべて入れてブレンドする。糖度の高いシロップに漬けたアプリコット。濃縮パイナップルジュース、ココナッツミルク、ラム酒、それにライト・クレーム・ド・カカオ」

「どれも計量しないんですね」

「したわ。目とカウントで」モーガンはミキサーのスイッチを入れた。

「この音がいいのよ」ブルネットが言った。「今夜はずいぶん静かね」

「週のなかばですし、〈クラブ・レベル〉でプライベート・パーティーをやっているんです」

「あら、あたしたちは呼ばれなかったわ」ブロンドが言った。

「おかげで向こうは損をし、わたしたちは得をしました」

モーガンはグラスに酒を注ぎ、それぞれに飾りのパイナップルを添えた。「ごゆっくりどうぞ」

のみこみの早いベイリーはすぐさまミキサーを洗った。「目で、はわかりますけど、カウントで計量はぴんと来なくて」

「わたしの場合はフォー・カウント。四つ数えると一オンスよ。空き瓶を家へ持って帰るといいわ。計量カップ《ジガー》も借りていっていいわよ。使うのはお水ね。最初に一オンス、一オンス半、二オンスをグラスに注いで、別のグラスに自分で注いでみるの。目とカウントで計って」

「〝いーち、にー〟みたいに、なるべく正確に一秒ずつカウントしたほうがいいですよね」

「まさにそう。接客は給仕をしているからわかるわね。それはバーでもあまり違いはないけれど、覚えてもらわなくちゃいけないことがあるし、アルコールの種類に、ドリンクの種類、基本的な用語にも慣れてもらうわよ」

「給仕中に少しは覚えました」

「残りは仕事をしながら頭に入れて。質問があるときはきいてちょうだい」

「ひとつあります。どうしてあのお客さまたちがバーカウンターに座るってわかったんですか？」

「ゆうべいらして、カウンターに座るのが好きだって話していたからよ。興味深い人たちとの出会いがあるんですって」

テーブル客から入る注文をさばきながら、モーガンはベイリーに仕事を教えた。のみこみの早さを認めつつ、モーガンは身についた習慣から自分でなんでもやりそうになるのをこらえた。

アーチ型の入り口にリアムの姿が見えた。一メートルはありそうな長い赤毛に、一メートルもなさそうな黒のミニワンピース姿の女性を連れている。

そして、ベイリーがつぶやくのが聞こえた。「いやだ」

モーガンは彼女のほうへ目をやった。「どうかした？」

「いえ。あの――知りあいなんです、リアム・ジェイムソンと入ってくる女性。高校が一緒で」

「当てましょうか。性格に問題ありの女性なのね」

「問題ありありです。彼女のテーブルに給仕しなくていいのがせめてもの救いだわ」

「落ち着いて」モーガンは彼女に思いださせた。「あのふたりはまずバーへ来て、お酒を注文し、そのあとテーブルへ行く。それがリアムのやり方よ」

ふたりはそのとおりにした。

「やあ、モーガン、客足はどう？」

「いい感じです。そろそろ忙しくなるんじゃないかしら。上の階のパーティーもお開きになるころですし。何にしますか？」

「きみはどうする、ジェシカ？」

「ウオッカ・マティーニを。ハンガー・ワンと、カルパノ・ビアンコは少なめで、オリーヴは三つね。ピショラン種のオリーヴがいいわ」

モーガンはすぐにマティーニグラスを冷やした。

「それだとぼくにはお上品すぎるな」リアムが言った。「いつものやつにするよ」

「テーブルまでお運びします。屋内と屋外、今夜はどちらに？」

リアムが返事をする前に、ジェシカが小さな笑い声をたてた。「ベイリー？ベイリー・メイヤーソンじゃない？ その髪型のせいで気づかないところだったわ。今はバーテンダーをしているの？」

「こんにちは、ジェシカ。久しぶりね」

「本当ね。ベイリーとは高校が同じだったのよ」リアムを見あげながら、ジェシカは彼の腕に自分の腕をからませた。「あなた、ウェストリッジに戻ったの？」

「夏のあいだだけ」

「わたしは一週間いるだけよ。今はニューヨークに住んでいるの。ねえ、あなたがどうしているのかぜひ聞かせてよ、今度、仕事をしていないときにでも。テーブルへ行きましょう、リアム、仕事の邪魔をしたら悪いわ」

「ええ。またいつか」

「完璧なカクテルを作るわよ」モーガンは言った。「たとえ彼女が気に食わなくても ね」

リアムのドラフトビールを注ぐベイリーの横で、モーガンは完璧なカクテルを作ってみせた。

「わたしが持っていきます」ベイリーはトレイを取った。「もう高校時代は過去のことで、今じゃわたしも大の大人ですもの」

一時間もしないうちに、モーガンの予想どおり、忙しくなってきた。オーパルはあと十五分でフロアへ戻るようベイリーに伝えた。

「今日だけでたくさん学んだわ。ありがとうございます、モーガン」

「いつでもどうぞ。社交辞令じゃなくて、本当にね」

リアムがひとりでやってきて、カウンター席に腰を滑らせた。

「お代わりですか?」

「いや、コーラでいい。そろそろ家に帰るから」

「デートのお相手は?」

「デートじゃないよ。ただ一杯飲んだだけだ。ところでベイリー、その髪型、ぼくは好きだよ」

「えっ」ベイリーはびっくりして顔を赤らめた。「ありがとうございます。わたし、持ち場へ戻りますね」

「その前に休憩して。まだ十分あるから」

「バーで働いているんじゃないのか?」ベイリーがあわただしく立ち去ると、リアムは尋ねた。

「トレーニング中です。ベイリーは大学院生で、ここには夏休みのアルバイトで来ているの。高校は一緒じゃなかったんですか?」

「ぼくたちはリンカーンに通ったんだ――学区が違う。友人のひとりが当時ジェシカとしばらくつきあっていて、それで彼女とはちょっとした顔見知りだったんだ。今日、街でばったり彼女と会って」コーラを持ちあげ、うんざりした顔で天を仰ぐ。「変わらない人間もいるものだな。ぼくは猫は好きだよ、だけど二本脚のやつは苦手だ」

自分で言って、顔をしかめる。「今のは性差別的発言に当たりそうだな」

「この場合は大目に見ます。彼女に出したマティーニは気に入ってもらえました?」

「悪くないって言っていたな。一級品ではないけど、まあ勘弁してやると言わんばかりの口ぶりでね。その前に、飲み物を運んできたベイリーにちくちく言っていたよ。こんなふうに」リアムは親指と人差し指を合わせ、きゅっとひねってみせた。「ベイリーはただにっこり笑って、〝夏休みの帰省中にたまたま再会した高校時代の知りあいが、まるで変わっていないのはとても興味深いわ〟って言ったんだ。満面の笑みだったけど、あれは褒め言葉じゃなかったね」

「ベイリーもやるわね。あなたは気まずかったでしょうけど」

「なかなかおもしろかったよ」

「あなたもうまく相手から逃げられてよかったですね」

「言われなくてもわかってる」

モーガンは彼と気楽な会話を続け、カウンター席にいるほかのグループともおしゃべりし、注文に応じ、フロアへ目を配った。

「実は――」リアムは自分のほうへモーガンが戻ってくると打ち明けた。「ぼくも学生時代に休みのあいだ、バーテンダーをやったことがあるんだ」

「そうなの？」

「うちのルールだ。すべての仕事を経験し、すべての仕事の段取りを知る。または、どう改善すべきかを考える。ぼくはお粗末なバーテンダーだったに違いないな」

「そんなことはないと思うけれど」

「ぼくはきみみたいにはできなかった。ここに座ってきみの仕事を眺めていても、いったいどうやっているのか、さっぱりわからない」

彼女はリアムのほうへ身を乗りだした。「わたし、スキーは滑れないわ」

「次のシーズンに教えるよ」

「遠慮します。不格好なブーツをくっつけた細長い板で雪山を滑るなんて、とんでもない。謹んで遠慮するわ」

「それは、ぼくへの挑戦状だな」リアムは立ちあがり、カウンターに現金を置いた。「そんなふうに挑まれては引きさがれない。それじゃあ、また」

「おやすみなさい」

店を閉める間際にオーパルがバーへやってきた。「明日、シフト前に三十分もらえるかしら」

「いいわ。ワインセラーで会いましょう。あそこなら人目につかないから」

「わかった」

どうやら心底腹を立てているらしい。だが少なくとも——うまくいけば——その理由はじきにわかる。

モーガンは先に〈クラフティ・アーツ〉に寄って、週末に予定されている展示会の写真を見てからでもオーパルとの約束に間に合うよう、早めに身支度をした。家を出る前に、郵便物を取ってきてより分ける。

自分宛にクレジットカード会社から届いていた封書は、どうせ勧誘だと思ったものの、一応は封を開けてからリサイクル用のごみ箱に捨てるつもりだった。

だが、彼女は動きを止めて凝視した。肌が冷たくなり、続いてかっと熱くなる。三千二百八十六ドル二十八セント。行ったこともないニューオーリンズのふたつの店舗で購入した覚えのない商品の代金が、彼女は所持していないカードで支払われているというのだ。

全身が震えだした。喉がぴたりとふさがり、肺が閉じた。恐怖の一瞬、目の前が灰色になった。自分がくずおれるのは感じなかったが、気がつくと床に座りこみ、請求書を握りしめ、耳鳴りがしていた。

床に爪を立てて這《は》いあがり、よろよろとシンクに寄りかかって身を乗りだし、吐き気がおさまるのを待ったあと、冷たい水で顔を洗った。

まだ震えながら、どうにかカウンターのスツールまで行って腰をおろした。そして、カウンターに顔を伏せ、ふたたび息ができるようになるまで、頭が働くようになるまで待った。

モーガンは携帯電話を取りだすと、連絡先をスクロールして、ベック特別捜査官に電話をかけた。

「あの男が——あの男がニューオーリンズにいるわ。今もいるかわからないけど、いたのは間違いない」

「モーガン」

「わたしが――あの男が――わたしの名義でまたクレジットカードを作ったの。モーガン・ナッシュ・オルブライト。今度はわたしのミドルネームまで入れて。郵便で請求書が届いたの。三千ドルを――三千ドルを超える支払い請求書が」

「モーガン、落ち着いてください」

「無理よ」

「落ち着いて。請求書をわたしに送信してください。携帯電話で写真を撮って、それを送ってもらえればいいです。コピーを受け取りに人を行かせるので、請求書は処分しないで。だけどその前に写真をわたしに送ってください。できますか？」

「ええ」

「われわれと相談して決めた対策は取っていますか？」

「取っているわ」

「よかった。モーガン、気が動転するのはわかりますよ」

「動転」短い、ヒステリックな笑い声がもれ、手で口を押さえて止めた。

「わたしの話を聞いてください。これもロズウェルのミスです。彼は自分の居場所を、〝いた場所〟という可能性のほうがおそらく高いけれど、われわれに教えた。追跡する手段をわれわれに与えたんです」

「ここへ来るつもりなんでしょうか？」

「あなたのところに請求書が行くのはわかっていたでしょう、あなたがいつ受け取るのかも。一日か、二日後には届くはずだとわかっていた。だから、今すぐ彼があなたの前に現れる意味はありません。ロズウェルの目的はあなたを怖がらせ、動揺させ、混乱させることです。彼には、自分があなたの頭を占めていると信じる必要があるんです」

モーガンは目をつぶった。「わたしが彼の頭を占めているように。あなたが言わずにいるのはそういうことですね」

「そうだとしたら、あなたが頭を占めているせいで、彼はミスを犯し、不必要なリスクを冒していることになる。必要ならそちらへ行きますよ」

「いいえ、けっこうです。それよりあの男を見つけてください」

「ええ、必ず。それは約束します。写真を送ってください」

「わかりました。すぐに送ります。わたし――わたし、もう仕事に出かけないと。請求書を取りに来るのなら、職場まで来てもらってもいいでしょうか」

「そうするよう手配します。お互いに何か新しい情報があったら、連絡しましょう。これも約束です」

モーガンは写真を送信したあと、気持ちを奮い立たせて祖母のオフィスまで行き、茶封筒を出した。なかに請求書を入れて、バッグにしまう。

〈クラフティ・アーツ〉へ行くのはやめ、仕事ができる程度に気分が落ち着くまであてどなく車を走らせた。

そのせいで、オーパルとの約束に数分遅刻した。

「わたしの時間も、あなたの時間同様に貴重なのよ」

「謝るわ」言い訳はせず、ひんやりするワインセラーでオーパルと向きあった。

オーパルはいぶかしげに目を細め、モーガンの顔をじろじろ眺めた。「具合でも悪いの？」

「大丈夫よ。あなたは何か具体的な不満を抱えているんでしょう。それなら、ここではっきりさせて」

「ええ、そうするわ。あなたが今の仕事にありつけたのは、あなたのおばあさんとリディア・ジェイムソンが旧知の仲だからよ」

「たぶんそうね」

「たぶんじゃないわ。ジェイムソン一家はたいてい従業員のなかからマネージャーを選ぶのに、今回は違っていた。〈ザ・リゾート〉でカクテルを作れるのはあなたひとりじゃない。しかも、あなたときたら仕事の手はお留守で、店に男性客が入ってくるたび、愛想を振りまき、色目を使っている。ジェイムソン家の男性に対しては特にね。品がないのよ、わたしたち全員のイメージが悪くなる」

「〝愛想を振りまく〟？　〝色目を使う〟？　冗談《フォー・ファックス・セイク》じゃないわ」

「不敬な言葉を吐かないで」

「知るもんですか《ファック・ザット》。上に報告すればいいわ。あなたは面と向かってわたしを尻軽女と呼んだも同じなのよ」

「事実でしょう。ゆうべだってリアムといるのを見たし、なりふりかまわずマイルズに擦り寄っているじゃない。店を閉めたあとは車まで送らせて。昇進につながると踏んだら、ネルにまで枕営業をかけたとしても驚かないわね」

これにはモーガンもたまらず笑った。「それは奥の手として考えておくわ、マイルズとリアムで3Pに持ちこめなかったときのためにね」

オーパルの顔が真っ赤になった。「恥を知りなさい」

「いいえ、恥を知るのはそっちよ。事実を歪曲《わいきょく》する、その頭もどうにかすることね。わたしはゲストの――それからジェイムソン家の人たちの――気分を読み取って、彼らをもてなすようにしている。男性客でも女性客でもね。それがわたしの仕事の一部だから。ゆうべだって、リアムに色目を使っていたわけじゃないわ。ふたりで話をしていただけ、主にベイリーのことをね」

「あの嫌味《いやみ》な女の接客にベイリーを行かせたあとでね」

「あれはわたしが行かせたんじゃないわ。ベイリーが自分で行くと決めて、そしてきちんと接客した。バーカウンターのなかでも彼女は優秀だったわ。リアムもそれを目にして、彼女を褒めていた。彼がこれまでベイリーの優秀さに気づいていなかったとしても、今は気づいているわ」

「今度から仕事のあとはリアムに送ってもらうつもり？　兄弟同士で張りあわせようとでも思っているの？　〝わたし、恐ろしい目に遭ったから守ってちょうだい〟とかなんとか言って、か弱い女を演じているんでしょう」

モーガンは激しいショックを受けて後ずさった。「ええ、恐ろしい目に遭ったわ。わたしの一番の親友はもっと恐ろしい目に遭った。命を奪われたの。殴打されたあと、絞め殺されて。彼女はまだ二十六歳だった」

オーパルの頰がふたたび赤く染まる。「そんな目に遭って、気の毒に思うわ。だけど――」

「〝だけど〟じゃない。〝だけど〟は存在しない。彼女が風邪をひいてあの男の計画を邪魔していなければ、死んでいたのはおそらくわたしだった。あいつはわたしの死を求めている。わたしを殺したがっているわ」

「あなたがそう言っているだけで――」

「ええ、そう言うわよ。ＦＢＩの捜査官もそう言っている。数週間前にあいつに殺された女性も言えるものならそう言うでしょう、なにせあいつがわたしから盗んだロケットを——わたしの祖母のロケットを——自分の死体に添えられたんだから」一心に鍵をかけて閉じこめていたものがすべて、今や地獄の炎のごとく一気に噴きだした。

「これがわたしにとってゲームだと思う？　ジェイムソン一家に取り入って、同情を買うためのゲームだと？　あなたに警告するわ、一度きりしか言わないわよ。わたしにどんな不満を持ってもかまわないけど、この件には口出ししないで。この件はほうっておいてちょうだい」

「困難を抱えているのはあなただけじゃないわよ。つらい思いをしているからって、急に雇用されたり、特別扱いされるのはおかしいでしょう。妻がいる男性といちゃいちゃする権利だってないわよ」

「誰かといちゃいちゃした覚えはないわ。マイルズとリアムに色目を使ってるという話なら、あのふたりは独身でしょう」

「ニックは既婚者だわ」

「はあ、冗談《フォー》じゃ——いくらあなたでも、それはばかげているってわかるでしょう。きかせてもらうけど、あなたが疑問視しているのはジェイムソン一家の判断力？　それとも彼らが適任者を雇用する権利？」

「どちらでもないわ。だけど、わたしには自分の意見を述べる権利がある」

「そして、あなたは自分の意見を述べた。そこまでわたしを過小評価しているなら、日勤のシフトに変更するよう再度あなたに提案するわ」

「お断りよ」

「そう、それじゃあお互いにぎすぎすしながらやっていくしかないわね」

もっとひどい状況にだって対処したことがある、とモーガンは思った。今だって、もっとひどい状況に対処している。

「わたしはあなたの基準に合わせるために、自分自身や自分の働き方を変えるつもりはない。マネージャーとして、より生産的な解決策を見いだせなかったのは残念だけど、お互いに自分の仕事をきちんとやっているかぎり、どうにかなるでしょう。ひとりの女性として、人のことに余計な口出しをしないでとだけ言っておくわ。ほかに何か言いたいことはあるかしら？」

「言いたいことは言ったわ」

「そう。なら仕事をしましょう」

モーガンは夕方になって混み始めたばかりのバーへ向かった。バーカウンターのなかに入ると、慣れ親しんだ雰囲気に心のどこかで緊張がほぐれた。ニックと交代する前に、まだ片づけをしている彼の横でドラフトビールを二杯注いだ。

「ゆうべ、ボスと話したよ。行って、ネルの面談を受けた。紹介しよう、きみの新たなアシスタントマネージャーだよ」

「そうこなくちゃ！」モーガンは彼と手のひらを打ちあわせた。「今夜はそういうニュースが聞きたかったの。今夜は家に帰ってお祝いね」

「書類にサインをしたあと、母に電話したんだ。涙ぐんでいたよ。いくつになっても息子は息子なんだな」

「ああ、わたしまでもらい泣きしちゃいそう」

「泣いていたと思ったら、〝半年後にはマネージャーになるのよ〟だってさ」

「ちょっと！」

ニックは笑いながら客のクレジットカードの支払いを処理した。「〝ぼくが働きづめじゃ孫が増えないよ〟と言ったら、ころっと考えを変えたけどね。それから、ぼくの背中をひと押ししてくれたきみにお礼を言っておいてくれって」

「どういたしまして。それじゃあ、また明日」

それからモーガンはバーにたたずんで、フロアを見まわし、ガラス越しにテラス席へ目を配った。乗り越えられる、と彼女は自分に言い聞かせた。

きっと乗り越えられる、乗り越えなくてはいけないのだから。

母と祖母にも伝えなくては――それについてもほかに選択肢はなかった。翌朝、階下へおりていったとき、仕事へ出かけるために服を着替えてパティオで花に囲まれてコーヒーを飲むふたりの姿に、モーガンは気持ちがふっと軽くなった。

朝の日課に水を差すことになるけれど、あのふたりなら乗り越えられるはずだ。

自分で朝のコーヒーを作ったあと、モーガンはふたりのところへ行った。

「早起きなのね」母が言った。「おばあちゃんとゆっくりしているところよ。わたしたちは十一時まで行かなくていいの。なんならお昼まででもね」

「夜はピザをテイクアウトしようかと考えていたの。あなたの出勤に間に合うはずだから、よかったらひと切れか、ふた切れ、食べていくといいわ」

「ピザを断れる人がいる？」

モーガンは腰をおろし、一瞬だけ、もう一瞬だけ話を先延ばしにした。

陽光のなかでエメラルドのごとくまぶしいハチドリが鳥用の給水器から水を飲み、丸々としたキツツキが餌やり器の脂《スエット》を夢中でついばんでいる。春に植えた苗は元気いっぱいにたくさんの花を咲かせていた。

今この一瞬、すべては穏やかで美しく、心地よかった。ギャヴィン・ロズウェルはそれを壊そうとしている、終わらせようとしているのだ。

絶対にそんなまねをさせるものか。

「昨日、ＦＢＩの捜査官と話したわ」

「何があったの？」オードリーは急いで椅子から体を起こした。

「ＦＢＩがすでに対処していることを先に言っておくわね。実は、クレジットカードの請求書が郵送されてきたの。もちろん、わたしのカードではないし、わたしが使ったお金でもないわ」

「あのけだもの」オリヴィアが声をあげた。「あれを人間と呼ぶものですか。際限のない悪意の権化だわ」

「異論はないわ。でもベック捜査官は、あいつがまたもミスを犯したと言った。わたしもそう思うわ。ニューオーリンズでカードを使用したってことは、その日にそこにいたのは間違いないのよ」

「あなたを怖がらせようとしているのね」

「そして成功したわ、おばあちゃん。でも、わたしはもう平気よ。正直言って、〈アプレ〉のオーパル・リースとの話しあい――いいえ、あれはけんかね、そう呼んだほうが正しいわ。彼女とのけんかのほうがダメージが大きかったくらい。とにかく、ＦＢＩがもう動いてくれているわ。彼らはクレジットカード会社に問いあわせ、あの男のニューオーリンズでの足取りを追跡している。うまくいけば、そのあとどこへ行ったか探りだす手掛かりをつかめるかもしれない。まだニューオーリンズにとどまっていると期待するのは無理だろうけど、きっと痕跡をつかめるわ。わたしはそう思っている」

「みんなで小旅行に行きましょうよ。二、三日。ビーチがいいわ」オードリーは続けた。「パラソルの下でマイタイを飲むの」

「お母さん」モーガンは手を伸ばして母の手をぽんと叩いた。「ビーチやマイタイは解決策にならないわ。それに、わたしは仕事を始めたばかりで休暇は取れない。わたしは慎重に行動しているわ。みんなが慎重にしてくれている、そんな状況にうんざりなの。わたしが何を望んでいるか？　わたしはただこんなふうにここに座り、庭を眺め、小鳥を観察し、ギャヴィン・ロズウェルは刑務所の鉄格子の向こう側にいるんだと実感したい。それができるようになれば幸せよ」

「そのときに飲むのはコーヒーじゃなくミモザね」オリヴィアが言った。「それはそうと、オーパルとけんかをしたって、何があったの？　彼女は〈アプレ〉のフロア責任者でしょう？　どんな人かはよく知らないけど」

「不満があるなら全部話すよう、昨日、彼女と話しあいの場を設けたの。わたしはクレジットカードの件があったばかりで最高の気分ではなかったけど、中止にできる雰囲気ではなかった。まあ、それはどうでもいいことよ。彼女はわたしに腹を立てているの。コネでマネージャーの仕事を得たとね。それは完全に否定もできないわ。とはいえ、わたしにその資格があるのは事実だし、それだけの働きをしているつもりよ」

「もちろんよ」

「お母さんは母親だからそう言うでしょうけど、わたしは本当に仕事をきちんとやっているの。仕事の手がお留守だとか言われたけど、そんなのは言いがかりだし、実際は売上げが伸びているのよ。彼女、わたしが男性客に色目を使っていると非難したのよ――とりわけジェイムソン家の男性たちに」

「ばかばかしい！」オードリーの声には怒りがたぎっていた。「それに色目を使ったからって、なんなの？　この国では色目を使うのは違法じゃないわ」

「もし違法なら、たくさんのバーテンダーが刑務所送りになるわね。わたしたちの仕事はカクテルを作るだけじゃない。つながりを作ること。自分は特別だと感じてもらうこと。お客さまが望むなら、透明人間になることよ。オーパルも〈アプレ〉で働いて長いんだから、それくらいわかっているはずだわ」

「彼女のことはどうするの？」オリヴィアが問いかけた。

「どうもしないわ。マネージャーを敵視したまま働きたいなら、それはオーパルの問題だから。おまけに、彼女は人事評価でわたしが彼女をこきおろすと考えているようなの。実は、今日書きあげようと思っているわ。どうしてわたしが彼女にクレームをつけるの？　オーパルは仕事の面では有能よ。有能以上だわ。わたしは彼女に好かれなくても困らない」

「賢明な子ね。それにしても、とても不愉快な女性みたいね」

「でも、わたしに対してだけなのよ。見たところ、ほかの給仕係には慕われているし、ゲストからも気に入られている。リピーターとは顔馴染みで、ジェイムソン一家からは大事にされている」モーガンは肩をすくめた。「わたしが気にしなければいいことよ」

「賢明な子ね」オリヴィアは繰り返した。「タフなところはやっぱりナッシュ・ウーマンだわ」

「ナッシュ家といえばタフだもの。さて、わたしはなかへ戻って今話した人事評価を書きあげてくるわ。締め切りの一日前だけど、もうネルに提出しようかしら。ほとんどできているの」

「ノートパソコンをここへ持ってきて、いいお天気を楽しみながら書くのはどうかしら?」

「それ」モーガンは母を指差した。「グッドアイデアね。すぐに持ってくるわ」

オードリーは娘の背中を見送ったあと、母親へ視線を移した。

「あの子は大丈夫よ、ベイビー。わたしたちがそばにいるじゃない」

「大丈夫なのはわかっているの。いいえ、大丈夫だとわかっているつもりなの。でも、やっぱり心配よ」

「家族の心配が防御壁《プロテクター》になるなら、あの子は無敵の鎧を着ているも同然よ」

「ええ、そうよね。それに、少なくともわたしたちは遠くであの子を心配しているんじゃないわ」

「今はもう違う」

16

ＦＢＩ特別捜査官のベックとモリソンは〈バーボン・ビート〉と呼ばれるバーの、個室がふたつ並ぶトイレに立っていた。二週間前、友人を探しに来たジェニー・グレードが、ひとつ目の個室の床に倒れて事切れているケイリーン・ドレスラーを発見したのだ。

事件は無差別強盗と見なされ、未解決のままだった。

被害者はアラバマ州モービルから友人を訪ねてきており、バーにも、街にも、ジェニー以外に知りあいはいなかった。

「地元警察は強盗殺人と見なしている。性的暴行はなし」モリソンは続けた。「加害者はおそらく男性で、犯人は彼女のあとをつけて個室に押し入り、顔面を殴打して無力化したあと、絞殺。二撃目、側頭部を壁に打ちつけたのは、被害者の死後だ。被害者は小ぶりのハンドバッグを携帯し、なかには身分証明書、現金――金額は不明だが二百ドルもなかったと考えられる――口紅、ＶＩＳＡカードが入っていた」

「これはロズウェルの犯行よ、クエンティン」

「やつのいつもの手口とも、被害者像とも違う」

「ニーナ・ラモスも違っていた。これはそのときの犯行に近いわ。襲いかかって殺害、殺したあとに暴行を加える。殺害後の暴行は鬱憤晴らしよ。ロズウェルは欲するものを得られなかった。それを被害者のせいにしているの」

モリソンは同意してうなずいた。「被害者はブロンドで、年齢層もロズウェルの好みだ。だが、これは新しいパターンだぞ、ティー。人の多いバーでは、誰が入ってきたっておかしくない。ロズウェルが入っていくところや出ていくところを見た者がいて、目撃情報を提供されていた可能性だってある」

「おそらくふたりのあとをつけていたんでしょう。被害者は友人とバーを数軒はしごしていた。ロズウェルはじっとしていられず、モーガン・オルブライトのことを考えながら街をうろついていた。見つけた好みの女性がダンスフロアにいるのを観察しつつ、ロズウェルは機会を待った。彼女が奥のトイレへ向かった。友人はバーで立ち話をしていて、ケイリーンが店の奥へ向かったのに気づいていない」

「客たちは酒を飲み、ダンスをし、今夜の相手を探している」モリソンはあとを引き取った。「誰もロズウェルが彼女のあとを追ったことに気づかなかった。十五分経っても彼女が出てこないことにも気づかず――ロズウェルが戻ってきて店を出ていったことにも、誰も気づかない」

ベックはトイレのドアへと歩いた。「彼は少し間を置いて、彼女に続いてなかへ入った。もしもターゲット以外に誰かいたら、それでゲームオーバー。おっと失礼、と笑って後ろへさがればいい。だけど誰もいなかったので、なかへ入った。そして内側からドアに鍵をかけた」

「あとは彼女が個室のドアを開けるのを待てばいいだけ」モリソンは先を続けた。

「顔に一発」ジャブを繰りだしてみせる。「彼女は後ろへ転倒し、目をまわす。店内は音楽がかかっている、大音量の音楽が」

「彼女が悲鳴をあげたとしても、誰の耳に届く？　ケイリーンの首を絞めているとき、ロズウェルの頭にあるのはモーガンのことよ、クエンティン。でも彼女はモーガンじゃない、だから快感を得られない。だから被害者の頭を壁に打ちつけ、ハンドバッグを奪って出ていった。自分のホテルへ戻り、その夜か、翌日には姿を消した」

「つじつまが合うな」

「ええ、つじつまが合う。泊まっているのは高級ホテル、そこの眺望のきくスイートよ。場所はフレンチ・クォーター内」

「ああ、そうだな」モリソンは同意した。「それがやつのスタイルだ」

「見つけるわよ。ホテルが見つかって、裏が取れたら、わたしからモーガンに連絡するわ」

　被害に終わりはない。モーガンは携帯電話を置きながら思った。クレジットカードの請求書のパンチをみぞおちにくらってから三十六時間経つか経たないかのうちに、新たに女性が殺されていたことが判明した。ロズウェルの手で。

　友だちとひと晩羽目を外して楽しもうと出かけただけの不運な女性。ロズウェルは彼女と面識がなかった。そしてベックによると、彼女を狙っていたわけではなく、人混みのなかからたまたま選んだだけらしい。

　ＦＢＩはロズウェルが宿泊していたホテルを探し当てた。彼は髪を染めるか鬘《かつら》をかぶるかして赤毛になっていたが、ＦＢＩはホテルを突き止めた。ロズウェルは女性を殺害した翌日にチェックアウトし――モーガン名義の偽造カードで買い物をしたあと――タクシーで空港へ向かった。

　しかし防犯カメラの映像によると、空港内には入っていない。

　できることはないと、モーガンは自分に言い聞かせた。今やっていることをやる以外、自分にできることはない。そして自分にとって、それは仕事へ行くことだ。

　金曜の夜の結婚式のリハーサルとその後の内輪の食事会は、食後に出席者がバーへ流れてくることを意味し、それに加えて週末の滞在客と、地元のリゾートで酒を楽しもうとする客がどっと押し寄せた。

ちょうどいいとモーガンは感謝した。忙しければ鬱々と考えている暇などない。ベイリーにはふたたびバーカウンターへ入ってもらっていた。それは本人がそうしたいとオーパルに頼んだのが大きいはずだ。どんな結果になるとしても、ベイリーの才能をうまく活かそう。

「このテーブルの注文をすべてお願い。シラーズ、シャルドネ、ハウスシャンパン、それにピノ・グリージョ。チーズフライがふたつ、お皿は四つよ」

ベイリーを信頼し、モーガンは三杯のアプリコット・コラーダ用にミキサーのスイッチを入れた。

自動操縦で働き、注文をさばいて、おしゃべりし、ゲストがビールやワインやウイスキーを決められないときには試飲用のグラスを差しだした。

四十歳に手が届こうかという男性がバーまでやってきて、モーガンに向かって人差し指をくいと曲げた。

「お呼びでしょうか？」

「テーブルの仲間と賭けをやっていてね。これから言うカクテルをバーテンダーが作れるかどうかってやつだ。きみは若いから経験も浅いと見た。ぼくの言うカクテルを知らない可能性は大だね」

「何を賭けていらっしゃるんですか？」

「明日のゴルフ代が連中のおごりになる」

「いいですね。では、何をお作りしますか？」

彼はにんまりと笑い、人差し指を振った。「ググるのはなしだぞ」

モーガンは両手をあげてみせた。

「ザ・ボーンだ」

「わたしってそんなに若く見えるのかしら。ワイルド・ターキー・ライとバーボン、どちらにします？」

「くそっ――」罵りかけて、彼は笑いだした。「ライで。四つ頼む」

「雄々しいカクテルを四つ。テーブルまでお運びします。ゴルフは残念でしたね」

グラスを四つ冷やし、一度に二杯ずつ作れるようシェイカーをふたつ取りだした。

客の鼻をあかせたのはうれしかったし、婚約を祝うカップルからシャンパンをボトルで注文されたこともモーガンの気分を高揚させた。

「ああ、楽しい！」ベイリーは息を弾ませ、おつまみ用の小皿を補充した。「目がまわるほど忙しいけど、楽しいわ。たぶん、まだ新しいことばかりだからですね」

「わたしには新しいことじゃないけど、いまだに楽しいわよ」奥のボックス席からどっと笑い声があがった。「それに、楽しいのはわたしたちだけじゃない」

店内は客でいっぱいだった。ハイカー、バイカー、ゴルフ客、ハネムーン客、ウエディング・パーティーの客、ほかにもまだまだいる。

深夜近くなるとマイルズが入ってきて、いつもの席に座った。そして、携帯電話を取りだした。

モーガンは彼にカベルネを注いだ。

「席があってラッキーでしたね」

「〈ザ・リゾート〉も週末は満室だ。ゲストの半分はここに来ているかのようなにぎわいだな」

「一時間前を見てほしかったわ。これでも静かになってきたところです」

彼女はメルローとウオッカ・トニックを飲み終わりかけているカップルのところへ行った。「お代わりはいかがでしょうか?」

「ちょうどよかった。お代わりと、あとスパイシーフライを頼む」

「申し訳ありません。厨房は十二時までなんです」

「おいおい、そりゃないだろう」男は威張ったそぶりで自分の腕時計を叩いた。「まだ五分過ぎただけじゃないか。注文を取りに来るのが遅いんだよ」

「すみません。どうにかできないか確かめてきます」

店の電気フライヤーはすでにスイッチを切ったはずなので、モーガンはルームサービスに注文することにした。

「数分お時間がかかるので、店からのサービスとさせていただきます」

「なんだ、話がわかるじゃないか」

「お待ちいただきありがとうございます」モーガンは落ち着き払った態度でバーカウンターへと戻った。

「わたし、心のなかであきれ顔になっちゃいました」ベイリーがささやいた。

「顔には出さないでね」

オーパルが、なんの感情も顔に出さずにバーへやってきた。「ベリーニをふたつ、アプリコット・コラーダとコロナをひとつずつ」

「コロナと空いたグラスの片づけはわたしがやります。今夜はわたしをバーで働かせてくれて、ありがとうございました、オーパル。すごく勉強になっています」

「明日は通常の持ち場へ戻ってもらうわよ」

「はい」

モーガンはミキサーをまわしながら、フルートグラスを取りだすと、シャンパンのボトルをベイリーに渡した。「あなたが作って」

「いいんですか？　わたしの初公式カクテルだわ」

ベイリーが注ぐのを片方の目で見守りつつ、モーガンはミキサーのスイッチを切ってコラーダの仕上げをした。

「完璧よ。上出来だわ」モーガンは飲み物をトレイにのせたあと、オーパルへと顔を振り向けた。そのとき、別の動きにふと目を引かれた。

あの男が、テラスへ続くガラス張りのドアに向かって歩いていた。顔を背けていたものの、横顔がちらりと見えた。髪の色、体格、身のこなしもそのままだ。

全身の力が抜けた。

「ちょっと、モーガン、それ――」

続いて全身の力が爆発した。

バーカウンターから飛びだし、ドアの手前で男の腕をつかむ。「このくそ――」

相手はぎょっとして振り返り、モーガンは見知らぬ男性を見あげていた。

「ごめんなさい。本当に申し訳ありません。人違いをして……」

「人違いでよかったよ」相手は困惑しながらも微笑んでくれた。「元恋人がろくでなしだったのかい？」

「本当に申し訳ありませんでした」彼女は繰り返した。

男性に背を向け、肺には息が詰まり、視界が端から灰色で塗りつぶされていくなか、モーガンは駆けだした。

「これを」オーパルはベイリーにトレイを押しやった。「テラスの三番テーブルへ。バーを頼むわよ」

オーパルが店から走りでると、先にマイルズがモーガンを追っていた。彼は女性用化粧室の前で、何も言わずにドアを指差した。

オーパルはドアを押し開けてなかへ入り、床に座りこんでいるモーガンを見つけた。壁に背中をもたせかけ、息ができずにあえいでいる。

「ゆっくり呼吸して」オーパルはしゃがみこんで、モーガンの顔を両手ではさんだ。「ほら、ゆっくり息をするの」

「できない。息ができない」

「大丈夫、あなたは息ができる。ゆっくりよ。落ち着いて、ゆっくり息をして」

「痛い。胸が痛いわ」

「ええ、そうね。息を吐いて、落ち着いてゆっくりでいいわ。今度は吸って。これはパニック発作だから、落ち着きましょう。そう、そうよ。息を吸って、吐いて。わたしの妹も、大学でくそったれに襲われたあと発作が出たものよ。呼吸を続けて」

「あいつだって——てっきりあいつが来たんだと思って……」

「ええ、わかった。ちょっと待ってて」

オーパルは立ちあがって入り口へ向かい、ドアを開けた。「水をお願いします」

戻ると、モーガンは両脚を抱えこんで膝に顔を埋めていた。「わたしは大丈夫。もう平気よ。恥さらしもいいところだわ」

「何を言っているの」ノックの音に、オーパルはドアまで歩いていき、グラスを受け取った。「もう少し時間をください」マイルズに伝える。

「お水よ」モーガンの前に膝をついた。「ひと息に飲まないでね」

「ありがとう。あいつにそっくりだったの、でも振り返ったら……」

「本当に人違いだったの？」

「ええ」

「じゃあ、あそこまでにしておいてよかったわね」少しずつ水を飲むモーガンを眺めつつ、オーパルは膝を折り曲げて座った。「お客さまを殴る寸前だったでしょう」

「ああ」モーガンはふたたび顔を埋めた。「殴ったら大変なことになっていたわ」

「あなたもなかなか根性があるってわかったけれどね。わたしが思っていた以上だったわ。てっきり、被害者ぶってまわりをいいように操っているんだと思ってた。だから、それは謝るわ」

「これで貸し借りなしにしましょう」モーガンは目をつぶり、頭をそらして壁にもたせかけた。そしてすぐにはっとする。「いけない、バーを放りだしてきちゃった。ベイリーが――」

「ベイリーなら、少しのあいだくらいカバーできる。わたしも彼女を観察してきたけど、あなたのトレーニングはちゃんと功を奏しているわ。まあ、ベイリーはもとからそれだけの才能があったんだけど」

「そうね。でも、いいかげん戻らなきゃ」

「顔色も戻ってきたし、震えも止まったわね。立ちあがってみて。それから判断しましょう」

モーガンが立ちあがると、彼女はうなずいた。「大丈夫そうね」

オーパルは、ロビーの先の廊下で行ったり来たりしているマイルズのところまでモーガンを連れていった。「あとはお願いします」そう言うと、バーの入り口へと引き返していった。

「行こう。ぼくが家まで車で送る」

「いいえ、それはだめよ。バーへ戻らないと」彼が帰宅を命じようとしているのが目を見てわかったので、その前にモーガンは片手をあげた。「戻る必要があるの。わたし自身のためにそうしないといけないの、マイルズ。さもないと、またロズウェルの勝ちになってしまう」

マイルズは長いこと彼女を見つめたあと、身振りでバーの入り口へと促した。

「ごめんなさい、こんなことに――」

「言う必要はない」

彼はいつものスツールに戻り、モーガンはバーカウンターのなかへ戻った。

台拭きを取ってから、ベイリーの腕をぎゅっと握る。「ごめんなさい、あなたをひとりきりにしてしまって」

「いいんですよ。大丈夫ですか？」

「ええ、もう平気」

「フライが来ました。それとテーブル・オーダーが入ったので、わたしが作って出しておきました」

「助かるわ。ひとつお願いできる？」

「もちろんです」

「わたしが腕をつかんでしまった男性と、彼の連れが何を飲んでいるか見てきて。ラストオーダーの前に彼のテーブルに一杯サービスしたいの」

「わかりました」

握りしめた台拭きを支えにし、モーガンはカウンター席へ目をやった。スパイシーフライを注文したカップルは、お互いに話すこともないらしい。アルコールと炭水化物も、ふくれっ面への万能薬にはならないようだ。

シャルドネを飲んでくすくす笑いあうふたり連れの女性たちは、ニューオーリンズで殺害された女性とその友人を思わせ、モーガンは胸が痛んだ。

バーカウンターの端では、マイルズが携帯電話を操作していた。

「全部で五人です」ベイリーが報告した。「ヘッディ・トッパーズがふたり、あとはモヒート、マルガリータのロック、メルローです」

「ありがとう。ビールとワインはまかせていい？」

モーガンは自分でドリンクを運び、テラスを横切ってさわやかな夜気を浴びた。「これはわたしからです」そう言って、グラスをテーブルに置いていく。「先ほどは本当に申し訳ありませんでした」

「ああ、どうもありがとう。でも、たいしたことじゃないよ。あのまま一発くらっていたら、やばかったかもしれないけどね」

「わたしの右フックは強烈ですから」笑顔を保って拳を見せ、彼の仲間が笑い声をあげるあいだに、空いているグラスをさげた。

「きみの元恋人は、ハンサムなくそ野郎だったんだろうな」

「ハンサムという点ではあなたに負けますけど。ご理解ありがとうございます。どうぞ楽しんでください」

店内へ戻ったときには、気持ちもずいぶん落ち着いていた。

スパイシーフライの皿は空になり、カウンターに置かれたチップは一ドル札一枚だった。くすくす笑いをする女性たちは、ラストオーダーでお代わりを注文した。

モーガンは女性たちへの給仕はベイリーにまかせ、そのあと彼女に一ドル札を渡した。

「完璧な給仕をしても、チップを渋るお客さまはいる。そのことを忘れないようこれを取っておいて」

「いやなやつですね」

「彼の奥さんもきっと同感よ。だけど、明日また彼が来ても完璧に接客すること」

「ゲストがどんなにケチでいやなやつでも、わたしたちは仕事に誇りを持っているから、ですね」

「そう。それに、わたしたちはこの〈ザ・リゾート〉の顔だからよ」

一時になるころには店内にもテラス席にも残っている客はまばらになり、スタッフはテーブルの上を片づけていった。くすくす笑う女性たちは今夜はお開きにすると、笑いながら店をあとにすることができた——なぜならギャヴィン・ロズウェルはこのバーには立ち寄らなかったのだから。

「おごってもらって悪かったね」

「悪いのはこちらですから」

「元恋人の話をしたくなったら、今度はぼくがおごるよ」男性客はバーカウンターに名刺を置き、微笑んだ。「きみがパンチを繰りださなくて助かった」

「わたしも助かりました」彼が出ていくと、ベイリーが顔を寄せてきた。「今の人、完璧に誘っていましたよね」

「あなたが持っていて」モーガンは彼女のポケットに名刺を押しこんだ。「氷を入れた水をマイルズに、炭酸抜きね。それを出したらあがってちょうだい。今日は本当によくやってくれたわ、ベイリー」

「わたしも残って店じまいを手伝いましょうか」

「もう充分手伝ってもらったわ。ごみ出しに、ごみ袋の交換、ビールサーバーの注ぎ口の掃除と施錠、製氷機の清掃。グラスの片づけに補充。いたれりつくせりよ」

「オーパルから、ニックがいいと言ったら火曜日に二時間バーに入るようにって言われたんです。火曜は日勤なので」

「いい考えだし、ニックはきっとオーケーするわ。昼間はやり方もリズムも違うのがわかるわよ」

最後の客が帰り、スタッフたちが声をかけて帰っていくなか、店じまいを続けていたモーガンは、マイルズがバーカウンターのなかへ入ってきたので仕事の手を止めた。

「座っていろ」

「でも、まだ――」

「店じまいの手順は知っている。座って」

「わたしの手順を知っているとは限らないし、それに、これはわたしの仕事よ」

彼女を無視して、マイルズはボトルの水滴をぬぐい始めた。「昔、バーカウンターで二カ月働いた。それに片づけはベイリーがすでにほとんど終わらせている」

「彼女は気配りができるわ」あなたもね、とモーガンは思った。

ふたりは無言で手を動かした。モーガンはビールとワインを補充し、ワインセラーに鍵をかけようとした。

「ワインセラーには鍵をかけるな、それにきみは座っていろと言っただろう。きみもカベルネでいいか、それとも何か別のものを飲むか？」

「飲みたいなんて言っていないわ」

「もし飲むとしたら、なんにする？」

自分のことを特に頑固だと思ったことはないが、頑固だったとしても、彼のレベルに達するのは無理だろう。

「何か軽いものかしら。ピノ・グリージョとか」

マイルズは赤ワインと白ワインをそれぞれグラスに注いだあと、ワインセラーに鍵をかけた。

「外へ行こう。きみは疲れているだろうが」彼は続けた。「そのせいで緊張状態にある。だからリラックスしたほうがいい」

マイルズはグラスを運び、ドアの前で彼女が開けるのを待った。

モーガンも出てきてドアを閉めると、マイルズは近くのテーブルにグラスを置いて座った。

「そんなにロズウェルに似ていたのか？」

モーガンは首を横に振り、観念して腰をおろした。「いいえ。だけど体つきと髪が、あと〝カジュアルだけどスタイリッシュだろう〟と言いたげな服装がよく似ていたわ」

「なるほど。ジェンはきみに殺人鬼を見つけたら追いかけて顔に一発叩きこむよう教えているのか？」

「まさか、もちろん違うわ。わたしが単に……反応してしまっただけ」

「ぼくはすぐそばに座っていた。警備員だって連絡すればすぐに駆けつけたはずだ」

「頭が働かなかったわ、何も考えていなかった」モーガンはワインを口に含んだ。夜気のようにさわやかで軽い。「言い訳にはならないけど、思わずあんな反応をしたのは、女性がまたひとり殺されたせいだと思う」

「いつ？」

「はっきりとは知らないけど、約二週間前よ。わたしも聞いたばかりで。またわたし名義でクレジットカードが偽造されたの」彼女は止められなくなり、マイルズに全部話した。

「ロズウェルが宿泊していたホテルが見つかったの。髪を染めたか、赤毛の鬘をつけていたらしいわ。女性を殺害した翌日にチェックアウトし、タクシーで空港へ向かった。でもターミナルには入らず、長期滞在用駐車場から車を盗んでいる。所有者が戻ってきて通報するまで五日の猶予があったから、今はどこにいてもおかしくないわ」

「警備の目をかいくぐって〈アプレ〉に入ってくることは不可能だ」

「警備のことは考えていなかった。わたしは何も考えていなかった。パニックになっていたのよ」

「いいや」マイルズは彼女の目を見つめたままだ。「きみは腕をつかんだ男が人違いだと気づくまではパニックを起こしていなかった。それまではやる気満々で相手の尻を蹴りあげてやろうとしていた。パニックの発作に襲われやすいたちなのか？」

「前は違ったわ。そんなことは一度もなかった。事件のあとに何度か発作を起こしたけれど、あんなにひどいのは初めてよ」

「頭に血がのぼるのはまだましだ、自分で抑えこむことができるならな。彼に連絡するのか？　間違えられた男性だ。名刺を渡されていただろう」彼女がぽかんとしたので、マイルズは言い添えた。

「ああ、いいえ、まさか。第一に、どんな状況であれお客さまの誘いに応じるのは賢明ではないもの。第二に、状況が状況でしょう？　それに加えて、わたしが最後にデートをした相手は――たった一、二回だけど――連続殺人犯だった。そうなると、ああいう誘いは敬遠したくなるものだわ」

「元気になったようだな」

モーガンは首をそらして星を見あげた。「そうみたいね」

「それに今夜は、スパイシーフライを出せとごねた客までいた」

「そうそう。あれは極めつけだったわね」モーガンはグラスをかかげてみせた。「一ドル札を一枚だけ置かれるのはチップがないより屈辱的なことだって承知しているタイプよ」

「彼にはどんなストーリーがあると思う？」マイルズは促した。「きみの考えを聞かせてくれ」

「彼は横柄にふるまうのを好むわ。理由は重要人物になった気分を味わえるからよ。店員や、自分より立場が下の人間に対しては特に。身につけていたロレックスは、見たところ本物だったし、部屋は〈クラブ・レベル〉のスイートだから、惜しみなくチップを払うゆとりはあるはず。だけど、気前がいいように生まれついていないの。ろくでもない上司で、短気で口うるさくて失礼なのは、それでやっていけるから」

マイルズはワインを飲みながら彼女を眺めた。「彼の連れについては？」

「彼女はひと言もしゃべらなかったけれど、ちらりとこっちを見たわ。あの目は、〝あなたもひどいと思う？　わたしが我慢しているものを見せてあげたい〟と訴えていた。彼女もそろそろ我慢の限界なんじゃないかしら」

モーガンは肩をすくめた。「以上がバーカウンターの内側にいたわたしの見立てよ」

「バーカウンターの端にいたぼくの見立てと合っているな。それでも、きみは人が好きなんだね」

「わたしに殴られそうになった男性は、いっさいわたしを責めなかった。〈クラブ・レベル〉ではない部屋をシェアしている女性のふたり組は、二十五パーセントのチップを置いていってくれた。オーパルは自分の持ち場を離れて――そんなことは絶対しない人なのに――わたしのパニック発作がおさまるまで介抱してくれた。それに、あなたはそこに座り、わたしが今夜の出来事を引きずらないよう気遣ってくれている。本当なら家でボクサーパンツ一枚になって、テレビのスポーツチャンネルを観ていられるのに。ええ、だからわたしは人が好きだわ」

マイルズはグラスに残っているワインをじっと見てから飲み干した。「ぼくはスポーツチャンネルは観るのではなく、たいていは音だけ聴いている。それに下着はブリーフ派だ」

「いいえ、どう見てもボクサーパンツ派だわ。そしてこれは――」モーガンはふと気づいた。「明らかに不適切な会話ね。片づけて家に帰らなきゃ」

彼女が立ちあがるとマイルズも腰をあげた。「ぼくが送ろう」

「なんですって？　けっこうよ。もう大丈夫だから」

「元気になっただけじゃ大丈夫とは言えない。ぼくがきみの車を運転する。夜勤の者にぼくの車でついてこさせよう」

「わたしは本当に大丈夫だから」

マイルズは片手を差しだすだけだった。「車のキーはどこだ。さっさと出してくれ」

「わたしのバッグのなかにあるわ。こんなの、ばかげている」

「最高執行責任者に向かってばかと言うのは賢明ではないな」

「あなたがばかだとは言っていないでしょう」彼女はぶつぶつ言って乱暴にグラスをつかんだ。「そう思ってはいるけど」

彼女についてなかへ入ると、マイルズはドアを閉め、モーガンがグラスを片づけてバッグを取ってくるのを待った。

「ねえ、マイルズ――」

「車のキーだ」

「もう」モーガンはキーを引っ張りだして彼の手のひらへ落とした。「今はどんどん人が嫌いになっているわ」

「正しい方向への第一歩だろう」マイルズが照明を消した。

エントランスでは二台の車が待っていた。ばかばかしいと思いながら、モーガンは助手席に乗りこんだ。マイルズが運転席へ体を滑りこませる。「きみは脚が長いんだな」彼が言った。「ほとんどシートを動かさなくていい」

モーガンはシートベルトを締めた。「〈ザ・リゾート〉を出たら、街へ向かって。そこから――」

「きみの家までの行き方なら知っている」

「そうなの？」

「祖父母たちのおかげで」マイルズは話しながら車を出した。「きみの祖父母とぼくの祖父母。彼らは友人同士だ。ぼくも祖父について遊びに行ったことが何度かある」

そうだった。その話は祖母から聞いていた。

「学校の宿題で鳥の巣箱を作るのを、きみのおじいさんに手伝ってもらった」

マイルズは彼女に目を向けた。「クラスで一番のできだった」

「それなのに、あなたは人が好きじゃないのね」

「きみのおじいさんのことは好きだった」

「わたしも好きだったわ」モーガンの肩のこわばりがほぐれていった。「祖父母の家に行くのは、いつだって一番の楽しみだった。父がどこに駐留しているかにもよったけど、離婚後はたいてい夏場に一週間、クリスマスには数日、そのとき住んでいたところしだいでね」

「引っ越しばかりか」

「引っ越しばかりよ」彼女は同意した。「父は軍人だし、離婚後、母は一箇所に腰を落ち着けられないようだった。まさか母がここに腰を据えるとは思いもしなかったわ。それに、自分もそうなるとはね」

モーガンは体をずらした。本当に元気になったのを感じ、気になったので彼に問いかけた。「あなたはほかの場所で暮らそうと考えたことはないの？」

「ここが気に入っている」

「家族でやっているビジネスやそういうものがすべてでなかったら？」

「それでもここが好きだ」

考えが当たっていたわね、とモーガンは思った。当たっていてよかった。「ルーツね。あなたには深い根っこ《ルーツ》がある。わたしは深くまで根っこをおろして暮らしている人たちが昔からうらやましかった」

「根っこをおろして伸ばしていく時間は、きみにもたっぷりある」

車はがらんとした道路をなめらかに走り、ウェストリッジの静まり返った通りに入った。

時間を失ったからといって——多くの時間を失ったけれど——時間がなくなったわけではない。自分はここに根っこをおろした。自分から選んだわけではなく、必要に駆られたせいだけれど、少なくとも再スタートを切った。とはいえ自分で根っこをおろしたのであり、しっかり根づき始めているのが感じられた。

静かな通りも好きだし、日中のあわただしさや活気も心が弾む。森を歩くときの静けさも、人でにぎわうバーも好きだった。

わが家に作り変えることのできる家は持っていないが、わが家ならある。

車が私道に入って停まったとき、モーガンは自分に言い聞かせずともそのことに感謝していた。

マイルズはトレイからキーを取りだした。「返すよ」

彼が与えてくれた時間に感謝し、モーガンは先にマイルズの手を取り、握った。

「ありがとう」

彼の目をのぞきこむと少しだけ、ほんの少しだけ、胸がどきりとした。それから手を放し、キーを受け取った。

車をはさんで彼と向かいあい、ロックボタンを押した。「おやすみなさい、マイルズ」

「家のなかに入ったら鍵を閉めるんだ」

彼は、もちろん、モーガンがドアへと歩くのを見守っていた。彼女が鍵を閉めるまでそこにいるのだろう。モーガンは視線を後ろへめぐらせ、感じたくはなかった名残惜しさを感じた。そして家に入り、ドアを閉め、鍵をかけた。

マイルズは優しくしてくれた。モーガンが、自分で認める以上に、優しさを必要としていたときに。状況を考えると、感謝以外の気持ちを感じるのは賢明ではないだけでなく、大きな過ちだ。モーガンは階段をあがりながら自分にそう言い聞かせた。

彼は魅力的で、興味深い男性だ。性的に惹かれていることも認めよう。それなら、と彼女は考えをめぐらせた。魅力と興味、性的アピールをいくらか感じるのは自然なことなのでは？　もちろんそうだ、そこまでにしておくのなら。

モーガンはベッドに腰をおろし、胸の高鳴りを、本当の気持ちを告げ口してくる高鳴りを無視しようとした。そして、話を聞いてくれるニーナがいてくれたらと心から思った。

（上巻終わり）

◉訳者紹介　香山 栞（かやま　しおり）
英米文学翻訳家。サンフランシスコ州立大学スピーチ・コミュニケーション学科修士課程修了。2002年より翻訳業に携わる。訳書にワイン『猛き戦士のベッドで』、ロバーツ『姿なき蒐集家』『光と闇の魔法』『裏切りのダイヤモンド』(以上、扶桑社ロマンス) 等がある。

カクテルグラスに愛を添えて（上）

発行日　2023年6月10日　初版第1刷発行

著　者　ノーラ・ロバーツ
訳　者　香山 栞

発行者　小池英彦
発行所　株式会社 扶桑社
〒105-8070
東京都港区芝浦1-1-1　浜松町ビルディング
電話　03-6368-8870(編集)
03-6368-8891(郵便室)
www.fusosha.co.jp

印刷・製本　株式会社広済堂ネクスト

ISBN978-4-594-09449-2 C0197